타임시커

국립중앙도서관 출판시도서목록(CIP)

타임 시커 = Time seeker : 시간을 그리는 아이 : 이남석 지식소설 /
지은이: 이남석. -- 서울 : 작은길출판사, 2013
    p. ;   cm
ISBN 978-89-98066-24-6 43810 : \14500
한국 현대 소설[韓國現代小說]
813-KDC5
                                                          CIP2013021531

이 남 석 지 식 소 설

Time Seeker

타임시커

시간을 그리는 아이

작은길

CONTENTS

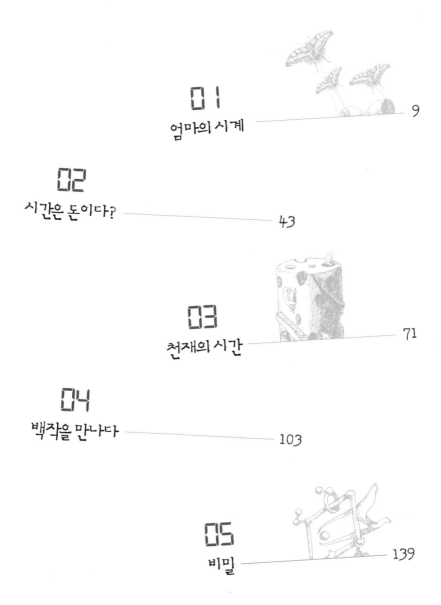

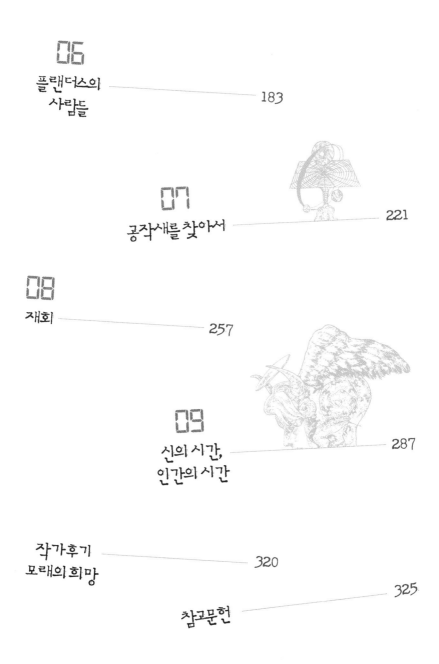

엄마의 시계

시간은 한순간도
쉬지 않는
무한의 움직임이다.
- 톨스토이

"규린아, 괜찮니?"

아빠가 넓은 이마를 쓰다듬으며 물었다. 나는 괜찮았다. 안절부절
못하는 것은 오히려 아빠였다. 아빠는 뭔가 일을 하지 않는 것은 시간
을 낭비하는 것이라며 가장 싫어했다. 그런 아빠가 공항에서 한 시간
넘게 짐을 기다린다는 것은 대단한 일이었다. 아빠는 계속 내 앞을 서
성거렸다. 세 발짝 떼고 돌고, 두리번두리번, 세 발짝 떼고 돌고, 중얼
중얼……. 그런 아빠가 내게는 마치 발레를 하는 무용수처럼 보였
다. 아빠는 가끔 고개를 돌려 내가 지루해하지 않는지 살펴보는 것
도 잊지 않았다. 나는 전혀 지루하지 않았다. 공항의 시설, 여러 나라
사람들, 그들의 입에서 나오는 낯선 언어, 심지어 그들의 몸에서 배
어나는 묘한 냄새까지, 하나하나 순간순간 모두 내 눈과 귀와 코를
사로잡았다.

유럽 여행은 처음이라 모든 것이 더 낯설었다. 여행은 아니지만 외
국에 나갔다 온 적은 있었다. 나는 일곱 살부터 열 살 때까지 엄마와
미국에서 살았다. 이탈리아에서 함께 그림을 공부한 엄마의 친구가
미국 미술관의 큐레이터로 일하면서 엄마를 초청했다. 당시 직장 문

제로 동행하지 못하는 아빠는 한국에 남겨 두고 엄마는 어린 나만 데리고 미국으로 갔다. 유럽의 미술과 아시아의 미술에 대해 두루 해박한 지식을 갖고 있는 엄마에게 큐레이터 아줌마는 많이 의지했다. 하지만 그것에 비해 급료는 그리 많지 않다고 엄마는 속상해했다. 미국에 있는 내내 우리는 주로 아빠가 송금해 주는 돈으로 살아야 했다. 그러다 아빠의 사정도 나빠졌다. 결국 초등학교 3학년을 마치고 우리는 한국으로 돌아와야 했다. 엄마는 귀국하는 것을 못내 아쉬워했다. 엄마가 애초 미국행을 결심할 때의 꿈을 이루지 못하고 고생만 하다가 가게 되었기 때문이다.

　엄마는 미켈란젤로 카라바조(Michelangelo da Caravaggio)처럼 되고 싶어했다. 엄마는 지금의 나 같은 중학생일 적에 카라바조의 그림들을 처음 보고 몸이 얼어붙는 듯한 기분이 들었다고 했다. 나는 카라바조가 16세기에 활동한 '빛의 화가'라고 불릴 정도로 독보적인 위치에 있는 화가라는 것을 몰랐다. 미켈란젤로라는 이름 때문에 바티칸에 있는 시스티나 성당의 천장화를 그린 바로 그 유명한 화가이리라고 착각했다. 언젠가 부모님과 함께 카라바조의 전시회를 관람하게 되었을 때 미켈란젤로의 명화들을 보게 되었다며 기뻐한 일도 있었다. 그때도 엄마는 숨이 멎은 듯한 모습으로 카라바조의 그림들을 감상했다. 아닌 게 아니라, 엄마는 관람을 마치고 내게 물어보았다. 그림 속으로 빨려 들어가는 느낌을 나도 느꼈느냐고 말이다. 엄마가 내 감상평을 들으려고 던진 질문은 아니었다. 엄마의 몸에 남아서 여전히 전율하고 있는 감동을 얘기하고 싶은 것이었다. 엄마는 카라바조의 그림에는 마력 같은 게 있다고 했다. 그건 결코 그림이 화려해서가 아니다. 카라바조의 그림들은 대체로 어둡고 음울한 분위기인 데다 지나치게 사실적이기까지 하다. 감추고 미화하려는 의도는 조금도 없어 보인다. 당시에 대부분의 화가들이 주문을 받아 그림을 그렸다는 사실에 비추어 보면 그는 아주 가난한 화가였음에 틀림없다. 그래도 카라바조는 굶는 쪽을 택하곤 자신이 그리고 싶은 그림을 그렸다. 이러한 전기적 사실에도 엄마는 단단히 매혹되었던 터였다.

엄마는 카라바조를 알게 된 후 카라바조와 그림에 대해 공부하기 시작했다. 카라바조와 같은 대가의 내공을 가지고 싶었다고 했다. 사람들에게 그림으로 인정을 받고 부자도 되고, 후대 사람들에게 존경받는 화가가 되겠다고 다짐도 했다고 한다. 그래서 진로를 결정하는 일은 어렵지 않았다. 엄마는 미술 공부에 매진했다. 그리고 엄마의 세대에 미술 전공자라면 누구나 다 그렇게 했듯이, 미대에 진학하고, 유학까지 다녀오고, 부지런히 전시회도 개최했다.

지금도 생생히 기억난다. 엄마는 초등학교 입학도 하기 전인 나를 앉혀 놓고 눈을 맞추며 알 수 없는 이야기를 한참 늘어놓은 끝에 이렇게 말했다.

"미국에 가게 된 건 내가 그 동안 참아낸 시간에 대한 선물이야. 이제 이 선물을 너랑 나랑 함께 나누게 되어 너무 행복해."

무지개처럼 찬란한 표정, 새싹 같은 기운이 퍼져 나오던 눈, 아침을 시작하는 가벼운 새의 날갯짓 같은 목소리. 엄마는 그 말을 하면서 정말 행복해했다. 엄마의 손에는 미국의 미술재단에서 일하는 친구가 보내 준 미국행 편도 비행기표가 있었다. 엄마는 비행기표를 사진으로 남기며 이렇게 말하기도 했다.

"이게 나중에는 소중한 기념품이 될 거야."

엄마는 미국행이 새로운 전기를 마련해 줄 거라고 믿었던 것이다. 그때까지 열심히 그림을 그리고 사람들을 많이 만나도 엄마의 예상과는 다르게 기회는 좀체 오지 않았기 때문이다. 엄마는 중학생 때부터 설계한 화가로서의 꿈과는 너무도 다른 생활을 하고 있다며, 기회가 있을 때마다 "나는 여기서 지금 이렇게 살 사람이 아닌데……."라고 입버릇처럼 말했다. 아빠는 마치 자신이 그 꿈을 접게 만든 방해물인 것 같다며 그 말을 싫어했다. 그래서였는지 엄마의 미국행에 아주 적극적으로 찬성을 하고 나왔다. 아빠의 행동이 얼마나 과했으면, 우리를 떠나보내고 총각 행세할 생각에 들뜬 사람처럼 보인다고 엄마가 눈총을 주었을까.

아빠도 나름대로 생각한 바가 있어서 그랬던 것이다. '마흔다섯 살 이전에 노후를 편안하게 보낼 수 있는 만반의 여건을 갖춘다!' 이게 아빠의 '인생 신조' 같은 것이다. 그럴려면 마흔다섯이 되기 전에 해야 할 것이 많다. 무엇보다 확실한 사업거리를 발굴해야 하는 것이 우선 과제이다. 안전한 데다 수익성까지 좋은 사업. 인생 경험이 짧은 내가 생각해도 그런 일은 쉽게 찾아질 것 같지 않았다. 하지만 아빠의 목표 의식과 열정을 생각하면 불가능한 일도 아닐 것 같았다.

아빠는 나와 엄마를 미국에 보내고 나면 더 열심히 일에 매달릴 것이라고 했다. 힘들겠지만 한 살이라도 더 젊을 때 도전해야 하는 것이라면서, 미래의 행복을 위해 우리 가족 모두 노력해야 한다고 힘주어 말했다. 아빠의 말을 가만히 생각해 보면 헛웃음이 나오기도 했다. 마흔다섯 살 이후에 남자는 허리가 구부러져 지팡이를 짚고도 간신히 걸어다니게 되는 걸까 하는 생각이 들었기 때문이다. 내가 사는 동네에만 해도 예순을 훌쩍 넘긴 할아버지 할머니 들이 자식들 못지않은 건강과 열정을 뽐내며 열심히 살고 계신다. 아빠는 나에게 자주 이런 말도 했다.

"네 앞에 시간이 막 펼쳐져 있는 것 같지? 잘 보면 시간은 사다리처럼 되어 있어. 아래 사다리를 밟아야 위로 올라갈 수 있는 거야. 그런데 중요한 게 뭔지 아니? 그 사다리도 다 디딜 수 있는 때가 있다는 거야. 사다리에 올라탈 기회를 놓치면 영영 실패하게 되는 거야."

아빠는 그런 생각을 고등학생 때 진로설계를 하면서 갖게 되었다고 했다. 고등학교 졸업 이후의 목표는 당연히 대학 진학이었다. 실제로 목표로 삼은 대학에 입학했다. 이십대 초반의 대학생 시절에는 취직을 위해 공부를 했고, 이십대 중반 이후 원하는 곳에 취직을 했다. 삼십대 초반에는 직장에서 과장이라는 직급을 달아야 하고, 삼십대 중반에는 팀장이 되어야 한다는 생각으로 앞만 보고 달려왔노라고 아빠는 자랑스럽게 말했다. 아빠는 29살 엄마와의 결혼도 서른이 되기 전 건강할 때 아이를 낳아야 한다는 인생 설계의 일환이었다고 말할 정도였다. 그 말을 들으면서 나는 생각했다. 아빠는 엄마를 만나지 않았어도 어떤 여자이든 적당하면 아내로 맞아 자녀를 두었을 것 같다고. 그러니까 인생 설계대로만 된다면 반드시 엄마나 내가 아니어도 상관

없다는 이야기처럼 들려서 기분이 좋지 않았다. 아빠는 계획한 대로 거의 다 이뤘지만 행복하다고 말하는 경우는 드물었다. 행복하다는 말보다는 열심히 살고 있다는 말을 더 많이 했다. 아빠에게는 열심히 사는 것이 곧 행복이란 뜻일까?

어쨌든 난 아빠가 그런 태도를 나에게도 강요하는 것이 싫다. 아빠는 비즈니스맨, 엄마는 화가. 어떻게 만났을까 싶을 정도로 어울리지 않는 일을 하는 두 사람이 만나서 결혼을 했다. 하지만 미래를 위해 철저하게 계획을 세우고 반드시 계획대로 목표를 달성해야 한다고 생각한다는 점에서는 찰떡궁합이었다. 그런 점에서 나는 부모님과 궁합이 맞지 않았다. 엄마 아빠에게 당연한 사실이 내게는 낯설 때가 많았다. 내가 지금 반항기 청소년이라서 그런 건 아니다. 아주 어릴 때부터 그랬으니까. 그래도 엄마 아빠가 좋아하는 것을 일부러 안 하는 그런 아이는 아니다. 가급적 문제를 안 일으키고 잘 지내고 싶다. 미국행도 엄마가 좋아하니까 덩달아 나도 좋았다. 물론 아빠와의 이별은 안타까웠지만, 유치원 친구들의 부러워하는 시선이 엄마를 따라가는 것이 더 낫다고 생각하게 만들었다. 그렇게 나는 미국으로 떠났다.

미국으로 떠난 지 3년 후 엄마는 미국에 올 때와는 다르게 자비를 들여 한국행 편도 비행기표를 샀다. 나는 언제 다시 올지 모르는 미국의 우리 동네와 친구들의 모습을 사진으로 남기기 바빴다. 신나서는 아니었다. 그렇게 해야 미국에서 보낸 시간을 오래도록 간직할 수 있으니까.

미국 생활 첫해는 엄마의 일생 중 가장 바빴던 해였을 것이다. 그리고 엄마는 한국으로 돌아오기 직전까지도 혹시나 하는 마음으로 자신의 그림을 알리기 위해 안간힘을 썼다. 그러나 소용이 없었다. 엄마는 지역 축제에 헐값으로 그림을 내놨을 때조차 고작 세 점밖에 팔리지 않자 허탈해했다. 그 이후 엄마의 움직임은 마치 나무늘보처럼 확실히 더뎌졌다. 귀국 짐도 더디게 쌌다. 많은 그림을 배편으로 부치느라 일정이 한참 연기되고 비용도 많이 들었다. 엄마가 영수증 목록을 내팽개친 채 소파에 얼굴을 파묻고 한참 동안 움직이지 않던 것이 지금도 또렷하게 기억난다.

나도 힘들게 사귄 친구들과 헤어져 한국으로 오는 것이 싫었다. 한국은 내가 태어나 유치원 때까지 자란 나라였지만, 열 살이 된 때에는 엄연히 새롭게 적응해야 하는 낯선 환경이었다. 걱정은 현실이 되었다. 말은 할 수 있어도 한글을 쓸 줄 몰랐던 나는 애들에게 저능아 취급을 받았다. 사회 시간에는 아예 무슨 말을 하는지 이해가 되지 않았다. 그러다 영어 시간에 원어민 선생님과 반갑게 대화를 나누면 잘난 체하는 아이로 찍혔다. 말이나 글로 내 생각을 표현하는 것에 두려움을 느낀 나는 그림을 그렸다. 그림을 그리면 마음이 편해졌다. 그리고 엄마의 재능을 물려받아서 그림을 잘 그린다는 말을 듣는 것이 좋았다. 캐리커처를 그려 주거나 만화영화의 캐릭터를 만들어 보여 주면 반 아이들은 좋아했다. 친구들도 점점 생기기 시작했다. 외향적인 친구들이 나에게 접근했다. 그 친구들은 방송 댄스에 관심이 많았고, 외로웠던 나는 학교 밖에서도 그 애들과 친하게 어울리고 싶어 춤을 배웠다. 그렇게 반년이 지나자 춤은 나의 또 다른 장기가 되었다. 그림이나 춤이나 미국을 떠날 때는 생각하지도 못한 생활의 변화였다.

중학교에 진급하여 사귀게 된 친구들도 내가 미국에서 살다가 왔다는 사실을 알고 나면 초등학교 친구들과 똑같은 반응을 보였다. 내 사정도 모르고 미국에서 자유로운 교육을 받아서 내가 그림과 춤에 소질이 있다며 부러워했다. 아니, 내 특기를 따지기 전에 일단 미국에 가봐서 좋았겠다고 했다. 그러곤 "너 뉴욕에도 가봤어?", "디즈니랜드는?" 따위의 부러움 섞인 질문을 던지기 바빴다. 나는 미국에 여행을 갔던 것이 아니다. 그곳에서 미국 사람들처럼, 한국의 친구들이 한국에서 사는 것처럼 엄연히 생활을 했던 것이다. 관광을 한 것이 아니니 친구들과 마찬가지로 여러 문제들을 겪었고 그것을 해결하며 적응해야 했다. 이런 사정을 이야기해도 친구들의 질투 어린 탄성은 수그러들지 않았다.

이런 진풍경이 새 학년이 될 때마다 벌어졌다. 연례행사처럼 겪는 이 일이 지겹기도 했지만 친구들 맘도 이해 못할 바는 아니었다. 그리고 중3이 된 지금, 미국 생활은 어느덧 오래전 일이 되어 버려서 친구들의 호기심을 만족시켜 줄 만큼 내게 열의가 없다는 걸 친구들도 곧장 알아차렸다. 그런데 1학기가 거의 끝나갈 즈음, 내가 이번 여름방학을 이용해 유럽에 가게 되었다는 이야기를 하자 친구들은 거 보란 듯 입방아를 찧기 시작했다.

"우와, 또 외국? 그것도 꼼짝없이 붙잡혀 공부만 해야 하는 중3이, 그것도 예고 지망생이, 한창 미술학원에서 뺑이를 치고 있어야 하는 네가 이탈리아에 간다니, 완전 대박이다!"

친구들은 중학교 여학생다운 상상력을 발휘하기 시작했다. 내게 멋진 이탈리아 남자와의 운명적 만남이 예약되어 있기라도 한 것처럼 부러워했다.

"지중해의 햇볕에 단련된 구릿빛 피부, 날카로운 턱선, 훤칠한 키, 간지 나는 이탈리아 양복을 입었을 거야. 귀족 혈통인 데다 고귀한 성품의 남자와 노변 카페에서 스파게티와 피자를 먹고, 후식으로 카푸치노와 카페라떼를 함께 마시면서 그가 생일 선물로 준 명품 가방을……."

친구들은 알고 있는 이탈리아 음식과 명품 브랜드를 주워섬겨 가면서 자신들이 보는 로맨스 소설 같은 상황을 쉴 새 없이 떠들어 댔다. 그 이야기를 들으면서 나는 미소를 유지하느라 애를 썼다. 나는 끝까지 친구들에게 말하지 않았다. 이 여행의 진짜 목적은 그렇게 낭만적인 것이 아님을. 차라리 막중한 미션을 가지고 떠나는 출장에 가까웠다. 하지만 막상 비행기를 타고 와서 로마 공항에 내리자 언제 그랬냐는 듯이 친구들이 말한 것처럼 낭만적인 여행을 온 듯한 기분이 슬쩍 들기 시작했다. 신기한 것을 볼 때마다 나중에 친구들에게 들려줄 상상만으로도 신이 났다.

지금 당장 수빈에게 전화를 걸어서 수다를 떨고 싶었다. 하지만 그렇게 했다가는 사소한 명세서 항목도 꼼꼼히 살피며 살림하는 아빠한테 혼날 것이 뻔했다. 수빈에게 할 이야기를 머릿속으로 정리하다가 어느덧 상상 속에서 수빈과 이야기를 나눴다. 저절로 미소가 지어졌다. 웃음이 터져 나올 것 같아 살짝 주변을 살폈다. 아빠가 여전히 안절부절못하는 모습이 눈에 들어왔다.

'아빠는 불쌍해. 상상으로라도 함께 수다를 떨 친구가 없으니까. 그래서 이럴 때 아빠는 서성거리는 것밖에 할 일이 없나 봐.'

이런 생각이 들자 아빠가 가엾게 여겨지기도 했다. 그러나 만약 아빠가 이런 생각을 알았다면 오히려 나를 측은하게 여기면서 이렇게 말했을지도 모른다.

"앉아서 수다 떨 생각 말고 좀더 유익한 일을 하란 말야. 용기를 내서 외국 사람과 이야기를 해보던지, 쯧쯧."

실제로 평소에 내가 수빈과 조금 길게 통화를 하는 것 같으면 아빠는 이렇게 말하곤 했다.

"시간 낭비 그만 하고 뭐라도 해라."

아빠는 내가 친구와의 우정을 돈독하게 하려고 다양한 주제로 나누는 통화를 '아무것도 하지 않는 것'이라고 딱 잘라 말했다. 공항에 앉아 짐을 기다리는 일도 짐을 받으려는 분명한 목적이 있다. 그런데도 아빠에게는 아무 일도 하지 않는 것이었다. 아빠는 아마 속으로 이렇게 외치고 있을지 모른다.

"난 바보같이 시간을 낭비할 사람이 아니란 말이야!"

물끄러미 아빠를 보고 있자 아빠는 시선을 느꼈는지 나를 쳐다보았다. 나는 재빨리 고개를 돌려 주변을 두리번거렸다. 짐 나오는 창구, 컨베이어 벨트, 짐수레, 사람들, 대리석 벽, 그 벽에 붙어 있는 커다란 시계. 그리고 그 옆에 시계, 그리고 또 시계. 많은 시계들이 저마다 다른 시간을 가리키고 있었다.

내 손목시계는 2시 20분을 가리키고 있었다. 오후 1시에 출발해서 12시간이나 비행기를 탔으니 오후일 리는 없고, 한국은 분명 새벽 2시 20분일 것이다. 로마의 시계를 올려다보니 7시 20분을 가리키고 있었다. 비행기에서 내릴 때 태양의 위치를 떠올렸지만, 오전인지 오후인지 헷갈렸다. 손목시계에는 오전과 오후의 구분이 없으니 일단 로마의 시간에 시계를 맞추기로 했다.

나는 예전에 엄마가 선물로 줬던 태엽으로 가는 손목시계를 들여다보았다. 한국에 있을 때 나는, 시간은 내 힘으로 어찌해 볼 수 없는 거인과 같다고 느꼈다. 내가 만나는 모든 사람들의 시계와 휴대폰 속의 시간이 똑같도록 거대한 톱니바퀴를 언제까지고 돌릴 만한 힘을 가진 거인. 그런데 로마에 와서 여러 시계 속의 시간이 다른 것을 보니 마치 알라딘에 나오는 램프에 갇힌 요정 지니처럼 느껴졌다. 내가 맘껏 던지며 놀아도 어쩔 수 없이 램프 속에 몸을 한껏 웅크린 거인. 이런 이미지를 상상하자 낯설면서도 우스웠다. 나는 시계를 7시 20분으로 맞추며 아빠에게 물어보았다.

"한국하고 이탈리아는 시차가 몇 시간이라고 했지?"

"한국보다 원래 8시간 느려."

무덤덤하게 말하는 아빠의 말을 나도 무덤덤하게 들었다. 그렇지만 시침을 돌리면서 숫자를 하나둘 거꾸로 세어 가는데, 여덟 바퀴를 돌리지도 않아 7시 대로 진입했다. 잘못 세었는지 확인하기 위해 시침을 제자리로 돌려 보아도 일곱 바퀴만 돌리면 되었다. 거듭 세어 봐도 7시간 차이였다.

'역시 아빠가 하는 말은 잘 들어 봐야 해.'

아빠의 별명은 미스터 상식맨이지만 미스터 실수맨이라고 해도 될 만큼 부정확할 때도 많았다.

"아빠, 이상해. 7시간 차이밖에 안 나는데?"

나는 미소를 지으며 말했다.

'이제 아빠가 쩔쩔매겠지?'

나는 아빠가 당황해서 얼굴이 빨개지는 모습을 기대하고 있었다. 하지만 아빠의 얼굴은 전혀 빨개지지 않았다.

"서머타임이라서 그래."

아빠는 담담하게 말했다.

"서머타임?"

아빠를 놀릴 기회를 놓쳤다는 생각에 기분이 좀 상했다. 반대로 내가 놀란 듯 묻자 아빠의 표정은 밝아졌다. 아빠는 다른 사람이 모르는 것을 가르쳐 주는 것을 좋아했다.

"여름에는 태양이 일찍 뜨고 늦게 지잖아. 아침 7시만 해도 다르지. 겨울에는 아직 깜깜할 시간이지만 여름에는 해가 쨍쨍 내리쬐니까. 여름에 일찍 일어나 움직이면 그만큼 시간을 잘 활용할 수 있어. 그래서 사람들은 여름에는 시곗바늘을 한 시간 앞으로 돌려서 하루를 일찍 시작하려고 한단다. 그게 바로 서머타임이야."

나도 엄마와 미국에서 산 적이 있기 때문에 서머타임이 무엇인지는 알고 있었다. 하지만 예전부터 서머타임이라는 말을 들으면 이상한 기분이 들었다.

'한 시간을 앞당기면 그렇게 잘라낸 시간은 어디로 가는 걸까?'

시간을 생각하면 엄마와 함께 읽었던 『모모』의 책표지가 가장 먼저 떠오른다. 곧이어 모모를 찾아왔던 시간 도둑을 그린 삽화도 떠오른다.

'서머타임이 시작되면 그들이 방독면을 쓰고 방역차로 동네를 다니면서 마취제를 뿌리는 것이 아닐까? 모두 마취된 사이, 집집마다 도둑들이 들어가 모든 시계의 바늘을 한 시간씩 앞당기는 거야. 아침에 일어난 사람들은 아무것도 모르고 평상시처럼 생활하겠지. 자신의 소중한 한 시간이 사라진 줄도 모른 채.'

"뭘 그렇게 생각해?"

아빠의 소리에 깜짝 놀라 생각은 거기에서 멈췄다.

"어릴 때부터 궁금했던 건데 그렇게 시간을 앞당기면 한 시간이 어디로 가는 걸까 하고 생각했어."

"뭐라고? 하하하! 시계는 시간이 아니지. 시간을 표시하는 장치일 뿐이야. 시계를 앞당긴다고 해서 시간이 없어지거나 하지는 않아. 그냥 시계를 어떻게 맞출 것인가에 대한 약속을 바꾸는 것뿐이라고."

나는 아빠를 보며 헤헤 웃었다. 그런 나를 보면서 아빠도 미소를 지었다. 그사이 운반 벨트가 돌아가고 짐이 나오고 있었다. 드디어 기다리던 짐을 갖고 가게 되었지만 미소를 띠었던 아빠와 나의 얼굴은 먹구름이 드리우는 것처럼 점점 어두워졌다. 아빠는 특수 포장된 가방을 먼저 챙겼다. 그러나 함께 부친 다른 두 여행용 가방은 나오지 않았다.

"이상하다? 동시에 부쳤으니 동시에 나와야 하는 거 아냐?"

아빠는 운반 벨트를 슬쩍슬쩍 쳐다보았다. 그때 내 노란색 여행용 가방이 나왔다. 아빠는 운반 벨트에서 가방을 집었다.

"하나씩 떨어져서 따로 나오나 보군."

또 한참을 기다려 아빠의 파란색 가방이 나왔다. 아빠는 가방을 잡았다가 놓았다.

"어, 이거 우리 가방이 아니잖아?"

아빠는 가방의 무게가 다르다며 다시 놓았다. 운반 벨트가 두 바퀴를 더 돌고 사람들이 다 가방을 가져가고 나자 아까 보았던 파란색 가방만 남았다. 아빠는 가방을 열었다.

"이런, 가방이 바뀌었네. 빨리 좇아가면 잡을 수 있을 거야."

아빠는 달리다시피 짐수레를 밀고 나갔다. 나는 불안했다.

'만약 도둑이 가져간 거라면 어떻게 하지?'

로마 공항은 여름휴가기를 맞아 전세계 사람들로 가득 찬 공항이라기보다는 커다란 마트 같았다. 사람들은 계산대 앞에서 차례를 기다리는 듯 세관 검색대 앞에서 줄지어 있었다. 아빠는 기둥 옆에 짐수레를 놓고는 줄 사이를 마구 돌아다니며 짐을 찾았다. 나는 짐을 지키면서 목을 빼고 아빠 쪽을 쳐다보았다. 가슴이 쾅쾅 뛰기 시작했다.

'대체 누가 우리 짐을 가져간 걸까? 하긴 나도 가방을 잘못 보았으니 일부러 가져간 것은 아닐 수도 있어. 제발 그랬으면……'

나는 두 손을 모으고 기다렸다. 이윽고 아빠가 파란색 가방을 끌고 오는 것이 보였다. 아빠 옆에는 어떤 오빠가 따라오고 있었다. 그 오빠는 야광 연두색 손수건을 둘둘 말아 목에 두르고 있었다. 감색 반바지에 붉은 티셔츠. 커다란 가방만 아니면 동네 공원에 산책을 나온 사람

같은 차림이었다. 아빠는 내가 있는 쪽을 가리켰다. 오빠는 나에게 왼쪽 손바닥을 살짝 펴서 인사를 하고는 우리 수레에 있는 가방을 확인했다.

"처음 하는 배낭여행에 어리바리하다 보니 이런 일이 생겼습니다. 똑같은 가방이라 제가 실수했어요. 죄송합니다."

오빠는 자꾸 미안하다는 말을 반복했다. 아빠도 계속 괜찮다고 말했다. 그렇게 대화는 되돌이표를 넘어가지 못하고 있었다. 아빠가 먼저 이야기를 바꾸려고 오빠에게 혼자 여행을 왔는지 물어보았다. 오빠는 긴장을 풀며 대답했다.

"네."

아빠는 부럽다는 듯 오빠를 보았다.

"좋을 때이군. 학생일 때 많이 다녀야지. 나중에 직장 다니면 돈은 있지만 시간이 없어서 제대로 놀지도 못해."

"저도 놀고 싶지만, 학생은 시간은 있어도 돈이 없어서 못 노는걸요."

아빠와 오빠는 미소를 교환했다. 그사이 나는 가방을 바꾸고 아빠 짐에 넣어 두었던 것들을 확인하며 그제야 로마에 온 이유를 다시 떠올렸다. 아빠의 가방에는 엄마의 시계가 들어 있었다. 이탈리아에서 가져온 시계. 엄마가 이탈리아에서 일할 때 돈 많은 백작이 마지막 선물로 준 것이라고 했다. 나는 이 이야기를 어릴 때 들어서 그렇게 이상하지 않았다. 하지만 초등학교 친구들에게 백작 이야기를 하면 애들은 내가 동화를 읽고 꾸며 대는 줄 오해했다. 그래서 이번에 이탈리아에 올 때 중학교 친구들에게는 백작 이야기를 하지 않았다.

요즘 같은 세상에 공작, 후작, 백작은 소설이나 영화에나 나오지 현실에서 접할 기회가 없다. 사람들은 가끔 영국 여왕이 유명인사에게 기사 작위를 줄 때나 그런 신분이 있다는 것을 새삼 알게 된다. 정확하게 말해 남작과 기사는 귀족이라고 하기에는 부족하기 때문에 소귀족이라고 하고, 백작 이상의 귀족만이 왕족에 버금가는 명예와 호화로운 생활을 보장받는 대귀족이라고 이야기해 주면 친구들은 이렇게 말했다.

"너 순정만화 많이 봤구나."

나는 순정만화가 아니라 엄마의 이야기를 듣고 나서 현실에는 아직도 귀족들이 많이 살고 있음을 알게 된 것이다.

초등학교 5학년 1학기에 엄마는 아빠와 나를 놔두고 프랑스로 떠났다. 미국에서 한국으로 돌아와서 일 년 남짓 답답해하던 차에 유럽에 있던 친구의 소개로 프리랜서 초상화가 일을 소개받았다. 엄마는 주저할 것도 없이 혼자 바로 떠났다. 유럽 귀족의 초대를 받아서 그들의 초상화를 그리고, 귀족 소유의 영지와 성을 그리는 일이어서 기간도 장소도 일정하지 않은 일이라고 했다. 그래서 학교에서 공부를 해야 하는 나를 데려갈 수 없는 거라고 했다. 엄마의 말이 맞았지만, 엄마가 떠난 후 내 상황을 보면 그 선택은 좋지 못했다. 이메일이나 전화로 엄마의 이야기를 들을 때마다 엄마와 함께 있지 못한다는 사실이 내 생활을 불만족스럽게 여기도록 했다. 또 외롭기도 했다. 늘 바쁜 아빠는 일찍 들어와 나와 함께 시간을 보내지 못했다. 아빠는 집에 아무도 없다고 내가 여러 학원을 다니게 했다. 집에 혼자 있는 것보다 그게 더 안전하다면서. 그런 생활이 너무나 힘들었지만 학원 친구들과 어울릴 수 있어서 견딜 만했다. 하지만 학원 친구들과 조금 친해졌다 싶어서 특별히 엄마에게 들은 귀족에 관한 흥미로운 이야기들을 들려주고 나면 친구와 멀어지는 일이 벌어졌다.

내가 말하는 귀족이란 기껏해야 유명한 운동선수, 학자, 연예인 들이었다. 그런데도 친구들 눈에 나는 동화에 사로잡혀 귀족'처럼' 살고 있는 그들을 정말 귀족이라고 믿는 좀 덜 떨어진 아이이거나, 잘난 체하려고 뻔뻔한 거짓말도 서슴지 않는 아이에 지나지 않았다. 그럴 때에도 나는 그림을 그렸다. 엄마가 너무도 그리워 엄마의 이야기 속 상황에 내가 살고 있는 모습을 아주 세밀한 부분까지 정성 들여서 그렸다. 그 그림들을 사진기로 찍어 엄마에게 메일로 보내면 엄마는 아주 잘 그렸다고 무척 기뻐했다. 엄마는 프랑스의 친구들에게도 내 그림을 자랑했다. 그들은 내가 '꼬마 화가'가 아니라 이미 자기의 눈으로 세상을 그리는 '화가'로서의 길에 들어섰다는 평가를 했다고 한다. 그렇지만 정작 나는 한국에 있는 주변 사람들에게 그림을 보여 주지 않았다. 그리고 귀족에 대한 이야기도 오직 가족하고만 했다. 춤을 배우는 것처럼 다른 사람의 것을 나누어 가지면 친해지지만, 내 욕심으로 내 것을 친구와 나누려 하면 도리어 외톨이가 되는 것 같아 두려웠던 것이다. 어쩌면 엄마 아빠처럼 목표의식이 뚜렷한 누군가 나서서 내 인생을 설계해 주고 그대로 살라고 할 것이 두려웠는지도 모른다. 나는 그림그리기를 좋아했지만 화가가 되고 싶다거나 어떤 화가처럼 되고 싶다는 바람이 없었다. 그리고 그림을 장래희망과 연결시키고 싶지 않았다. 그런 생각을 하는 순간, 그림을 그리는 손에 힘이 들어가면서 머리에서부터 손끝까지 마비되어 버리는 이상한 기분이 들었다.

나는 엄마의 이야기를 들으며 영국, 모나코, 에스파냐, 벨기에, 스웨덴, 네덜란드, 노르웨이, 덴마크 같은 유럽 국가에 왕족과 귀족이 있다는 사실을 알게 되었다. 엄마가 함께 살고 있는 귀족에 대해서 궁금증이 많던 나를 위해 아빠는 세상에는 지금도 왕족과 귀족이 건재한 곳이 많다면서 인터넷으로 찾아 주기도 했다. 사우디아라비아, 쿠웨이트, 요르단, 예멘, 아랍에미리트 같은 아랍 국가와, 일본, 말레이지아, 태국, 브루나이, 캄보디아, 네팔, 부탄 같은 아시아 국가도 있었다. 현대 컴퓨터의 원형을 발명하고 핵무기 개발에도 참여하여 상반된 업적으로 유명한 요한 폰 노이만(Johann Ludwig von Neumann) 박사, 지휘자로 유명한 헤르베르트 폰 카라얀(Herbert von Karajan)처럼 유럽 태생 사람들의 이름에 '폰(von)'이 있는 경우 십중팔구 귀족 가문이라는 사실을 알고 있는 한국 사람은 드물다. 유럽 사람이 한국의 유서 깊은 세도가문을 모르는 것처럼 한국 사람도 다른 나라의 왕족과 귀족에 대해 잘 모르기는 마찬가지인 것이다. 그러니 친구들에게 유럽의 귀족에 대해 최신 기사처럼 아무리 실감나게 얘기해 줘도 비현실적으로 들렸겠지. 이렇게라도 이해는 했지만 이미 받은 상처가 없던 것으로 되지는 않았다.

엄마도 오랫동안 굳게 결심하며 노력했던 것이 있다. 엄마는 먼저 돈을 많이 벌고 나면 그 다음에는 여유 있게 그리고 싶은 그림만 그리면서 살겠다고 말하곤 했다. 멋진 미래를 위해서는 현재의 고통은 참는 것이 미덕이라면서. 그때 난 어렸지만, 우리 가족이 오순도순 살 수 있는 현재의 행복을 위해 어떻게 될지 모르는 미래의 것은 좀 덜 생각하기를 바랐다. 하지만 엄마의 확신에 찬 목소리에 기가 눌려 고개를 끄덕일 수밖에 없었다. 엄마는 결국 귀족들의 초상화와 풍경화를 그려 돈을 많이 벌 수 있다며 유럽으로 떠났다. 귀족들은 동양의 감각으로 서양인인 자신들을 그려서 독특한 매력을 풍기는 엄마의 그림을 아주 좋아했다. 미국에서와는 완전히 달라진 상황에 엄마는 신이 났다. 미국행을 막 결심했을 때의 그 표정과 목소리가 다시 살아났다. 그런 엄마에게서 나는 행복을 느끼는 한편, 엄마가 우리와 함께 있을 때는 그런 모습을 보인 적이 없었기에 묘한 실망감도 함께 느꼈다. 덕분에 유럽에 있는 엄마와 장시간 통화를 하고 나면 내 마음은 아주 복잡해졌다. 처음엔 그것이 사춘기 때문인 줄 알았다. 그런데 불안감이 점점 커져 학교의 상담 선생님과 이야기를 나누기도 했다.

엄마는 이런 나의 사정은 알지 못한 채 일에만 몰두했다. 그림이 아니라면 모든 것이 엄마의 관심사 밖에 있었던 것이다. 엄마의 그림을 본 다른 귀족들도 엄마에게 작품을 의뢰하기 시작했다. 덕분에 원래 프랑스에서 시작한 엄마의 여정은 훨씬 길어져서 스웨덴, 덴마크, 독일 등 거의 전 유럽 순회로 이어지게 되었다. 오래지 않아 처음 떠날 때 예상했던 것보다 더 많은 돈을 벌었지만 엄마는 돌아오지 않았다. 돈을 더 벌어야 한다고 했다. 그리고 그것보다 더 강하게 말했다.

"나는 이렇게 노력해서 하루라도 더 빨리 카라바조처럼 불멸의 그림을 그릴 거야."

엄마는 엘리자베스 루이즈 비제-르 브룅(Elizabeth Louise Vigée-Le Brun) 같은 사람으로 멈출 수는 없다는 말도 했다. 르 브룅은 루이 16세와 마리 앙투와네트 등 당시 전 유럽 왕족과 귀족의 초상화를 그린 것으로 유명한 여성화가였다. 초상화가로 1년을 보낸 후 어느 날 엄마는 이탈리아의 루첼로 백작으로부터 의뢰를 받고 뛸 듯이 기뻐했다. 그가 의뢰한 작업은 초상화가 아니었다. 평소 엄마도 관심을 많이 갖고 있던 시간을 그리는 작업이었다. 르네상스 시기에 조각가 도나텔로(Donatello)와 화가 프라 안젤리코(Fra Angelico)를 적극적으로 후원했던 이탈리아 피렌체의 메디치 가문처럼, 엄마는 루첼로 가문이 오랫동안 자신의 작품 활동을 후원해 줄 것이라며 내가 알아듣지도 못할 화가와 후원자(패트런)의 관계를 설명해 주기도 했다. 초등학교 6학년이던 당시 나는 엄마에게 멋진 키다리 아저씨가 생기는 것이라고 이해했다.

엄마는 홀쩍 이탈리아 시에나로 떠났다. 내가 태어나기 훨씬 전에 부푼 꿈을 안고 이탈리아에서 유학을 하며 미술 공부를 했던 엄마에게는, 이탈리아가 그 어떤 유럽 국가나 우리가 잠깐 살았던 미국보다도 편안하게 느껴졌을 것이라고 아빠는 말했다.

시에나로 옮긴 후 엄마의 연락이 뜸해졌다. 괴짜 같은 루첼로 백작이 비밀유지를 조건으로 작업을 의뢰한 탓도 있었다. 그런 데다가 한 가지 일에 빠지면 시간이 어떻게 흐르는지, 다른 일이 어떻게 되는지 잘 돌보지 못하는 엄마 탓도 있었다. 엄마는 그런 사실을 나에게 차근히 설명해 주면서 양해를 구했지만, 서운한 감정이 드는 것은 어쩔 수 없었다. 당시 나는 아직 엄마가 그리운 열세 살이었다. 엄마의 표현처럼 십대 숙녀라기보다는 아직은 어린아이에 더 가까운 나이였다. 친구들이 엄마와의 일상을 조잘대며 이야기하면, 나는 속으로 엄마의 유럽 이야기를 열심히 상상했다. 그러면 엄마가 마치 나와 가까이 있는 것처럼 느껴지기 때문이었다. 억울한 것은, 지금도 엄마와의 거리가 멀어지지 않으려 노력하지만 그 거리는 더 이상 가까워지지 않는다는 것이다. 지금 엄마가 다른 세상에 있어서는 아니다. 엄마에 대해서 생각할수록 나는 엄마에 대해서 많이 알고 있지 못하다는 느낌을 떨쳐 버릴 수 없어서이다.

엄마가 왜 '시간'이라는 주제에 그렇게 몰두했는지, 그리고 유럽에 있을 때 시간을 어떻게 그림으로 그렸는지 알지 못한다. 내가 중학교 1학년 첫 중간고사를 보기 직전 엄마는 갑자기 한국으로 돌아왔다. 짐도 아주 단출했다. 엄마는 예전의 엄마가 아니었다. 가장 눈에 띄는 변화는 엄마의 얼굴에 부쩍 늘어난 주름이었다. 생생한 꽃처럼 예쁘던 엄마는 태양에 너무 노출되어 바싹 시들어 버린 것 같았다. 엄마의 주름은 예리한 상처처럼 보이기도 해서 엄마를 바라보는 것이 두려웠다. 그토록 그리웠던 엄마가 낯설었고, 나도 그렇게 한순간에 변할까 봐 겁이 났다. 일주일 동안 엄마 가까이 다가가지 못했다. 대신 나는 엄마가 이탈리아에서 가져온 시계를 엄마의 대용물인 양 끌어안고 지냈다.

엄마는 한국에 돌아오면서 커다란 시계를 하나 가져왔다. 시계는 이름을 가지고 있었다. '네오 델 오롤로지오'. 나는 그냥 '부엉이시계'라고 불렀다. 앞에서 보면 시계가 꼭 펑퍼짐한 부엉이 얼굴 같기 때문이다. 부엉이시계는 신기했다. 왼쪽 눈 자리에는 지구본이 반쯤 튀어나와 있었고, 볼록 튀어나온 오른쪽 둥근 판 위에는 별자리가 새겨져 있었다. 부엉이의 부리 자리에는 연도와 날짜를 표시하는 숫자판이, 유리로 된 커다란 가슴 안에는 세 개의 시곗바늘이 달린 시계와 인형 장식이 있었다. 시계는 달과 별이라도 되는 듯 인형 장식들 위에 떠 있었다. 그 아래에는 멋진 성이 있었는데 지붕 꼭대기에는 황금 닭이 서 있었고, 바닥에 있는 광장에는 스무 개의 인형들이 군무라도 출 것처럼 늘어서 있었다. 황금 닭은 매일 오전 9시부터 밤 9시까지, 정각마다 20초 동안 울었다. 작은 모래시계도 있었는데, 지붕 한 쪽에 누워 있는 해골과 줄로 연결되어 있었다. 해골은 6시간마다 모래시계의 줄을 당기고, 모래시계가 뒤집어지면 광장의 인형들이 춤을 추었다. 인형들은 하나같이 이상한 모양을 하고 있었다. 내가 구별할 수 있는 것이라고는 토끼, 뱀, 개, 원숭이 정도였다. 엄마는 인형들이 지금의 멕시코에 살았던 고대 마야인들의 신을 상징한다고 했다.

'신이 스무 개나 되다니.'

이상하게 생각하는 나에게 엄마가 설명해 주었다.

"마야인은 신들이 다투면 세상이 멸망한다고 생각했어. 한 명의 신이 너무 오래 세계를 다스리면 다른 신들이 질투를 해서 싸움이 일어날 것이라고 믿었어. 그래서 사람들은 모든 신에게 시간을 똑같이 나눠 주기로 했어. 자, 봐 봐. 마야인은 이 시계의 인형 장식처럼 시간을 신성한 전달자가 등에 메고 가는 등짐이라고 생각했어. 하나의 신이 다른 신에게 등짐을 넘겨준 다음 그 신은 잠시 휴식을 취하고, 등짐을

이어받은 신은 또 다음 신을 향해서 가는 거야. 마야인은 이런 릴레이는 시작도 없고 끝도 없다고 보았어."

"엄마, 그런데 한 명의 전달자가 짐을 지었다가 놓는 시작과 끝은 있잖아?"

"맞아. 개개의 신을 보면 시작과 끝이 있지만, 시간은 결코 멈추지 않고 돌고 돌아. 부엉이시계의 판이 돌아가면서 마야 신은 바뀌지만 시계는 계속 가는 것처럼 말이야."

"그런데 해골은 왜 있어? 시계랑 안 어울려."

"그렇게 생각하니? 하지만 해골이 시계와 잘 어울린다고 생각하는 사람들도 있어."

"말도 안 돼."

"아니야. 해골은 처음부터 해골이었을까?"

"아니, 살아 있을 때는 사람이었지."

"그래, 하지만 죽으면 해골만 남지. 아무리 예뻤던 사람도 죽은 뒤에는 하얀 해골로 변해. 해골은 살아 있을 때 누린 모든 것이 사라지는 죽음, 덧없음을 뜻하기도 한단다."

모래시계에서 모래가 쏟아지는 것처럼 해골은 우리로부터 시간이 빠져나가 덧없게 되는 것을 상징한다는 엄마의 설명을 들었지만, 그때 나는 이해가 잘 되지 않았다.

"덧없는 게 뭐야?"

"허무한 거."

"허무한 게 뭐야?"

"뭔가 움켜쥐었다고 생각했는데 결국 빈손인 거. 손에 모래를 가득 쥐었다가 펴 보렴. 손을 편 순간 모래가 남김없이 날아가 버리지? 그때 느낄 수 있는 감정이 허무야. 해골도 예전에는 살과 근육이 있고, 멋진 옷도 입었을지 모르지만, 결국 뼈만 남았지. 그렇게 다 없어지고 아무것도 남지 않은 텅 빈 상태가 바로 허무야."

나는 엄마 손을 잡으며 말했다.

"엄마, 난 허무는 싫어."

"그래, 엄마도 그렇단다."

엄마는 나를 껴안으며 말했다. 이 일이 있은 후에 엄마와 나 사이에 놓여 있던 서먹서먹한 벽은 사라졌다. 엄마는 시간에 대해 모르는 것이 없었다. 사람들은 엄마를 시간을 그리는 화가라고 불렀는데, 엄마도 그렇게 생각한다고 했다. 눈에 보이지 않는 시간을 어떻게 그리는지 나는 이해가 잘 안 되었지만, 화가는 눈에 보이지 않는 것도 그려내는 사람이라고 엄마는 말했다. 사랑, 행복, 슬픔처럼 눈에 보이지 않는 것도 보이게 그려내는 것이 화가라고. 하지만 시간에 대해 척척박사인 엄마도 대답하지 못한 것이 있었다. 한국으로 돌아오고 몇 개월 후 부엉이시계가 멈춘 이유를 엄마는 끝끝내 알지 못했다.

2011년 1월 1일 오전 11시 11분 30초에 멈춘 부엉이 시계는 지금도 여전히 그 시각을 가리키고 있다. 시침과 분침, 초침이 멈춘 모양은, 마치 사람이 두 팔을 벌리고 있는 것 같다. 고장 나기 전까지 부엉이시계는 정확했고, 한 치의 오차도 없이 움직였다. 정시가 되면 황금 닭이 울고, 자정과 정오, 아침 6시와 저녁 6시에 인형들이 춤추듯 움직였다. 시간이 지남에 따라 왼쪽 눈에 있는 지구도 조금씩 움직였고, 그렇게 24시간이 지나면 오른쪽에서 별자리의 위치가 바뀌면서 날짜가 바뀌고 달의 모양도 바뀌었다. 다른 곳에서는 한 번도 본 적이 없는 시계였다. 이 시계를 보면 누구나 눈길을 떼지 못했다. 많은 돈을 주겠으니 팔라고 하는 사람도 있었다. 하지만 우리는 부엉이시계를 가족처럼 소중히 여겼다.

엄마와 아빠는 시계를 고치려고 여기저기 열심히 알아보았다. 국내 최고의 시계 명장(明匠)을 찾아 가기도 했다. 부엉이시계는 시계 명장이라는 할아버지도 놀라게 했다. 한참 시계를 살펴보던 할아버지는 시계의 뒷면을 열자마자 한숨을 크게 내뱉었다.

"이 안에 완전히 밀봉된 상자가 세 개나 있군. 모두 놋쇠야. 부수지 않는 한 안을 볼 수는 없겠구먼."

할아버지는 혼잣말처럼 말했다.

"이 정도 시계를 만든 사람이라면 자기 기술이 드러나는 것을 원치 않았을 수도 있지. 헌데 이토록 정교한 시계가 하찮은 고장을 일으키다니……."

할아버지는 시계 옆에 달린 태엽을 이리저리 만졌다.

"하찮은 고장이라니요?"

엄마의 물음에는 대답도 없이 할아버지는 청진기를 꺼냈다. 엄마와 나는 할아버지의 손에서 눈을 떼지 못했다. 태엽을 돌리며 시계의 앞뒤를 번갈아 살펴보던 할아버지가 입을 열었다.

"여기 태엽이 톱니바퀴를 돌리는 것 같긴 한데, 밖에서는 도통 보이지 않으니 정말 귀신이 곡할 노릇이구먼. 내가 한번 자세히 볼 테니 두고 가세요."

엄마와 나는 시계를 할아버지에게 맡기고 나왔다. 나는 할아버지에게 시계를 잘 돌봐 달라고 부탁했다. 사흘 뒤에 할아버지에게서 연락이 왔다. 시계를 찾아가라는 것이었다. 시계를 받으러 갔을 때 할아버지의 표정은 어두웠다. 할아버지는 시계가 고장이 난 것도 아니지만, 정상도 아니라고 했다.

"가만히 놔두었더니 안에서 재깍거리면서 시계는 가더군요. 여기 지구본과 별자리, 달의 모양도 제대로 바뀌는 것을 보면 안에 있는 톱니바퀴가 완전히 잘못된 것은 아닙니다. 모래시계도 6시간마다 바뀌고 6시간마다 인형도 잘 돌아가는데, 시계판의 분침과 시침, 초침만 움직이지 않아요. 그게 정말 이상해요. 톱니바퀴의 구조가 갑자기 바뀐 것도 아닐 텐데……. 흐음."

할아버지는 턱을 만지며 생각에 잠겼다. 엄마와 나는 시계와 할아버지를 번갈아 쳐다보기만 했다. 할아버지가 한참 만에 입을 열었다.

"왜 이런 고장이 났는지 알려면 상자들을 뜯어볼 수밖에 없습니다만, 그게 문제입니다."

엄마는 무엇이 문제인지 물어보았다.

"이런 주문 제작 시계는 설계도 없이 섣불리 뜯으면 낭패를 보기 십상이지요. 억지로 뜯다가 특별한 장치 같은 것을 건드린다면, 부품을 다시 구해서 시계를 만들어야 할지도 모릅니다. 그렇게 만들어도 시계가 정상이 된다고 장담할 수도 없어요. 그리고 이 정도 시계를 만든 사람이라면 자기의 기술이 드러나는 것을 싫어했을 수도 있어요. 그런 경우 이렇게 밀봉을 해놓고 그 안에 염산 주머니 같은 것을 넣어서 여는 순간 내부가 다 녹아내리게 만들기도 하지요."

나는 이렇게 예쁜 시계를 만든 사람이 그럴 리가 없다고 했다. 하지만 할아버지는 내 눈을 쳐다보며 말했다.

"예쁜 시계일수록 끔찍한 이야기가 감춰진 경우가 많단다. 이탈리아 베네치아에 있는 오롤로지오 시계에는 만든 사람의 눈을 뽑아 버렸다는 이야기가 전해지니까. 그러고 보니, 부엉이시계와 이름이 같구나."

오롤로지오라는 시계가 실제로 있다는 이야기도 처음 들었지만, 전설이 너무 끔찍해서 나는 깜짝 놀랐다. 그러자 엄마는 내 머리를 쓰다듬으며 지어낸 이야기일 뿐이라고 했다.

"유럽에서 가장 아름답다는 프라하의 오를로이 천문시계만 해도 그래. 시계를 의뢰한 사람이 그 시계공에게 후한 사례를 치른 다음에 다른 도시에 더 아름다운 시계를 만들지 못하도록 시계공의 두 눈을 멀게 했다는 전설이 전해지고 있단다. 아, 그 시계도 이 시계처럼 멈췄었지."

"왜요?"

"전설에 의하면 시계공 때문이었다고 해. 시계공이 죽을 무렵에, 비록 눈이 멀어서 보지는 못하지만 내가 만든 시계를 만져 보기라도 하는 것이 마지막 소원이라고 했대. 그래서 시계를 만져 보게 했는데, 신기하게도 그 순간부터 시계가 멈췄다고 하지."

"지금도 멈춰 있나요?"

"아니. 그로부터 백 년 뒤에 다른 시계공이 시계의 원리를 연구해서 고쳤단다."

"그럼 할아버지도 연구해서 고치시면 되잖아요."

나는 떼를 썼다. 할아버지는 내 어깨를 토닥거리면서 말했다.

"그런데 이 시계는 아예 멈춘 것이 아니잖니. 자, 들어 봐라. 젊은 사람의 심장이 뛰는 것처럼 건강하게 재깍거리고 있어."

나는 할아버지가 내민 청진기로 소리를 들었다. 재깍거린다고 해서 그런 줄 알았는데, 퉁탕퉁탕 하고 커다란 소리가 들렸다. 저절로 입이 벌어졌다.

'살아 있구나, 너!'

엄마도 청진기 소리를 듣고는 놀라는 눈치였다. 할아버지는 나에게 말했다.

"일단 설계도부터 구하는 것이 순서란다. 할아버지가 시계를 50년 넘게 다뤘지만 이런 시계는 처음이거든. 할아버지가 연구를 해도 되겠지만 앞으로 몇 년이 걸릴지 모르겠구나. 그때까지 내가 살아 있을지도……."

할아버지의 표정이 어두워졌다. 할아버지는 고개를 살짝 흔든 다음 엄마를 보며 말했다.

"시계 안쪽은 정상인데 밖에 보이는 바늘 부분만 멈추게 한 것이라면, 분명 어떤 비밀장치가 있다고 생각할 수 있습니다. 그것이 무엇인지, 또 다른 비밀장치가 어떤 효과를 낼지도 모르는 상태에서 함부로 뜯어 볼 수는 없지요. 아까 말씀드렸듯이 이런 정교한 시계들은 일종의 시한폭탄 같은 장치를 설치해 놓으니까요. 그러니 설계자부터 찾아보세요."

우리는 할아버지로부터 시계를 받아 돌아왔다. 할아버지는 헤어지면서 만약 원래 만든 사람을 찾아 고치게 되면 어떻게 고쳤는지 말해 달라고 당부했다. 그리고 귀한 시계이니 꼭 고치기를 바란다는 말도 잊지 않았다.

"따지고 보면 가운데 조그만 시계와 날짜를 표시해 주는 부분만 고장 난 거네. 그런데도 완전히 못 쓰게 된 것만 같아."

아빠는 너털웃음을 지었다. 나는 시계를 선물한 백작에게 편지를 해보자고 했지만 엄마는 뭔가 고민하는 눈치였다. 그러나 망설이던 엄마는 얼마 후에 백작에게 편지를 보냈다. 이탈리아에서 답장이 온 것은 한 달 뒤였다. 엄마는 한 쪽 벽으로 가서 떨리는 손으로 편지를 뜯었다. 편지를 읽은 엄마의 표정이 좋지 않았다. 엄마는 거칠게 혼잣말을 내뱉었다. 편지가 영어로 쓰였다면 내가 읽을 수 있었을 텐데, 백작은 이탈리아어로 답장을 보냈다. 내가 엄마에게 답장 내용이 뭐냐고 묻자 엄마가 퉁명스럽게 대답했다.

"백작도 시계가 왜 고장 났는지 모른다고 썼어."

나중에 아빠는 다른 사람에게 부탁해서 편지를 번역했다. 편지의 내용은 엄마의 말과는 좀 달랐다. 백작은 시계가 고장 날 리가 없다며 엄마에게 거짓말쟁이라고 했다. 그리고 자신에게 무엇을 원하는지 모르지만 이런 식으로 접근하는 것은 그만두라고 경고하는 말도 씌어 있었다. 그제야 엄마가 왜 그렇게 거칠게 반응했는지 알 것 같았다. 엄마는 병원에 있던 어느 날 이렇게 말한 적이 있었다.

"백작은 자기가 시간에 대해서 가장 잘 알고 있다고 생각했어. 더 정확하게, 더 세밀하게 시간을 잴수록 시간에 대해서 잘 알게 된다고 생각했지. 그렇게 믿은 사람이니까 이처럼 1분 1초까지 정확하게 시간을 표시하는 시계를 멈추게 했을 리 없어. 그런데 시계가 멈췄어……. 그것도 정확히 2011년 1월 1일 오전 11시 11분에 말이야. 부엉이시계는 내가 풀지 못한 수수께끼야. 규린은 이 수수께끼를 풀 수 있겠니?"

시간은 돈이다?

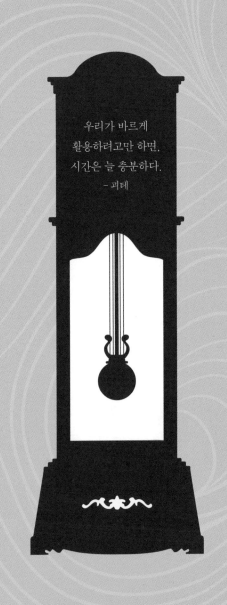

우리가 바르게
활용하려고만 하면,
시간은 늘 충분하다.
– 괴테

"몇 학년이야?"

아빠는 오빠에게 물었다. 가방이 바뀐 인연으로 공항에서 우연히 만나게 된 한국인이지만, 온통 낯선 외국인들 사이에서 만난 탓인지 아빠는 살가운 목소리로 말했다. 그것은 오빠도 마찬가지였다.

"3학년이에요."

"전공은?"

"물리학입니다."

"참 좋은 공부를 하고 있네."

아빠는 반가워했다. 나는 아빠가 왜 물리학이 좋은 공부라고 하는지 알 수 없었다. 복잡한 수식을 배우는 머리 아픈 공부일 것이라고 생각하는 동안 아빠는 미스터 상식맨으로서 실력을 유감없이 발휘하며 오빠와 물리학에 관해 이야기를 나누기 시작했다. 방금 만난 사이라는 생각이 들지 않을 정도로 두 사람은 죽이 잘 맞았다. 나는 세관 심사대의 대기자 행렬이 줄어들기를 기다리며 멀뚱멀뚱 서 있었다. 어느덧 우리 차례가 되었다. 아빠가 먼저 앞장섰다. 검색대의 공항 직원이 아빠의 가방을 열어 보게 했다. 아빠가 가방을 열자 공항 직원이 손을 넣었다. 그리고 박스 안에 들어 있던 부엉이시계를 밖으로 꺼냈다. 대기하고 있던 사람들의 시선이 일제히 시계를 향했다. 내 뒤에 서 있던 오빠도 탄성을 질렀다. 아빠는 공항 직원에게 시계를 고치러 왔다고 말했을 것이다. 내 뒤에 있던 사람이 시계에 대해 물어보기도 했다. 내가 간단히 설명하자, 오빠가 신기하다는 표정을 지었다.

"너, 영어 잘하는구나. 공부도 잘하지?"

사람들은 영어를 잘하면 공부를 잘하는 줄 안다. 나는 엄마와 함께 미국에 살았던 이야기를 해줄까 했지만, 검색대를 통과할 차례였다. 이미 주머니를 다 비운 상태여서 아무 소리도 나지 않았다. 아빠를 따라 공항을 나서려는데 갑자기 직원이 나를 멈춰 세웠다. 그리고 내 가방을 열었다. 직원은 가방 안에서 그림을 말아 넣은 통과 커다란 모래시계를 꺼냈다. 그러고는 나에게 대기줄 옆에서 기다리라고 했다. 아빠가 허겁지겁 내게 다가왔다.

"아빠, 왜 그래?"

"글쎄, 모르겠구나."

아빠는 담담하게 말했다. 그렇지만 뭔가 속으로 집히는 게 있는 눈치였다. 몇 분 지나지 않아 경찰과 함께 셰퍼드가 왔다. 버릇대로 개를 쓰다듬어 주려 하자 아빠는 급하게 내 손을 붙잡았다.

"만지지 마. 저 개는 마약 탐지견이야."

경찰은 아빠에게 모래시계의 윗부분에 있는 뚜껑을 열라고 했다. 개가 코를 모래시계 안으로 들이밀었다. 순간 녀석의 코를 때려 주고 싶었지만 참았다. 아빠가 재빨리 문서를 내밀었다. 한 경찰이 그 문서 내용을 살펴보는 사이에 다른 경찰은 다른 짐까지 꺼내서 마약 탐지견의 코에 대주었다. 하지만 그들이 찾는 것이 있을 리 없었다. 경찰이 거수 경례를 하자마자 나는 모래시계를 잡아채듯이 받아 들고 서둘러 그 자리를 떴다. 뒤쫓아 온 오빠가 입을 열었다.

"정말 큰 모래시계네. 외국 올 때는 모래나 흙 같은 거 가지고 오면 안 돼. 식물도 안 되고, 동물도 다 검역을 받아야 한단 말이야. 이렇게 넘어간 것도 정말 운 좋은 줄 알아야 해."

"이거 모래 아니란 말이에요!"

나는 소리쳤다. 오빠는 고개를 갸우뚱거렸다.

"모래시계에 모래가 없으면 뭐가 있지?"

오빠는 자세히 보려는 듯 고개를 들이밀었다. 나는 얼른 모래시계를 아빠가 가져온 내 가방에 넣었다. 눈물이 쏟아지려는 것을 겨우 참고 화장실로 달려갔다. 그리고 가방을 껴안고 참았던 눈물을 흘렸다. 엄마가 유럽으로 떠나기 전 공항에서 억지로 미소를 지어 주던 모습이 떠올랐다.

"엄마……."

눈물이 멈추지 않았다. 그러다 내가 우는 목소리가 왕왕 울려 퍼지는 소리를 듣고 정신을 차렸다.

'이러면 안 돼. 벌써부터 허물어져서는 절대 안 돼.'

나는 거울을 쳐다보았다. 예전에 엄마를 떠나보내며 했던 다짐을 다시 떠올렸다. 화장실에서 나와 아빠를 보면 웃으려고 했는데, 오빠가 여전히 그 자리에 있는 것을 보자 웃을 수가 없었다. 오빠는 아까와는 달리 표정이 굳어 있었다. 아빠가 말한 것이 분명했다. 모래시계의 비밀을.

오빠가 고개를 숙이며 미안하다고 했다. 오빠의 사과가 진심이라는 것을 알았지만 나는 아무 말도 하지 않았다. 오빠는 쭈뼛쭈뼛하다가 몸을 돌려 천천히 공항 출구 쪽으로 걸어 나갔다. 아빠는 오빠가 다섯 걸음 떨어지자 조곤조곤 내게 말했다.

"네 마음은 이해해. 하지만 저 학생이 모래시계에 뭐가 들어 있는지 알고 말한 것은 아니지 않니?"

아빠의 말을 듣기 전에도 그런 생각은 했다. 하지만 마음이 쉽게 돌려지지는 않았다. 머리로는 이해를 해도 가슴이 따라가는 데에는 시간이 걸린다는 것을 아빠는 잊고 있는 듯했다. 아빠가 한마디 더했다.

"저 친구 딴에는 벼르고 별러서 온 유럽 여행인데 우리를 만나 기분을 망친 것 같아서 나도 마음이 편하지는 않구나."

아빠의 말을 듣고 보니 나도 마음이 편하지 않았다. 아빠처럼 오빠의 기분을 생각해서 그런 게 아니었다. 아무리 나와 상관없는 오빠라고 해도 두고두고 유럽 여행을 떠올릴 때마다 기억 속에서 이상한 아이로 남는 것이 싫었다. 여전히 엄마를 못 잊고 수시로 우는 어린 아이. 엄마의 49제를 끝내고 더 씩씩해지겠다고 결심하면서 내 머릿속으로 그려 본 이미지와는 거리가 멀었다.

"아빠, 나도 편하지 않아."

아빠는 내 말을 듣고 빠른 걸음으로 오빠를 좇아갔다. 내가 다가갈 때쯤 오빠는 뒷머리를 쓰다듬으며 아빠에게 계속 말하고 있었다. 아빠는 그런 오빠에게 역시 같은 말을 반복했다.

"같이 가. 이 짐 가지고 버스 타고 숙소 찾아가는 거 쉽지 않을 거야. 힘든 것도 힘든 거지만, 학생이 돈도 아껴야지."

아빠는 미리 예약한 렌터카로 오빠를 시내까지 데리고 가겠다고 말했다. 오빠는 여러 번 거절 끝에 겨우 수락했다. 나는 아무 말도 하지 않다가, 아빠가 "그렇게 하면 규린이 마음도 편해질 거야."라고 말할 때에만 고개를 끄덕였다. 그것은 아빠를 위한 하얀 거짓말이었다.

엄마를 생각하면 자연스럽게 시간에 대해서 생각하게 되었다. 시간에 대해서 생각할 때면 마음이 편치 않았다. 엄마가 유언으로 남긴, 시간을 주제로 그린 그림을 찾아 달라는 소원이나 부엉이시계의 수수께끼 때문만은 아니었다. 나는 중학교에 오면서 말 그대로 시간에 짓눌려 살고 있다. 사춘기 여자아이의 호들갑스런 과장이 아니라, 유치원에 다닐 때를 떠올려 보면 선명하게 비교되는 감각 같은 것이다. 그때는 무얼 하건 내가 움직이는 대로 시간은 내 앞으로 무한정 펼쳐지는 것 같았다. 하루 종일 토닥토닥 모래놀이를 해도, 텔레비전을 보고 쫑알거려도, 놀이터에서 숨바꼭질을 해도, 시간은 퍼내고 퍼내도 다시 채워지는 마법의 보물상자였다. 초등학교에 들어간 다음부터는 정해진 규칙대로 움직여야 하는 경우가 많아졌다. 그렇게 되면서 누군가에게 시간을 빼앗기고 있다는 기분이 들기 시작했다. 마음과 몸이 바쁘게 움직이는데도 시간은 줄어들기만 했다.

중학교에 진학하자 상황은 더욱 살벌해졌다. 시간은 어린 시절에 본 인자하고 넉넉한 인상을 짓고 있지 않았다. 잔뜩 격식을 차린 제복을 입고 매서운 눈초리로 나를 지켜보는 엄격한 교관 같았다. 작은 실수도 용납하지 않을 기세로 감시하면서 나를 몰아세웠다. 그러더니 중학교 2학년 때부터는 굼뜬 내가 답답한지 매몰차게 내 어깨를 치고는 저만치 앞서서 가 버리는 것이었다. 그런 기분이 최근에는 더 심해졌다. 처음에는 엄마의 갑작스런 죽음 때문에 겪는 심리적 혼란이라고 생각했다. 하지만 엄마가 있는 내 친구들도 '매일 할 일은 많은데 시간이 없어 허덕인다'는 말을 밥 먹듯이 했다. 나만이 느끼는 압박감이 아닌 것이다. 시간이라는 놈은 나이가 들수록 더 무서운 얼굴로 탈바꿈하도록 원래 그렇게 생겨 먹은 걸까?

'지금도 힘든데, 나중에는 얼마나 시간에 짓눌릴까? 내 몸이 구부러지다가 짜부라지면 결국 모래 같이 으깨져 버리겠지…….'

나는 이런 생각을 할 때마다 고개를 세차게 흔든다. 엄마는 돌아가시기 얼마 전 손바닥으로 팔뚝의 피부를 만지면서 모래처럼 꺼끌꺼끌하다고 말했다. 입안도 모래를 삼킨 듯 버석거린다며 물을 축였지만 소용이 없었다. 예뻤던 엄마의 얼굴은 시간의 화살이 마구 선을 그어 댄 것처럼 주름으로 가득했다. 세포가 서로 붙어 굳어 버리는 세포경화증이라는 병은 엄마의 시간이 엄청난 속도로 흐르게 만들었다. 엄마는 할머니보다 더 늙어 보였다. 엄마는 거울을 보려 하지 않았다. 모든 것에 대해서 눈을 감았고, 마음의 문도 닫으려 했다. 그즈음 아빠는 엄마가 마음을 편하게 갖게 해주려고 명상음악을 틀고, 명상책을 읽어 주었다. 한 달 정도가 지나자 엄마의 마음은 차츰 진정되었다. 아빠가 엄마에게 책을 읽어 주는 소리가 들려오는 것 같다.

고타마 붓다가 어느 마을에 도착했다. 아이들은 강가에서 모래성을 쌓으며 놀고 있었다. 아이들은 모래성이 잘 안 쌓아진다며 서로 화를 내고 소리를 질렀다. 그런데 집에 갈 때는 성을 부수고 달려갔다. 붓다는 제자들에게 이렇게 말했다.

"우리의 삶도 이 이상이 아니다."

옆에서 이 이야기를 들으며 나는 모래 같은 시간에 대해 엄마와 이야기를 나눴을 때보다 더 큰 허무감을 느꼈다. 지금도 이 이야기를 떠올리면 그때의 텅 빈 느낌이 고스란히 되살아나는 것 같다. 하지만 엄마는 이렇게 말했다.

"허무를 알게 되니까 포기하게 되는 것이 아니라, 오히려 더 애착을 갖고 붙잡고 싶어지는 것이 많아져."

엄마는 우리와 더 많은 시간을 함께하지 못하는 것이 가장 안타깝다고 했다. 우리 곁에 더 있고 싶다며 유해를 모래시계로 만들어 달라고 했다. 그리고 나에게 주면 좋을 엄마의 그림을 찾고 싶다고 했다. 나는 꼭 찾아 주겠다고 약속을 하며 엄마에게 물었다.

"그림은 어디에 있는데?"

"아마 백작이 갖고 있을 거야. 내가 마지막으로 그린 시간에 대한 연작 중 하나인데, 백작에게는 내 기획을 비밀로 하고 그렸어. 그런데 갑자기 백작을 떠나야 하는 바람에 미처 가지고 오지 못했단다. 잘만 고치면 정말 좋은 그림이 될 수 있을 텐데. 너라면 엄마가 마무리하지 못한 것을 언젠가는 고칠 수 있을 거야. 엄마보다 더 훌륭하게."

엄마는 이미 굽을 대로 굽은 손으로 온힘을 쥐어짜내어 스케치북에 그림을 그려 가면서 설명을 했다. 그러나 그림의 형태도, 여러 신화적 상징을 설명하는 엄마의 말도 이해할 수 없었다. 마지막에 엄마의 심장까지 멈추게 한 세포경화증은 그때 엄마의 손을 집어삼키고 있었던 것이다. 엄마의 병이 얼마나 무시무시한 놈인지, 병세가 얼마나 빠르게 진행되는지를 스케치가 노골적으로 확인시켜 주는 듯해서 나는 슬펐다. 엄마가 거울을 보기 싫어한 것처럼, 나는 화가였던 엄마가 마지막에 그린 스케치를 한동안 보고 싶지 않았다. 마치 엄마를 뚫고 나온 날카로운 칼날들이 엄마의 고통을 스케치북 위에 새겨 둔 흔적 같아서였다. 하지만 지금은 그 스케치가 엄마의 그림을 찾을 유일한 단서이기 때문에 너무 소중하다. 자주 들여다보고 머릿속으로도 수시로 그 스케치를 떠올린다. 정확히 말하자면 스케치로 드러내고자 한 엄마의 원래 그림을 상상했다. 엄마의 소원을 들어주기 위해 내가 할 수 있는 것이 이것밖에 없다는 것에 울컥울컥 올라오는 슬픔을 꾹꾹 누르면서.

세포경화증을 일으킨 바이러스는 엄마의 눈까지 빼앗았다. 보이지 않는 시간까지 그렸던 엄마는 세상을 더 이상 눈으로 보지 못해 마음으로만 내 그림을 보았다. 엄마가 말하는 것을 바탕으로 나는 자료 조사를 한 후 스케치북에 그림을 그렸지만 내가 이해한 것이 맞는지 아닌지 확인할 길이 없었다. 그런 상황에서 엄마는 떠났다. 그 직전까지 나는 기적을 바라는 마음을 놓지 않았다. 또 그러면서도 마음 한켠에는 엄마를 잃는다는 두려움을 이기기 위해, 내가 무너지지 않기 위해 높다란 담장을 쌓고 있었다. 그러나 엄마가 병상에서 눈을 감던 그날, 해일에 무너지는 둑처럼 단단히 쌓은 방어벽은 허무하게 다 쓸려가 버렸다. 엄마에게 더 잘하지 못했다는 후회만 폐허처럼 남았다. 그 아픈 시간은 좀처럼 무뎌지지 않고 불쑥불쑥 내 가슴을 찌른다.

가슴을 두 손으로 부여잡고 실랑이를 벌이는 사이에 차는 공항을 벗어나, 벌판 한가운데 도로만 외롭게 자기 몸을 누이고 있는 풍경 사이를 계속 달리고 있었다. 황량한 벌판 이외에는 구경할 만한 것이 없자 지루해진 아빠와 오빠는 이야기를 나누기 시작했다. 괴로운 생각을 떨쳐내려 노력하던 내 귀에 별로 재미있지도 않은 아빠와 오빠의 대화가 파고들었다.

"그래, 예산은 얼마나 생각하고 온 거야?"

"이백만 원이요."

"이백? 20일 정도 여행한다면서 그 돈으로 가능하다는 건가? 먹고 자고 이동하고 기념품도 사야 할 텐데."

"기념품은 짐이 되니까 정말 신기한 것만 사고, 싼 티셔츠나 사려고요. 그래서 옷은 덜 가져왔어요. 대신 먹을 것을 더 넣고 왔지요. 먹고 자는 것에서 절약을 하면 오히려 일정을 더 늘려서 다닐 수 있을 것 같아요."

"자는 것은 유럽 물가가 비싸서 안 될 텐데. 노숙은 위험하고."

"정 안 되면 노숙도 불사하겠지만 일단 방학 때 싸게 내놓은 대학 기숙사들이 많이 있으니까 걱정은 없어요. 여기 올 때도 로마 대학 기숙사에 예약을 했는걸요."

"아, 그런 방법이 있었군. 역시 젊은 친구들은 정보력부터가 달라."

아빠는 오빠의 말에 감탄했다. 그러면서도 이내 내게 교훈을 줄 때와 같은 표정으로 말을 이었다.

"돈을 아끼는 것만이 능사는 아니니까, 멀리 유럽까지 왔으니 한정된 시간에 많이 보고 가려면 돈을 들여서라도 좀더 다니도록 해봐."

"어차피 먹고 자는 돈은 안 쓸 수 없으니 어쩔 수 없고, 정해진 경비에서 더 많은 곳을 보려고 일부러 일정을 빡빡하게 잡았습니다."

"일정으로 최대한 절약하며 많이 보겠다? 그야말로 시간은 돈이라, 이거군."

"그렇죠. 외국 여행 하면 그 말을 실감한다고 하던데요."

"그렇지. 맞아."

아빠는 껄껄 웃었다.

'시간은 돈이다.'

나는 아빠가 한 말을 곱씹어 보았다. 엄마는 시간을 그리기 위해 꽃, 동물, 신의 얼굴까지 그렸지만 돈을 그린 적은 없었다.

"아빠, 시간은 돈이에요?"

"그럼, 돈이지. 아니 시간은 돈보다 더 귀한 거야. 아빠가 말했잖아. 시간을 낭비하는 것은 나쁜 일이라고 말이야. 성경에도 중대한 일곱 가지 죄악 중에 시간을 낭비하는 게으름이 있을 정도라고."

오랜만에 내가 말을 걸자 아빠는 반가운 듯 대답해 주었다.

"시간이 아빠 말처럼 귀한 거라면 돈이나 황금이라고 하면 안 되는 거 아닌가요? 사랑은 돈이다. 사랑은 황금이다. 이렇게 비교하지 않잖아요."

"으흠, 규린아, 시간은 돈이라는 말을 누가 한 줄 알고 있니?"

나는 모른다고 했다. 나는 옆을 쳐다보았다. 오빠도 잘 모르는 것 같았다.

"그 말을 한 사람은 바로 벤저민 프랭클린이야."

아빠는 퀴즈 대회에서 우승을 한 사람처럼 의기양양했다. 옆에 있던 오빠가 신기한 눈빛을 보내며 아하! 소리를 내자 아빠는 더욱 신이 나서 말을 이어 나갔다.

"프랭클린은 미국의 독립에 공헌을 한 정치가이자 번개 실험으로 유명한 과학자야. 그의 공로가 워낙 대단해서 100달러 지폐에 새겨져 있을 정도지. 그런데 프랭클린이 인쇄업으로 큰돈을 번 부자란 사실은 많이 알려져 있지 않지."

"그래요?"

"무엇을 인쇄해서 돈을 번 줄 아나?"

아빠는 오빠 쪽으로 몸을 기울이며 물었다. 마치 비밀 이야기를 나누는 것처럼. 오빠는 모른다고 했다. 오빠의 말이 떨어지기가 무섭게 아빠는 흥겨운 목소리로 말하기 시작했다.

"달력이었어. 당시 출판계에는 책이 아니라 달력이 베스트셀러였지. 예를 들어, 알마나크라고 하는 달력은 기상, 천문과 관련된 정보들을 담고 있어 큰 인기를 끌었지."

"놀랍네요. 달력이 베스트셀러였다니."

"그런데 프랭클린은 달력을 책처럼 만들면 좋지 않을까 생각했어.

그래서 동서양의 속담을 변형시킨 경구들을 써 넣은 '가난한 리처드의 달력'이라는 걸 만들었어. 흔하디흔하게 사용되는 '시간은 돈이다'라는 경구도 원래 그 달력에 썼던 말이야."

"지금 보면 당연한 말인데, 그때만 해도 새로운 말이었나 보네요."

'당연하다고? 난 당연한 것 같지 않은데?'

나는 고개를 갸웃거리며 아빠와 오빠를 번갈아 보았다. 아빠는 오빠의 말에 고개를 끄덕이며 말했다.

"그렇지. 18세기 이전의 사람들은 시간에 대해 그렇게까지 생각하지는 않았거든. 시간을 돈과 연관시키는 사람은 일부 상인이나 고리대금업자, 교회나 정부 정도였어. 하지만 근대 이후에 완전히 변했지. 그 원인을 아주 단순하게 이야기하자면 시계 때문이야. 물론 자본주의가 발달하면서 시간이 돈처럼 중요하다는 것이 당연해졌지만, 많은 사람이 시계를 가질 수 있게 된 때문이기도 해."

'고작 시계 때문에 그렇게 엄청난 변화가?'

이해하기 힘들었다. 나는 부엉이시계를 보면서 시간이 돈이라고 생각해 본 적은 없었다. 아빠는 내가 의심스러운 눈초리로 바라보자 도리어 더 확신에 찬 눈빛을 보낸 후 말했다.

"원래 시계는 부자나 귀족의 장식품이었어. 진짜 시간을 보기 위한 것이라기보다는 정교하고 신기한 인테리어였던 셈이지. 정확한 시간이 필요하지는 않았던 거야. 약속을 할 때도 동이 틀 무렵, 보름달이 뜨면, 청포도가 다 익어 갈 즈음, 이런 식이었지. 그렇게 서두를 필요가 없던 시대였어. 시간 개념도 희박했고, 마을마다 시간을 재는 방법이 달라서 지방마다 연도가 다른 경우도 있었어. 자기 나이를 정확히 아는 사람도 드물었지. 그런 상황에서 시계는 그저 사치품이 될 수밖에 없었어."

옛날 사람들이 아주 천천히 움직이는 광경이 떠올랐다. 영화 필름을 천천히 돌리는 것처럼. 느릿하게 길을 가면서 나무 위에 새가 노래하는 것도 쳐다보고, 바닥에 구르는 돌멩이도 쳐다보며 발로 툭툭 차고, 그러다 떨어진 동전을 발견하면 슬쩍 주머니에 넣는다. 다시 길을 가면서 지나가는 사람도 구경하고, 머릿속으로는 어제 있었던 일이나 오늘 아침의 일, 앞으로 다가올 일을 생각해 보겠지. 아주 어렸을 때 나는 텔레비전 없이 살아야 했던 옛날 사람들이 심심할 것 같아 불쌍하다고 여겼다. 그것에 대해 더 이상 생각해 보지 않았는데, 지금 아빠의 이야기를 듣고 보면 꼭 그렇지만은 않을 것 같았다. 그러나 오빠는 이해가 되지 않는다는 표정으로 말했다.

"아니, 시간을 모르고도 제대로 살 수가 있나요? 생활이 뒤죽박죽이었을 것 같은데요."

"지금 보면 황당하겠지만, 그때야 자기가 사는 곳에서 날짜만 구분할 수 있으면 되었으니까. 연도를 고민한 사람은 역사를 저술하는 학자 정도였어. 좀 배웠다는 사람들도 자기 나이를 잘 몰라 실제 나이와 십 년 차이가 나는 경우도 있었대."

오빠는 황당하다는 표정을 지었다. 아빠는 이런 반응을 좋아했다. 자신의 지식이 그만큼 더 높고 넓다는 것을 확인하는 순간이기 때문이었다.

"아무리 지식인이라고 해도 당시 사회 속에서 사는 사람이니까 그렇지. 16세기만 하더라도 어떤 사람의 나이를 알아야 할 필요가 있으면 그가 살았던 곳의 사람을 여럿 불러다가 그 사람이 몇 살인지 협의하게 했다고 해. 기독교가 융성한 중세에도 지금 우리가 사용하는 서기를 쓰지 않았지. 편지를 보내거나 다른 기록을 할 때도 정 시간을 써야 하면 왕의 연호를 썼어. 우리나라가 세종 12년, 이런 식으로 연도 표시를 했던 것처럼 서양 사람들도 그랬지."

어느덧 오빠와 나는 귀를 쫑긋 세우고 아빠의 말을 들었다. 아빠는 고개를 돌려 우리를 번갈아 보고는 빙긋이 웃었다.

"중세 서양에서는 모든 것의 중심이 교회였잖아. 철학도 신학이 되고, 과학도 종교적 의미를 따지고, 그렇지 않은 것은 이단으로 몰릴 위험이 있었지."

"하긴 영화를 보면 종교재판이니 십자군 전쟁이니, 살벌했더군요."

오빠가 말했다. 아빠는 오빠 쪽을 슬쩍 돌아보고 말했다.

"가혹한 면이 있었던 것은 사실이지만, 중세가 그렇게 어두운 시대였던 것만은 아니야. 여하튼 이때부터 생활의 중심이라고 할 수 있었던 교회에 커다란 시계가 달리기 시작했어. '델 오롤로지오'도 14세기에 설치된 유명한 공공시계였어."

델 오롤로지오라면 부엉이시계의 이름과 같은 시계였다. 시계 명장 할아버지는 그 시계를 만든 사람은 두 눈을 잃었다고 했다.

'왜 그런 시계의 이름을 부엉이시계에 붙인 것일까? 부엉이시계에도 끔찍한 사연이 숨어 있는 것은 아닐까? 혹시 저주가 붙은 것은 아

닐까?'

다시 생각이 꼬리를 물었다. 아빠의 이야기도 꼬리를 물고 계속되었다. 마치 두 개의 직선이 평행선을 그리는 것처럼. 목소리가 커진 아빠의 직선이 굵직하게 느껴지기 시작하면서 나의 직선은 점점 희미해졌다. 점차로 내 머릿속은 아빠의 이야기로 채워졌다.

"공공시계 덕분에 일반 백성들은 비로소 시계를 구경할 수 있게 되었어. 너무 비싸서 살 엄두를 내지 못했던 시계를 말이야. 시계를 달지 않은 조그만 교회는 정해진 시간에 종을 쳤지. 매 시간 종을 치다 보니 일반 백성들도 시간이 계속 지나간다고 느끼게 된 거야. 예전에는 대충 정해서 하던 일들을 종소리에 맞춰 하게 되었지. 그렇게 하다 보니 점점 생활이 바뀌었는데, 무엇보다 생활 속도가 빨라지게 되었어."

"아무 일도 안 할 때 종소리를 들으면 시간이 새어 나간다고 느꼈을 것 같아요."

오빠의 말을 듣고 나는 손에 쥔 모래가 떠올랐다. 쥐고 있어도 손아귀에서 빠져나가고, 손을 펴면 산산이 흩어져 버리는 모래알. 엄마는 그것이 허무라고 했다.

"그렇지. 가만히 놔두어도 모래가 아래로 빠져나가는 것처럼 시간도 그렇지 않은가 생각하기 시작한 거라고. 중세 때 모래시계가 제작된 것도 이런 생각 때문이었겠지. 이름은 모래시계지만, 실제로 모래를 넣으면 구멍을 닳게 하니까 달걀 껍데기 같은 것을 곱게 갈아서 넣었지만 말이야."

아빠는 자신의 애창곡들을 메들리로 부르는 것처럼 신나게 말했다.

"아무튼 근대가 되어서는 시간에 대한 사람들의 생각이 많이 달라졌지. 시간은 신이 우리에게 준 신성하고 가치 있는 것일 뿐만 아니라 다른 의미도 있다고 생각한 거야. 시간은 유한하고 대체불가능한 자원이기 때문에 제한된 시간에 보다 많은 것을 얻을 수 있도록 경제적으로 사용해야 한다는 관념도 생겨났어. 사장은 직원들이 부지런히 움직여야 이익이니까 그야말로 일 분 일 초가 돈조각이라고 생각했지."

"돈조각?"

나는 여전히 돈조각이라는 생각을 할 수 없었다. 어른은 돈을 버는 사람이라서 그렇게 생각할지도 모른다. 그렇지만 나에게 시간은 돈도 아니지만, 조각도 아니다. 시간은 내가 감당할 수 없는 거대한 덩어리, 혹은 모든 것을 변화시키는 힘, 그도 아니면 세상 전체를 올려놓은 무대라고 말하고 싶다. 공항에서 저마다 다른 도시의 시계에 갇힌 시간이 그래서 더 낯설었다. 아빠는 내가 돈조각이라는 말에 놀라는 것을 듣고 말했다.

"돈조각은 현대의 시간에 대한 생각을 가장 잘 드러내는 멋진 비유라고 생각해."

나는 그 뜻을 잘 모르지만 왠지 끔찍해서 몸서리가 쳐졌다.

"공업화가 되기 전에는 해가 뜨면 일터에 가고 해가 지면 집으로 돌아가는 식으로 살면 되었단다. 그러다가 산업혁명 이후에 상황이 달라졌어. 증기기관의 발명이 산업혁명에만 영향을 끼친 게 아니라고. 시간에 대한 생각에도 변화를 일으켰어. 당시에는 증기가 아주 귀했기 때문에 노동자들은 증기가 들어오면 재빨리 작업에 착수해야 했어. 시간을 지키는 것이 무척 중요해졌지. 중세에는 일정한 간격으로 치는 종소리를 듣고 난 후에 일손을 분주하게 맞추었다면, 이제는 시간이 흐르는 과정을 계속 지켜보면서 사전에 미리미리 준비해야 해. 작업방식은 기계에 맞춰졌고 그런 방식에 사람들이 익숙해지다 보니, 종은 점점 사라지고 사람들이 모이는 곳에는 어김없이 시계가 설치되었어. 시간은 철저하게 관리되었지. 몇 분 단위로, 나중에는 초 단위로 관리하는 게 당연시되었어. 찰리 채플린의 영화 '모던 타임스(Modern Times)'처럼, 아니 지금 우리처럼."

여태까지와는 다르게 아빠의 목소리가 약간 가라앉았다. 영화 속 찰리 채플린의 모습이 떠올라 미소를 짓는 나와는 사뭇 달랐다.

"기계를 가동하는 시간에 맞춰 인간의 시간은 잘게 쪼개진 거야. 점심시간 후 30분 정도의 휴식시간을 빼고는 늘 기계에 붙어 일해야 했어. 아까 말했듯이 시간은 돈조각이니까. 당시의 노동자를 감독하는 관리자들은 시계의 분침에 추를 달아서 30분의 휴식시간을 27분으로 줄이는 꼼수를 쓰기도 했어. 혹시나 노동자들이 시계의 시간을 조작할까 봐 시계를 아예 잠그기도 했다는군."

나는 아빠의 말을 듣고 나서야 찰리 채플린의 우스꽝스러운 몸짓 뒤에 스민 슬픔을 이해하게 되었다. 그리고 아빠의 목소리가 왜 잦아들었는지도.

"휴식시간을 빼앗긴 것도 모르고……. 불쌍하다, 아빠."

"노동자들도 가만히 있지만은 않았어. 10시간의 노동시간을 9시간으로 줄여 달라고 싸우거나, 작업시간에 따라 임금을 올려 달라고 하

거나, 일요일은 쉬게 해 달라고 요구하며 열심
히 싸웠어. 시간과 돈을 두고 밀고 당기는 싸움
을 했던 거지. 그러면서 노동자들도 시간이 얼마나 돈
과 밀접한지 절감했던 거야. 지금도 아르바이트 시급 얼마라는
말을 하지? 노래방 이용료 같은 것도 시간당 얼마, 자전거처럼 구
체적인 물건을 빌리는 데도 시간당 이용료를 책정하는 방식은
이미 근대가 시작되면서 뿌리를 내리기 시작한 거라고."

　시간당 받는 돈을 뜻하는 시급에 아빠가 말한 역사적 배경이 있는
줄은 몰랐다. 또, 전체 월급을 시간으로 나눠서 표시하는 줄 알았는데,
거꾸로 시간당 급여를 모아서 월급이 나오는 것이었다니. 내가 당연
하게 여겼던 시간당 요금도 근대가 아니었다면, 그냥 대충 저녁 무렵
까지 혹은 적당히 쓰고 나서 서로가 적당히 인정하는 선에서 계산될
수도 있지 않았을까. 그랬다면 시간과 돈을 바꾸는 계산법 이전에 내
가 누리는 것과 상대방이 제공하는 것의 가치 자체에 더 집중하게 되
지 않았을까.

　"더 많은 시간을 일하면 더 많은 돈을 받아야 한다. 더 많이 일해야
더 많이 번다. 그래서 밥도 빨리 먹고, 옷도 빨리 갈아입는 것이 좋다,
시간을 아껴 쓰는 습관을 선호하게 되었지. 반대로 시간관념이 희박
하고 대충 계산하는 사람들을 나태하다며 죄악시했어. 이런 분위기에
서 시계가 필수품이 된 건 너무 당연한 현상이지. 자본주의 경제는 투

입된 시간 대비 노동의 결과물을 철저하게 따지는 방향으로 발달하게
되었고."

"아하, 그래서 시계가 자본주의 발달에 영향을 주었다고 하셨던 것
이군요?"

오빠는 고개를 끄덕이며 말했다. 하지만 나는 여전히 앞뒤가 안 맞
는 느낌이었다. 아빠가 예전 사람들이 시계가 없어서 대충 시간을 맞

추며 살았다고 말했을 때는 여유로움과 행복감을 느꼈는데, 지금처럼 시간을 정확하게 맞추고 산다는 말을 들을 때는 초조함과 각박함만 느껴지는 것이다.

"아빠, 그렇게 변한 것이 정말 발달이라고 말할 수 있어? 발달은 좋은 쪽으로 변하는 것인데 더 바빠지고 더 예민해진 것 같잖아."

아빠는 잠시 뜸을 들였다가 대답했다.

"개인적으로는 그렇게 부정적으로 볼 수 있지만, 전체 인류의 측면이나 역사를 보면 분명 더 좋은 쪽으로 나아갔다고 할 수 있어. 열심히 연구하는 과학자 덕분에 새로운 물질과 기술이 개발되어 생활이 풍족해졌고, 부지런한 노동자 덕분에 갖가지 상품을 골라 쓰는 재미를 누리게 되었으니까. 만약 모두가 이전의 생활 모습을 고집하면서 아무 노력도 하지 않았다면, 어디 이런 변화를 누릴 수 있었겠니? 게으름은 여유로움이 아니라 악마의 놀이터일 뿐이야. 바쁘게 살아야 활기차고 얻는 것도 많다고."

"하지만 바쁘게 살면 스트레스가 많다고 아빠가 그러지 않았어? 그리고 그렇게 눈에 보이는 것 말고 마음처럼 눈에 보이지 않는 것도 고려해야 하는 거 아냐? 아빠 말대로라면 사람들은 돈을 더 많이 모을 수 있는 일 외에는 다른 곳에 시간을 쓰는 것은 낭비라고 생각하게 된 거잖아. 예를 들어 여유를 갖고 하늘을 본다든지, 친구와 물에 발을 담그고 수다를 떤다든지……."

아빠는 내 말을 가로막았다.

"물론 스트레스를 풀자면 그런 여유로운 것에도 시간을 써야 하지.

하지만 그런 것을 정말 편하게 누리려면 그전에 열심히 시간을 보내고 돈을 벌어 놓아야 하는 거야. 일주일에 5일 동안 열심히 일한 사람이라야 토요일과 일요일이라는 시간이 기다려지는 법이지, 매일 백수로 지내는 사람이라면 주말이라고 해서 뭐가 그렇게 특별할까."

"아빠, 결국 여유 있게 시간을 보내며 행복을 느끼는 것이 목적이라면 그냥 일을 하는 과정에서부터 더 많이 여유를 즐기는 방법을 생각해 보아야 하지 않을까?"

"그게 말처럼 가능하면 얼마나 좋겠니? 경쟁이 아주 심한 사회에서 여유를 부리면 나만 뒤처지게 돼. 지금은 여유를 즐길 수 있어도 결국에는 여유를 즐기지 못하고 불만족스런 생활을 하게 되어 있어."

"하지만 못사는 나라의 사람들인데도 생활에 만족하고, 심리적으로는 여유가 충만하다고 하던데, 거기가 어디더라?"

"중앙아메리카에 있는 코스타리카 말이니? 영국 한 기관의 조사에 따르면, 거기가 국가행복지수는 1위이고, 도미니카 공화국, 자메이카 순으로 만족도가 높은 것으로 나오기는 해. 하지만 아빠는 솔직히 잘 이해가 안 돼."

오빠가 끼어들었다.

"저도 복잡한 것이 싫을 때는 며칠 그런 곳에서 푹 파묻혀 지내고 싶다고 생각했지만, 막상 가면 아주 심심해서 미칠 것 같아요."

아빠는 오빠의 말을 받아 말했다.

"아프리카 사람들은 그들의 생활 리듬이 그곳 환경에 맞는 것이고, 우리는 우리 나름대로 다른 것이지."

"어, 그런데 아빠는 서로 다른 것이 아니라, 우리처럼 사는 것이 아프리카 사람들보다 더 발달되어 좋다고 했던 거 아냐?"

내 말에 아빠는 순간 말을 잃었다. 침묵이 계속 되자 나는 아빠에게 답을 듣고 싶은 다른 질문도 덧붙였다.

"아빠, 그 사람들이 우리보다 더 행복하게 산다면, 그들이 어떻게 사는지 살펴보고, 배울 수 있는 것은 따라 해보려고 노력해야 하는 게 아닐까? 춤을 예로 들어도 그래. 춤을 멋지게 추는 사람을 보고선 나와 리듬감이 다를 뿐이라고 생각해 버리면 배울 수가 없어. 하지만 처음에는 어색해도 조금씩 따라 하면 실력이 늘어서 결국 나도 멋지게 춤을 출게 될 뿐만 아니라 춤을 추면서 행복한 감정을 느끼게 되거든. 아빠도 내가 춤추는 거 봐서 알잖아. 이건 춤이 아니라서 그렇게 안 되는 거야?"

더 알고 싶어서 물어본 것이었는데 아빠가 답을 주지 않아, 마치 아빠를 궁지에 몰아넣기 위해 던진 질문이 되어 버렸다. 아빠가 하는 말에서 엄마가 예전에 했던 말이 떠올랐기 때문에 나는 유난히 집요해졌다. 돈을 많이 벌어서 여유롭게 자기가 하고 싶은 것만 하겠다고 한 엄마는, 돈은 벌었지만 지금은 유럽이 아닌 아예 다른 세상으로 떠나서 돌아오지 못한다. 한번 가면 아무도 돌아오지 못하는 곳에서 여유로운 삶을 살고 있을지 모르지만, 나와 행복한 시간을 함께 보내는 것은 아니다.

'만약 시간이 돈이라면 엄마는 지금이라도 나와 함께 여유를 즐길 시간을 사려고 할까? 아니면 더 벌어서 나중에 더 오래 더 많이 즐길

것을 준비하려고 할까? 아빠라면 어떤 선택을 할까?'

나는 생각에 잠겼다. 아빠도 나 못지않게 엄마가 보고 싶을 것이다.

'시간이 돈이라면 죽은 사람의 시간도 돈으로 살 수 있어야 하지 않을까? 그렇게 되면 사랑하는 사람이 죽는 것도 미룰 수 있지 않을까? 죽을 위기에 놓인 사람도 돈조각 정도가 아니라 돈 자체를 더 구해서 죽음을 모면할 수도 있겠지?'

나는 진심으로 그렇게 되면 좋겠다고 생각했다. 엄마와 함께한 나의 시간도 달라지고, 나의 행복도 달라지고, 아빠와 나의 현재와 미래도 달라질 테니까. 엄마 자신까지도 말이다. 시간이 돈이라면 내 손 안에서 마지막 눈꺼풀을 파르르 떨며 떠난 병아리, 차가운 가을바람에 준비도 안 된 상태에서 동면을 시작해서 한꺼번에 무지개다리를 건너간 내 햄스터 친구들, 초등학교 5학년 때 갑자기 사라진 강아지 아롱이, 내가 정을 준 수많은 길고양이와 유기견들도 다른 상황에 있을 것이다. 내가 생각에 잠겨 말을 하지 않는 사이, 오빠는 아빠에게 내 질문으로 끊어진 이야기를 다시 물어보았고, 아빠는 정신없이 이야기를 계속하고 있었다.

"18세기 이후 유럽은 다른 나라를 식민지로 만들었어. 자연히 물자도 풍부해지고 그것을 운반할 교통수단도 발전하게 되었지. 역마차 시절부터 시간표를 만들기는 했지만 그건 마차를 모는 사람이나 신경 쓸 문제였지, 보통 사람들은 별로 신경 쓰지 않았어. 딱 정해진 시간, 그러니까 우리가 지금 쓰는 것 같은 시간 개념은 없었어."

"어떤 시간 개념이요?"

"지금 전 세계는 표준시라는 것을 따르고 있잖나. 예전에는 한 나라 안에서도 지방마다 다른 시간을 썼지. 한 지역에서만 통용되는 시간을 정해서 살아도 불편함이 없었던 시대였으니까. 그러나 전국에 걸쳐서 운행하는 철도와 대륙 사이를 운항하는 여객선이 다니면서 완전히 달라졌지."

오빠는 손가락을 '딱' 소리가 나게 튕겼다.

"아! 생활권이 확대되었으니 각 지방마다 시간이 달라 문제가 생겼겠군요. 당연히 표준시를 정해야겠다는 생각을 하게 되었겠네요. 표준이 되는 시간이 생기면 기차 시간이 헷갈릴 일도 없고, 약속도 잘 지킬 수 있으니 모두가 같은 시간 속에서 산다는 느낌이 들었을 것 같아요. 서로 그 시간을 지키기 위해 노력했을 것이고요. 사람들이 서로 약속을 하는 데 시계와 달력이 예전보다 더 큰 역할을 했겠네요. 그래서 달력도 베스트셀러가 되고."

"그렇지. 역시 똑똑한 친구라 이해가 빠르네."

오빠는 더 큰 소리로 말했다.

"아하! 이제 이해가 돼요. 아인슈타인이 스위스 특허청에서 일했잖아요. 그때 유럽에 신청되는 특허가 대부분 여러 마을의 시간을 표준시에 맞추는 방법에 대한 것이었다고 해요. 아인슈타인의 전기를 읽으면서 왜 그럴까 궁금했는데, 그게 시대가 변하면서 시간에 대한 개념이 달라졌기 때문이었군요."

"마을마다 쓰는 시간이 다르다 보니, 투표 시간을 언제 마감해야 하는지 때문에 싸우고, 기차나 배 시간을 맞추지 못해 소동이 일어나기도 했지."

"맞아요. 그래서 이 문제를 해결할 수 있는 특허를 받으면 큰돈을 벌 수 있었던 거예요."

신이 난 오빠는 꼭 아빠 같았다. 아니 아빠와 오빠는 어느덧 만담 커플처럼 말을 주거니 받거니 하며 흥을 돋우고 있었다. 이번에는 오빠가 먼저 말했다.

"아인슈타인은 다른 사람들의 특허 내용을 살펴보다가 한 마을에서 다른 마을로 빛을 발사해서 돌아오는 시간을 측정하면 두 도시의 시간을 맞출 수 있지 않을까 생각했어요."

"빛의 속도는 변하지 않으니 좋은 기준이 될 수 있으니까."

"맞아요. 그런데 아인슈타인은 여기서 생각을 더욱 발전시켜 그 유명한 상대성 이론을 생각해낸 거예요. 상대성 이론의 시간은 아주 독특해요. 이해하기도 쉽지 않고요. 그래서 아인슈타인은 아주 간명한 말로 그것을 설명했어요."

아빠는 그 말을 알고 있는 듯 미소를 띠며 고개를 끄덕였다. 궁금해진 나는 답을 재촉했다.

"아인슈타인은 뭐라고 했는데요?"

오빠는 아빠의 눈치를 보다가 천천히 말했다.

"시간은 시계로 재는 것, 이상도 이하도 아니다."

3

천재의 시간

그것이 무엇이냐고
묻기 전까지,
나는 시간이 무엇인지
알고 있었다.
– 아우구스티누스

나는 오빠의 말을 듣고 실망했다. 20세기 최고의 천재라면 좀더 근사한 말을 했을 줄 알았다. 내가 뚱한 표정을 짓자 오빠는 의외라는 듯 말했다.

"왜, 너무 어려운 말이었나? 이거 뒷통수를 휘갈기는 꽹장히 멋진 말인데."

나를 무시하는 듯 잘난 체하는 오빠의 등판을 힘껏 후려치고 싶었다. 이제 정말 대화를 나누지 말아야겠다 싶어 입을 닫았더니, 오빠는 오히려 아인슈타인의 말을 나에게 이해시키기 위해 더 자세히 설명하기 시작했다.

"뉴턴은 '시간은 절대적인 것이며 우주의 존재 여부와 상관없이 존재한다'고 말했지. 그래서 시간을 자연현상을 측정하는 절대적인 잣대로 생각할 수 있었던 거야. 뉴턴의 이론에 따르면, 1분이란 어디에서 누가 재든지 1분이어야 하는 거지. 움직이는 기차의 시간은 멀리 떨어져 있는 산에서 재든, 움직이는 기차 안에서 재든 항상 같아. 그런데 아인슈타인은 시간이 상대적이라고 생각했어. 빨리 운동할수록 시간은 느리게 간다고 주장했지."

"그게 무슨 의미가 있는데요?"

내 질문에 오빠는 헛! 하고 외마디 소리를 뱉더니, 약간 흥분한 듯 높아진 목소리로 말했다.

"뉴턴과는 다르게 아인슈타인은 속도에 따라 시간이 달라질 수 있다고 주장한 거라고. '시간은 사건들의 순서일 뿐 독립적인 존재가 아니다. 우리는 사건의 순서를 통해서 시간을 측정한다.' 즉 시간의 절대성을 부정한 거야. 그러나 그의 생각은 너무 어려워서 사람들은 여전히 뉴턴식으로 시간을 생각하고 있지. 시간은 과거, 현재, 미래로 나뉘어 있는 것이 아니어서, 그 순서를 바꿔 경험할 수도 있다고 하면 사람들은 말도 안 된다고 딱 잘라 말할 거야. 이해해 보려는 노력은 숫제 하지 않고."

"그래, 아인슈타인은 타임머신을 타고 과거, 미래를 오갈 수도 있다고 했잖아."

아빠가 끼어들자 오빠가 살짝 미소를 지으며 고개를 저었다.

"타임머신은 사람들의 오해 중 하나예요. 아인슈타인은 빛보다 빠른 속도로 움직이는 물체는 없다고 말했거든요. 그럼에도 불구하고 사람들은 빛보다 빠른 물체인 타임머신이 가능하다고 생각했지요. 하긴 세상에 이미 타임머신의 초기 버전이 만들어져 있긴 있네요."

"그래? 금시초문인데?"

"냉장고요. 섭씨 10도가 내려갈 때마다 화학반응 속도는 절반으로 줄어들어요. 냉장고에 집어넣으면 세포의 노화가 늦춰져 뭐든지 오래가게 되어 있습니다. 아예 얼리면 원래 일주일도 못 가서 시들해질 식품도 그 상태 그대로 몇 달 동안 끄떡없지요. 마치 공상과학 영화에서 주인공이 현재 모습 그대로 미래로 가서 나타나는 것과 같은 시간여행을 하는 것이지요. 그러니 우리는 냉장고를 더 잘 개발해서 타임머신으로 만들면 돼요. 세상의 시간을 조작하는 게 아니라, 내 시간을 천천히 가게 하는 것으로 시간여행을 하는 것이지요."

오빠 말을 들은 아빠는 눈을 끔벅거렸다. 나도 마찬가지였다. 오빠는 겸연쩍은 표정을 지으며 말했다.

"이공계 대학생끼리 하는 농담인데 너무 진지하게 받아들이시니 오히려 분위기만 썰렁해졌네요."

"정말 타임머신은 불가능한 것인가?

아빠가 진지하게 질문을 하자 오빠는 그것을 또 다른 질문으로 받았다.

"만약 쌍둥이 형제 중 한 명은 지구에 있고, 나머지 한 명은 아주 빠른 속도로 날아가는 우주선을 타고 20년 정도 여행하고 돌아온다고 생각해 봐요. 두 사람의 나이는 어떻게 될까요?"

'쌍둥이는 나이가 같으니 똑같아야 하는 것이 아닐까?'

이렇게 생각했지만 당연한 것을 묻는 것이 좀 수상했다.

"이것도 유머 퀴즈예요?"

내 질문에 오빠는 후후 웃으면서 대답했다.

"아냐. 진짜 진지한 물리 문제야. 힌트! 빨리 운동할수록 시간은 느리게 간다는 말을 잊지 마. 그렇다면 쌍둥이 중에 더 빠른 속도로 운동한 쪽은 누구일까?"

"우주선에 탄 쌍둥이."

"그러면 우주선에 타고 있는 쌍둥이의 시간이 느리게 갔다는 말이겠지? 그러니까 지구에 있는 사람보다 우주선 안의 사람이 덜 늙었을 거야. 둘의 나이는 다른 거지."

"정말 시계를 가지고 재어 봤어요?"

"잰 적이 있기는 해. 1971년도엔가 제트기에 원자시계를 싣고 지구를 돌아봤어. 나중에 지상에 있던 시계와 제트기로 움직인 시계를 비교했더니 동쪽으로 갔을 때 59나노초가 느려졌다고 하더군."

"나노초? 나노 세탁기라고 할 때의 그 나노요?"

"하하, 그렇기는 한데, 나노(nano)는 세탁기 상표가 아니라 아주 작은 것을 잴 때 붙이는 단위야. 1초를 더 작게, 그러니까 1초를 10억으로 나눈 단위지. 10억분의 1초가 바로 1나노초와 같은 셈이야. 혹시 빛이 1초에 지구를 일곱 바퀴 반 돈다는 얘기 들어 봤니?"

나는 고개를 끄덕였다.

"그렇게 빠른 빛이 1나노초 동안에는 30센티미터밖에 움직이지 못해. 얼마나 짧은 순간인지 알 수 있겠지?"

10억분의 1이라면 1/1000000000이다. 실감은 안 났지만, 엄청나게 짧은 시간이라는 것은 알 수 있었다. 그러나 그 차이가 왜 중요하다는 것인지 도통 이해가 되지 않았다.

"그러면 결국 별로 차이가 안 나는 거잖아요? 그 정도 가지고 왜 그렇게 호들갑이에요? 오빠, 만약 시계가 1년에 10억분의 1초씩 틀린다고 하면, 10억년이 지나야 1초 차이가 나는 거잖아요."

오빠는 답답하다는 표정을 지으며 입을 쩍 한 번 다시고 대답했다.

"일상생활에서는 별로 중요하지 않지. 그렇지만 위성에서 지구에 전파를 쏜다고 생각해 봐. 위성은 대기권 바깥에 있으니까 전파가 지상에 도착하기까지 시간이 걸리겠지? 게다가 지구는 돌고, 위성도 역시 돌고 있잖아. 만일 100만분의 1초만 늦게 쏜다고 해도 전파는 원래 목표 지점과는 전혀 다른 곳에 도달할 거야. 길을 찾아 주는 차량자동항법장치(내비게이션)도 위성에서 전파를 받는 거야. 서울에 사는 규린이가 서대문에서 시청에 가려고 자동항법장치를 켰는데, 위성이 전파를 늦게 쏜다면 목적지를 지나친 다음에 길을 가르쳐 줄 수도 있어. 첨단장비일수록 시간을 정확히 재지 못하면 쓸모없는 것이 많아."

아빠가 끼어들었다.

"아직 규린에게는 어려워. 아인슈타인 이론은 대학생들도 잘 이해 못하잖아."

아빠까지 나를 무시하는 것처럼 이야기해서 더 기분이 나빠졌다. 아빠는 가끔 나를 너무 어린애 취급했다. 어떤 때는 이제 다 컸으니 어른처럼 행동하라고 하면서 말이다. 아빠가 생각하는 내가 어린아이인지 어른인지 종잡을 수 없을 때가 있었다. 오빠는 한숨을 지으며 말했다.

"하긴 그렇네요. 저야 이공계 학생이니 이런 것에 관심이 많지만, 아마 문과계열 대학생들은 상대성 이론과 관련된 이야기는 고사하고 원자시계가 어떻게 생겼는지도 모를 거예요."

"그걸 왜 꼭 알아야 하는데요?"

"우리가 사는 시간에 대한 이론이고, 원자시계는 우리 생활을 조정하는 세계의 시간을 정하는 시계이니까 그 정도는 알아야 하는 것 아니니?"

"시계의 시간을 정하는 시계?"

"그래, 원자시계로 지금은 세계의 시간을 정해."

나는 영국의 그리니치 천문대를 기준으로 지구가 자전하는 것에 따라 시간을 정하는 것이라고 생각했다. 그런데 오빠의 말을 들어 보면 그런 것과 상관이 없는 듯했다. 오빠는 세슘 원자가 일정한 횟수로 진동하는 데 걸린 시간을 1초로 정한다고 했다. 유치원에 다닐 때인가, 달력 보는 법을 처음 배울 때 선생님은 하루는 일 년을 365로 나눈 것이고, 1시간은 하루를 24로, 1분은 1시간을 60으로, 1초는 1분을 60으로 나눈 것이라고 말해 주었다. 나는 선생님의 말을 들으며 케이크를 자르는 것 같다고 생각했다. 그런데 세상에서 가장 정확한 시계라는 세슘 원자시계의 원자 진동수를 더해서 1분을 만들고, 1시간을 만들고, 다시 하루, 1년의 시간을 만든다니. 케이크 자르기가 아니라, 블록 쌓기인 셈이다. 만약 그 원자시계 자체가 틀리다면 우리는 엉뚱한 시간에 맞춰서 살게 되는 건가? 내가 고개를 가로젓자 오빠는 이렇게 덧붙였다.

"아참, 세계의 시간은 200개 정도의 원자시계를 평균해서 정하기는 하지."

"그게 무슨 말이에요?"

오빠는 전체를 대표하는 시간을 만들기 위해서는 여러 세슘 원자시계가 필요하다고 했다. 그 시계들의 시간을 평균해서 세계의 표준시간을 만든다는 것이었다.

"평균? 그렇다면 어떤 시계도 딱 정확한 시간을 알려 주는 것이 아니라는 말이네?"

어안이 벙벙해서 듣는 나와 달리 아빠는 고개를 끄덕였다. 나는 아빠에게 물었다.

"그럼 정확한 시간을 아는 사람은 한 사람도 없단 말이에요?"

나는 손목시계의 시간이 틀릴 때는 휴대폰이나 텔레비전 방송에서 나오는 시보에 맞추어 바늘을 맞추어 주곤 했다. 전 세계 사람들도 나처럼 하는 줄 알았다. 그런데 세계 표준시가 평균 시간이라니……. 갑자기 어떤 시계도 믿을 수 없다는 생각이 들었다.

"그래도 원자시계는 대단한 거야. 현대 사람들은 그 시계 덕분에 과거 사람들과는 다르게 주변 환경의 영향을 받지 않은 절대적인 시간이라는 개념을 갖게 된 거야. 지구니, 태양이니, 별이니 할 것 없이 어떤 것과도 상관없는 절대적인 시간."

아인슈타인을 설명하면서 시간은 상대적인 것이라고 강조했던 오빠가 절대적인 시간 개념이 왜 대단하다고 하는 것인지 이해되지 않았다. 하지만 또 질문을 하면 이야기만 길어질 것 같아 입을 닫고 속으로 오빠를 반박하는 생각에 열중했다.

'세슘 원자는 볼 수 없지만, 해가 뜨는 것은 볼 수 있다. 학교에 갈 시간을 알기에는 원자가 몇 만 번 진동하는 것보다 해가 뜨는 것으로 확인하는 편이 더 낫지 않나? 그런데 왜 사람들은 그런 것을 만들어내어 대단하다고 할까? 오차를 줄였다고는 하지만 완벽하게 정확하지도

않으면서…….'

내가 이런 생각에 빠져 있는 사이 아빠와 오빠는 서로의 지식에 감탄하고 있었다.

"아인슈타인의 상대성 이론이 표준시를 생각하느라 나온 것인 줄은 몰랐네."

"저도 시간은 돈이라는 말을 한 사람이 벤저민 프랭클린인 줄 몰랐는데요."

아빠와 오빠를 보면서 나는 물물교환을 하는 상인 같다고 생각했다. 아빠가 뜸을 들인 다음에 말했다.

"시계가 아니었다면 시간은 돈조각이라는 생각이 공감을 얻지는 못했겠지. 어떻게 보면 규린이가 말하는 것처럼 시간의 노예가 된 것 같기도 하지만, 열심히 살면 시간의 주인이 될 수도 있겠지."

"아빠, 시간 때문이 아니라 시계 때문이잖아. 그러니 시계의 노예라고 해야 하는 것 아니에요?"

"그런가?"

아빠는 머쓱한 표정을 지었다. 오빠는 굵은 목소리로 말했다.

"전 노예라는 생각은 안 해요. 현대인이야말로 시간을 마음껏 이용하는 것이 아닐까요? 인간이 발명한 최고의 기술은 시간관리 기술이라고 말하는 사람도 있잖아요. 현대의 진보나 발전도 옛날 사람들처럼 시간을 낭비하지 않고 효과적으로 시간관리를 한 덕분이라는 거죠. 과거처럼 하루 24시간을 6시간처럼 낭비하며 쓰는 사람과, 25시간처럼 알차게 쓰는 사람의 인생은 결국 다르지 않을까요? 성과부터 다르잖아요."

"오빠, 시간관리가 뭔데요?"

"말 그대로야. 자신의 시간을 잘 관리해서 생산적인 일을 하는 데 쓰는 거지. 해야 할 일을 잘게 나눠서 그 일을 완수할 시간을 계산하고, 그에 맞추어 계획을 세워 일하는 거야. 시간관리를 할 줄 아느냐 모르느냐에 따라 한 사람이 얼마나 유능한지 알 수 있어."

오빠는 이야기 끝에 아빠 쪽을 보면서 어깨를 으쓱거렸다.

"제가 만든 여행 일정도 시간관리에 따른 거죠. 로마 이틀, 나폴리 하루, 이런 식으로 정하지 않았거든요. 몇 시부터 몇 시까지는 피사의 사탑, 몇 시까지는 이동, 몇 시까지는 식사 이런 식으로 세부적으로 정했죠."

오빠는 손가락으로 손목시계를 짚어 가며 설명했다. 멍하니 이야기를 듣던 나는 이상하다는 생각이 들었다.

"일정을 그렇게 세웠다고 해서 꼭 그렇게 되는 게 아니잖아요. 오늘만 해도 짐이 늦게 나와서 일정이 틀어졌잖아요."

아빠와 오빠는 한숨을 푹푹 쉬었다. 아빠가 먼저 말했다.

"그러니 내가 얼마나 스트레스를 받았겠어. 시간을 낭비하지 않으려고 딱딱 일정을 잡아 놨는데 할 일을 못했으니."

오빠는 고개를 끄덕였다.

"맞아요. 그래도 그때부터라도 맞추려고 노력해야죠."

나는 두 사람과 의견이 달랐다.

"하루에 해야 할 일을 만두피에 내용물을 억지로 밀어 넣듯이 너무 많이 정해서 그럴 수도 있잖아요. 잘못하면 흉하게 터져요. 그러니까 애초에 여유 있게……."

오빠는 내 말을 잘랐다.

"그 생각은 그야말로 비효율적인 생각이야. 일 분 일 초가 얼마나 중요한데 그래? 누군가 네 통장에 8만 7400원씩 날마다 입금해 주는데, 그 날이 지나면 다 없어진다고 생각해 보렴. 넌 그것을 다 쓰겠니, 아니면 그냥 두겠니?"

"다 없어진다면 당연히 다 써야죠."

"바로 그거야. 네 아빠나 나도 지금 1초를 1원으로 생각해서 말한 거야. 1시간은 3600초니까 3600원인 셈이고, 하루는 24시간이니까 3600 곱하기 24 하면, 8만 7400원이 돼. 네가 8만 7400원이 아까워서 다 쓴다는 말은, 곧 일 분 일 초를 부지런히 써야 한다는 의미가 돼."

아빠는 오빠의 말을 들으며 고개를 끄덕였다. 나는 오빠의 말에 동의할 수 없었다. 나는 두 사람이 돈에 대해 이야기한다고 생각했다. 만약 시간에 대한 문제라고 했다면 나는 그 질문에 다른 대답을 했을 것이다. 나는 아빠를 보며 물었다.

"그런데 아빠, 돈은 다른 사람이 줄 수도 있고 빼앗을 수도 있지만, 시간은 내가 빈둥거려도 내 것으로 남는 거 아닌가? 좀 이상해."

아빠는 내 생각이야말로 이상하다고 했다. 그렇지만 나는 그렇게 말하는 아빠야말로 더 이상했다.

"아빠 말대로 빈둥거리는 시간은 사라지고 열심히 일한 시간만 남는 것이라면 내가 아기 때 하루 종일 버둥거린 것이나 어린 시절에 빈

둥빈둥 놀았던 시간도 그냥 의미 없이 잃어버린 거야? 나는 지금도 사진을 보면 다섯 살 때의 내가 생생하게 기억나는데? 내가 기억하는 어린 시절은 그럼 뭐지? 사라진 것을 어떻게 나는 갖고 있지? 그리고 기억나지 않는 시간도 차곡차곡 쌓여서 아기인 내가 이만큼 클 수 있도록 한 것이잖아?"

아빠는 대답하지 못했다. 시간에 대한 지식은 분명 나보다 아빠가 많았지만, 그렇다고 해서 시간에 대해서 올바르게 이해하고 있는 것 같지 않았다. 백번 양보해서 시간이 돈이라고 해도 아빠가 말한 것처럼 1초가 1원이 될 것 같지 같았다.

"아빠, 만약 만원짜리 지폐하고 천원짜리 지폐들이 마구 바닥에 뒤섞여 있다고 하면 어떤 것부터 주울 거야?"

"당연히 만원짜리지."

"그렇지? 나에게 1초는 모두 똑같은 1원이 아니야. 친구와 통화하는 1분은 1만 원이지만, 음식점 앞에서 기다리는 1시간은 천 원도 안 되거든. 그런 것은 어떻게 설명해야 하지? 그냥 1분 1초를 부지런히 쓰는 것이 중요한 것이 아니라, 대부분을 흘려 버려도 몇 초만이라도 나에게 가치 있게 쓰는 편이 더 중요하다고 말해야 하는 것 아닌가?"

그때 오빠가 물었다.

"그러면 너는 시간이 뭐라고 생각하니?"

나는 갑자기 얼어붙었다.

'시간? 시간이 무엇일까?'

사실 나도 잘 몰랐다. 엄마의 그림을 보아도, 아빠의 설명을 들어도 시간이 무엇인지 말하기가 힘들었다. 나는 시간이라고 하면 시간 도둑이 나오는『모모』의 표지부터 생각났다. 그 책에서는 시간 도둑 일당이 사람들의 시간을 훔친다. 돈을 훔치는 두둑처럼. 모모는 시간을 돈처럼 생각하는 것이 나쁘다고 말했다. 그 책에서는 그 말이 맞는 것 같았는데, 어른들은 시간을 돈으로 생각해야 시간관리를 잘할 수 있다고 입을 모으니 내가 아직 어려서 이런 생각을 하는 것은 아닌가 싶었다.

아빠가 읽으라고 준『어린왕자』에도 비슷한 이야기가 나왔다.『어린왕자』에서는 상인이 시간을 절약할 수 있는 약을 팔았다. 상인은 자신의 약을 먹으면 일주일에 53분을 절약할 수 있고 그 시간에는 무엇이든지 할 수 있다고 어린왕자를 꾀었다. 상인은 어린왕자가 53분이 생긴다면 일을 더 많이 해서 돈을 벌겠다는 대답을 할 것이라고 생각했을지도 모른다. 하지만 어린왕자는 만약 53분이 생긴다면, 신선한 샘물이 있는 곳으로 쉬엄쉬엄 걸어갈 것이라고 했다. 나라면 그 시간을 엄마에게 주고 싶었다. 그 53분 안에 완벽한 치료제가 발명되어 엄마의 병이 낫는다면 얼마나 좋을까 하면서. 아니 그 시간만큼이라도 엄마가 내 곁에 살아 있기만 해도 좋겠다. 나는 그때의 기억을 떠올리며 이렇게 말했다.

"시간은 생명이에요. 돈이 아니라."

아빠는 잠시 아무 말도 하지 않았다. 그리고 힘없이 이렇게 말했다.

"그럴 수도 있지. 그렇지만 더 구체적이었으면 좋겠구나. 생명이라는 말은 너무 모호하잖아."

"그래도 멋지지 않나요? 시간은 생명이다. 꼭 철학자의 말처럼 근사한데요?"

오빠가 내 눈치를 보면서 한마디 했다. 나를 놀리는 것 같지는 않았
지만, 그래도 기분이 나빴다. 나는 하고 싶은 말을 참았다.

'아빠는 몰라. 시간이 생명이 아니라면 부엉이시계에 청진기를 댔
을 때 왜 심장 뛰는 소리가 났겠어.'

어색한 침묵이 흘렀다. 그리고 시간이 지나자 그 침묵에 익숙해졌
다. 오빠를 로마 대학에 내려 줄 때에는 새삼 입을 열어 인사를 하는
게 어색해질 정도였다. 아빠는 호텔로 차를 몰면서 나에게 말을 걸려
고 괜히 가이드처럼 주변 건물들을 설명했다. 로마 중심가에 있는 스
페인 광장을 지나칠 때는 광장의 계단 꼭대기를 가리키며 산타 마리
아 델라 콘체치오네 성당에 대해서 말했다. 아빠가 '해골 사원'이라는
그 성당의 별명을 이야기하자 예전에 사진으로 보았던 것이 생각났
다. 벽뿐만 아니라 샹들리에와 내부가 온통 해골로 장식된 곳. 처음에
는 충격이었지만, 너무 많은 해골 때문에 정의의 저울이라는 것을 들
고 있는 어린아이의 해골을 볼 때쯤에는 부엉이시계 속 해골 장식을
보는 듯한 기분이 들었다. 그리고 다시 내가 봤던 성당의 전체 사진을
휘리릭 넘기니까 마치 헐리우드판 좀비 영화 속의 과장된 세팅을 보
는 기분이 들었다. 문득 내가 차를 타고 가면서 보고 있는 로마 전체가
영화 세트장 같은 느낌이 들었다. 원로원, 콜로세움 경기장과 로마 대
목욕탕 등이 조금만 차를 달렸는데도 연달아 툭툭 튀어 나왔다. 하나
를 본 감흥을 충분히 누릴 사이도 없이 계속 촘촘하게 우겨 넣는 아빠
의 기념비적인 건축물 이야기에 지쳐 나는 차라리 마음으로 귀를 틀

어막았다. 아빠와 나는 예약한 호텔로 와서 간단히 씻고 잠이 들었다. 시차에 적응하지 못한 것도 있지만 몸과 마음이 너무 피곤했다.

다음 날, 아빠는 일찍부터 서두르고 있었다. 욕실에서 세수를 하고 있을 때도, 아침을 먹을 때도, "빨리빨리."를 외치며 나를 재촉했다. 아빠는 중요하다고 생각하는 약속을 앞두면 아주 예민해졌다. 혹시 늦지나 않을지 걱정했다. 너무 일찍 가는 것도 시간 낭비라고 싫어했다. 아빠는 언제나 5분 전을 지키려고 했다. 우리 학교에 올 때도, 같이 공연을 보러 갈 때도 5분 전에 도착하려고 노력했다. 덕분에 나는 5분 전까지 시계를 흘깃거리는 버릇이 생겼다. 5분이 지날 때면 손에 땀이 배기도 했다. 하지만 아예 5분을 훌쩍 넘기면 차라리 포기해서 마음이 편해졌다. 아빠는 그런 태도는 문제라고 했지만, 아빠처럼 조바심을 내다가는 내 마음이 다 졸아 버릴 것 같았다.

아빠는 차를 운전하며 말이 없었다. 아빠는 생각이 많아지면 말을 하지 않는다. 백작이 시계가 고장 났다는 핑계로 엄마의 그림을 돌려주지 않을까 봐 걱정하는 것 같았다. 하지만 나는 달랐다. 주변 풍경도 어젯밤과 다르게 보였다. 여유를 가지며 밖을 구경하다가 도로 먼 곳에 보이는 오래된 성을 볼 때는 탄성을, 주택마다 널어 놓은 빨래들을 구경하면서는 이따금 웃음까지 터뜨렸다. 멋쩍어진 내가 왜 갑자기 탄성을 질렀는지 설명을 했지만 아빠는 그냥 짧게 "응. 그렇구나."라고만 대꾸했다. 머릿속으로 백작을 만났을 때 벌어질 수 있는 다양한 상황을 예측하느라 눈앞에 보이는 것들을 즐기지 못하는 듯했다.

차로 3시간을 달리자 시에나에 도착했다는 안내판과 함께 언덕이

나타났다. 언덕 위에는 성처럼 보이는 건물이 있었다. 성 위에 걸린 하늘의 구름도 예사롭지 않게 보였다. 아빠는 언덕 위로 차를 몰았다.

"아빠, 이곳은 로마와는 느낌이 다른 것 같아. 신비로워."

"로마는 고대의 도시이고, 시에나는 중세에서 시간이 멈춘 도시니까."

중세에서 시간이 멈췄다는 말이 멋지게 들렸다.

"16세기의 화가인 카라바조를 좋아했던 엄마에게 이곳은 정말 남달랐을 거야."

아빠의 말을 들으며 가슴이 살짝 저려 오기도 했다. 반나절도 안 되는 사이에 고대에서 중세로, 아예 엄마가 처음 이곳에 왔을 때로 바로 타임머신을 타고 이동한 느낌이 들었다. 햇살을 받은 집들은 색이 바랬고, 길은 미로처럼 구불구불 나 있었다. 자잘한 돌이 깔린 도로를 천천히 달리니 돌돌거리는 소리가 나며 마차를 타고 동화 속으로 들어가는 기분이 들었다. 말없이 경치를 구경하며 달리다 보니 반가운 표지판이 보였다.

루첼로 호텔 / 1.5km

아빠는 유럽 귀족들이 자신의 성을 개조해 호텔로 만든 경우가 많다고 했다. 표지판을 좇아가자 루첼로 백작의 성이 나왔다. 성 앞에는 거대한 대리석 정문을 지어 놓았다. 정문을 지나자 길 양쪽으로 정원이 펼쳐졌다. 잘 다듬어진 잔디와 분수, 예쁜 꽃들이 가득한 정원 가운데 그림책에서 본 것 같은 노란색 성이 있었다. 백작의 성은 거대한 네모난 건물이 전면에 드러나 있었다. 맨 위층에는 넓은 테라스가 있었고, 가운데에 둥그런 금색 유리 지붕이 있었는데, 거기에는 파란색 삼각형 깃발이 힘차게 펄럭이고 있었다. 3층의 정면 중앙에는 커다란 시계가 붙어 있었다. 시계의 분침과 시침이 두툼한 칼처럼 보였다. 건물의 끝에는 붉은색 꽃 모양 장식이 있었고, 시계 옆의 창문들은 다른 것들과는 달리 별 모양이었다. 건물 뒤로는 조그만 광장이 나왔고 그 뒤로 앞, 좌우에 조그만 건물들이 있었다.

성 맨 앞 건물의 현관문은 열려 있었다. 안에 들어서자 호텔 로비로 연결되어 있었다. 로비는 여러 색깔이 어우러진 대리석 바닥이 인상적이었다. 그리고 노란색 조명 아래 오래된 갈색 가구들이 번쩍번쩍 윤이 났고, 천장에는 액자 틀 같은 나무 장식이 되어 있었다. 천장 가운데에는 그림 대신 별자리와 함께 이상한 문양의 그림이 붙어 있었는데, 몇 개는 부엉이시계에 있는 인형 모양을 하고 있었다. 넓은 홀에도 그림이 많았다. 백작은 그림을 굉장히 좋아하는 것 같았다. 아빠는 귀족들이 재산을 축적하거나 투자하는 수단으로 미술 작품에 관심을 갖고 있다고 했지만, 미술관처럼 세심하게 배치된 그림을 보면 아빠 말과는 다른 백작일 수도 있다는 생각이 들었다.

"서둘렀더니 체크인 시간 전에 도착했군. 일단 백작의 행방부터 파악하자."

아빠는 그림 배치를 바꾸는 작업을 지시하고 있던, 매니저 명찰을 단 아저씨에게 다가갔다. 매니저는 아빠가 아닌 내 얼굴을 빤히 들여다보았다. 뭔가에 놀란 눈치였다. 그는 면도를 하여 푸르스름한 턱선이 날카로웠다. 턱의 푸른 기운 때문인지 얼굴 전체가 강철을 연상시켰다. 갈색 곱슬머리도 고집스러워 보였다. 그런 그는 나를 뚫어져라 쳐다보았다. 나도 그를 빤히 쳐다보았다. 아니 째려보았다고 해야 맞을 것이다.

'내가 동물원 원숭이야? 왜 이렇게 보지? 동양 여자를 만나 보지 못했나?'

아빠는 백작을 만나고 싶다고 말했다. 매니저는 그제야 내 얼굴에서 눈을 뗐다.

"백작님께 약속 확인은 받으셨나요?"

아빠의 표정이 어두워졌다.

"여러 번 편지를 드려도 묵묵부답이셨습니다. 바빠서 그러신 것 같아 일단 이렇게 찾아왔습니다. 먼 곳에서 왔다면 만나 주실까 해서요."

매니저는 미소를 지으며 고개를 천천히 저으며 말했다.

"흐음, 어쩌죠? 백작님은 당신의 시간을 누가 좌우하는 것을 아주 싫어하십니다. 미리 정해 놓은 일정대로 움직여야만 하는 분입니다. 안타깝지만 괜히 시간 낭비하지 말고 이만 돌아가시지요."

백작의 괴짜스러운 행동은 엄마를 통해서 이미 알고 있었다. 하지만 예외 없는 법칙은 없으니 간곡히 부탁하면 될 것이라 생각했다. 그래도 완강하게 말하는 매니저의 표정을 보니 백작이 우리를 만나 주지 않을 것 같아 걱정되었다.

"저희가 사정이 있어서 그렇습니다."

아빠는 초조함을 숨기지 못하며 말했다. 반면에 매니저의 표정은 여유로웠다.

"백작님은 8월에 있을 팔리오 축제 준비로 지금 시내에 계십니다.

오후 8시에는 돌아오시겠지만 무슨 사정인지 몰라도 여러분을 만날
지는 모르겠네요."

매니저는 다시 나를 물끄러미 보았다. 그리고 고개를 갸웃거렸다.
나도 모르게 그를 따라서 고개를 갸웃거렸다. 아빠는 가방을 열어 부
엉이시계를 꺼냈다.

"저희들이 온 것은 이것 때문입니다."

부엉이시계를 보자 매니저의 눈이 빛났다. 매니저는 나의 손을 덥
석 잡으며 소리쳤다.

"수지?"

나는 반사적으로 매니저의 손을 뿌리쳤다. 아빠는 매니저에게 내가
엄마의 딸이라는 것을 설명했다.

"역시, 그렇겠죠. 시간이 거꾸로 흐를 수는 없으니까요."

매니저는 한숨을 쉬면서도 여전히 상기된 표정이었다. 그는 목을
길게 빼고 주변을 살피며 물었다.

"수지는요?"

내가 머뭇거리는 사이 아빠가 대답했다. 엄마가 8개월 전에 세포경
화증으로 죽었다는 말을 듣고 매니저의 얼굴이 파랗게 질렸다. 동상
의 눈 같은 그의 두 눈에서 주르륵 눈물이 흐른 것은 한참 뒤의 일이
었다. 매니저는 나를 껴안았다. 모르는 사람이 손만 만져도 깜짝 놀라
던 나였지만, 이번에는 밀쳐낼 수가 없었다. 그는 나를 껴안고 영어로
"가여운 것."이라는 말을 계속했다. 엄마에게 하는 말인지, 나에게 하
는 말인지 모를 그 말은 실내에서 메아리처럼 울렸다. 나는 그 소리를

들으며 점점 가슴 저편에서 목구멍으로 치밀어 오르는 것이 느껴졌다. 급기야 나는 그의 품에서 눈물을 흘렸다. 처음에 어깨를 들썩이며 울었던 그는 어느덧 나를 다독거리고 있었다. 아빠가 내 어깨에 손을 얹었다. 나는 자연스럽게 아빠에게 안겼다. 아빠의 넓은 가슴에 몸을 의지하는 것이 처음에는 좋았다. 하지만 내가 파고들수록 아빠의 몸이 흔들리면서 커다란 구멍이 생기는 것 같은 기분이 들었다. 나는 숨을 참았다. 그리고 어금니를 꽉 다물었다.

매니저는 호텔 1층 구석에 있는 자신의 사무실로 우리를 안내했다. 그는 자신을 정식으로 소개했다. 이름은 마르셀 프루스트(Marcel Proust)였고, 호텔 객실 담당 매니저가 아니라 백작이 후원하는 예술 재단의 매니저였다. 예술재단은 호텔에서 전시회를 기획하기도 하고, 화가들의 의뢰를 받아 직접 미술품을 중개하거나 팔기도 하고, 귀족의 전통에 따라 유망한 화가를 발굴해서 재정적으로 지원하는 일도 한다고 했다. 엄마가 백작과 큰 싸움을 하고 갑자기 한국으로 떠나게 된 때에도 매니저는 하필이면 미술품 경매와 전시회 건으로 프랑스에 장기 출장 중이었다고 했다. 그때 자신이 여기에 있었다면 엄마에게 도움을 주었을 것이고, 마지막 인사라도 했을 것이라며 더 안타까워했다.

알고 보니 마르셀은 프랑스인이었다. 엄마가 이탈리아에서 유학할 때 그도 르네상스 미술을 전공하던 차에 교환학생으로 피렌체에 와서 같은 수업을 들으며 알게 되었다고 했다. 마르셀은 학생 시절의 이런저런 일화를 우리에게 들려주었지만, 정작 엄마에게서 마르셀에 대한 이야기를 들은 기억은 없었다. 특히 마르셀이 엄마를 루첼로 백작에게 추천했다는 말을 들었을 때는 그의 이야기를 어디까지 믿어야하는지 헷갈렸다. 그러나 마르셀의 이야기를 더 들을수록 엄마의 이야기를 어디까지 믿어야 하는지가 헷갈리기 시작했다. 서랍에 정리한 문서들처럼 차곡차곡 쌓여 있던 내 머릿속 엄마의 사건들이 뒤죽박죽되었다. 아빠도 마찬가지인 것처럼 보였다. 마르셀은 크게 놀라는 아빠의 눈치를 본 후 이야기를 멈추었다. 그는 짐짓 심각한 표정으로 시계를 받아들고 여기저기 살펴보더니 고개를 갸웃거리며 말했다.

"멈춘 것 같은데요?"

아빠가 곧바로 대답했다.

"네. 그런데 청진기를 대면 안에서 태엽이 움직이는 소리가 들려요 이상하지요? 수지는 마지막까지 이 시계에 담긴 비밀을 궁금해했지요."

"그 비밀을 풀려고 여기까지 온 것인가요?"

마르셀은 약간 황당하다는 표정을 지었다.

"아니, 그보다는 더 큰일을 해결하려고 온 것입니다. 수지는 죽기 전에 규린에게 자신의 그림을 찾아 달라고 부탁했어요."

나는 가방을 열어 마르셀에게 엄마가 남긴 스케치를 넘겼다. 마르셀은 턱을 고이고 생각에 잠겼다. 그러다 힘겹게 입을 뗐다.

"무엇을 그리려고 했는지 알 수 없네요."

나도 그렇다고 생각했다. 내가 넘긴 그림은 화가의 스케치라기보다는 여백이 많은 아이의 낙서에 더 가까웠다. 마르셀도 내가 처음 엄마의 스케치를 보았을 때의 심정으로 그림을 바라보는 듯했다. 나는 엄마에게 들었던 여러 신들의 이야기도 전했다. 하지만 마르셀은 그런 신들이 한꺼번에 들어간 그림은 본 적이 없다고 했다.

"수지가 한국으로 돌아가고 몇 개월 후, 갑자기 자신이 독특한 캔버스에 그린 우로보로스 그림 하나를 찾아 달라고 부탁한 적은 있었습니다."

아빠와 나는 서로를 쳐다보았다. 아빠는 마르셀에게 그림에 얽힌 사연을 설명해 주기 시작했다. 나는 어느덧 엄마가 간절한 목소리로 내게 비밀을 말하던 과거로 돌아가 있었다.

"백작을 위해서 많은 그림을 그려 줬지만 이집트 신화와 그리스 신화 등을 결합한 그림이야말로 세상이 나를 기억할 만한 최고의 작품이라고 생각해. 단, 여백을 살리지 않고 소도구까지 너무 빽빽하게 그려 이 주인공에게 시선이 집중되지 못하게 한 것이 큰 실수였어. 규린이도 그림을 그릴 줄 아니까, 나중에 적당한 때가 되면 엄마의 그림을 보고, 시간에 대한 네 생각을 바탕으로 그림을 더 멋지게 고쳐 줬으면 좋겠어."

엄마는 마른 입에 물을 축이고 나서 말을 이었다.

"백작이 갑자기 엄마를 내쫓는 바람에 그림을 제대로 챙길 수 없었어. 급한 대로 그림을 지키려고 다른 캔버스에 그린 그림 뒤에다 서로 등을 맞대어서 액자에 넣을 수밖에 없었지. 그러니까 그 그림은 다른 껍질을 쓰고 숨어 있는 셈이야. 내가 껍질로 쓴 그림은 바로 뱀 형상을 한 우로보로스(Ouroboros) 그림이고. 우로보로스는 여러 개를 그렸지만, 그건 배경 색감이 가장 진해서 빨간 중국 비단 위에 그린 것 같단다. 그 그림을 찾으면 엄마의 그림도 찾을 수 있어. 만약 그림이 누군가에게 팔렸다면 그 안에 있는 그림을 이 스케치를 통해 확인해서 꼭 찾아 주렴.”

엄마는 여러 신들과 상징을 그림 속에 그렸다고 했다. 워낙 많은 것들을 변형시켜 놔서 엄마의 이야기만 들어서는 감을 잡기조차 힘들었다. 나는 정리를 해보려고 일단 엄마가 말한 순서대로 자료를 찾았다. 맨 처음 찾은 것은 우로보로스였다. 인터넷에서 우로보로스 그림을 찾아봤더니 금방 이해가 되었다. 단어의 뜻은 그림 그대로 ‘꼬리를 삼키는 자’였다. 설명을 읽으니 고대 그리스와 고대 로마 시대부터 유럽 사람들이 시간의 상징으로 우로보로스를 그린 이유를 이해하게 되었다.

“달은 찼다가 기울면서 사라지고, 또다시 초승달이 떠서 둥글어지고, 계절은 매번 돌아오고…… 이런 것을 보면서 고대 그리스인이나 로마인들이 자연스럽게 시간은 일정한 주기를 반복하는 거라고 생각하며 자기 꼬리를 물고 있는 뱀 모양으로 그린 것이겠지?”

눈에 보이지 않는 시간을 그림으로 그린다면 가장 좋은 그림이라고 엄마에게 이야기했다. 그런데 엄마는 시간에 대한 여러 생각을 한 그림 안에 녹여내기 위해 낫과 모래시계를 든 노인도 그려 넣었다고 했다.

“엄마는 왜 굳이 할아버지를 그렸어?”

“흔히 ‘시간 영감’이라고 알려져 있는 그리스 신화의 크로노스(Kronos)를 표현하기 위해서지.”

“크로노스?”

“우리가 사는 세상을 만든 신이 가이아야. 그 가이아의 막내아들이

자, 제우스의 아버지가 바로 크로노스야."

그리스 신화에 나오는 최고의 신 제우스에게 아버지가 있다는 사실이 흥미로웠다. 엄마는 그리스 신화를 간략하게 설명해 주기 시작했다.

"크로노스는 예언 때문에 자식들을 가둬 버리는 아버지 우라노스의 생식기를 잘라 던져 버렸어. 그래서 낫을 들고 있는 모습으로 묘사되고는 하지."

나는 엄마가 설명하는 상황을 상상하고는 얼굴이 조금 화끈거렸지만 겉으로는 태연한 척했다. 엄마는 담담하게 신화 이야기를 계속했다.

"크로노스는 자기가 그랬던 것처럼 자식들이 자신을 없앨까 봐 두려워 자식을 낳으면 마구 잡아먹어 버렸어. 그러던 중 아내 레아는 가이아의 도움으로 제우스를 구할 수 있었지. 그리고 제우스는 크로노스 뱃속에 들어 있던 다른 형제들까지 구해냈어."

엄마는 잠시 뜸을 들였다가 내게 물었다.

"그런데 그리스 사람들이 왜 크로노스가 자식을 삼키는 끔찍한 이야기를 만들었는지 알겠니?"

나는 멋진 답을 해서 엄마를 기쁘게 해주고 싶어 머리를 쥐어짰다. 다른 신화와 영웅들의 이야기와도 비교해 보았다.

"주인공인 제우스가 부각되기 위해서는 특별한 탄생 이야기가 있어야 한다고 생각해서 그런 게 아닐까? 단군도 그렇고 박혁거세도 그렇고 탄생이 특별할수록 더 신비로워 보이잖아."

"규린아, 그런데 이 이야기의 주인공을 제우스가 아니라 크로노스로 보면 어떨까? 어떤 교훈을 담으려고 이런 끔찍한 이야기를 만든 것일까?"

엄마의 말을 듣자 귀와 연결되어 있던 새로운 눈이 떠지는 것 같았다. 그 눈으로 크로노스의 머리까지 기어들어가 이야기를 다시 만들어 보려고 했다. 그래도 새롭게 떠오르는 것은 없었다. 어떤 이미지가 떠올라야 설명을 할 수 있는데 엄마가 말한 크로노스의 낫만 선명하게 보였다. 나도 모르게 얼굴이 찡그려졌다. 엄마는 내 한숨 소리를 듣고 다시 입을 열었다.

"결국 정해진 운명을 거스를 수는 없다는 것? 자신이 아버지에게 했던 것처럼 뿌린 죗값을 받게 되어 있다는 인과응보의 교훈을 주려고 한 것일까?"

나는 고개를 저었다. 시간을 그리는 엄마가 그런 교훈을 담은 인물을 굳이 그리려 했을 리가 없었다.

"시간에 관련된 것일 텐데, 잘 모르겠어."

엄마의 표정이 조금 밝아졌다.

"우리 딸, 잘하고 있어. 맞아. 크로노스는 시간을 뜻하는 말로 쓰이기도 하거든."

엄마는 크로노스 신화는 모든 것이 언젠가는 시간에 의해 사라지게 된다는 자연의 섭리를 말하는 것이라고 했다. 그래서 엄마는 뭔가를 잘라 버릴 것처럼 위협적인 느낌을 그림에 담았다고 했다.

"그림을 보는 사람들이 시작이 있으면 결국 끝이 있음을 느끼게 하려고 했지. 어떤 화가는 시간을 상징하기 위해 모래시계를 함께 그리기도 하지만 나는 낫이 더 강렬한 느낌을 줄 수 있다고 생각해서 그것만 그렸어."

나는 그림의 모양을 생각으로 더듬어 보았다. 가짜로 씌운 그림에는 시간은 돌고 돈다는 뜻을 담은 우로보로스가 그려져 있고, 그 안에는 시작과 끝을 명확하게 알리는 그림이 들어 있다. 멋진 반전이라는 생각이 들었다. 엄마에게 내 생각을 말하자 엄마는 살짝 웃으며 말했다.

"의도한 것은 아니었잖니. 급하게 숨기려다 보니 우연히 그렇게 된 것인데, 네 말대로 재미있게 되었구나."

그리고 고개를 끄덕이며 말을 이었다.

"설계보다는 우연에 기대는 것이 더 멋진 결과를 얻을 수도 있는 것이었어."

엄마의 표정이 다시 심각해지는 듯해서 나는 엄마의 옆구리를 콕 찔렀다. 엄마는 물색없는 미소를 지으며 말했다.

"그런데 엄마는 이 그림에 다른 시간관도 함께 넣어 놨어. 네가 말한 것처럼 액자가 아니라 그림 안에서 더 큰 반전이 있지."

엄마는 마치 허공에 그림을 그리는 것처럼 위치를 잡으며 말했다. 커다란 방에 고대의 신전 같은 기둥이 있고 가운데에는 여신이 칼을 들고 서 있으며, 주변에는 여러 장식품이 놓여 있는 상황을 묘사했다. 크로노스를 상징하는 낫을 든 영감도 그 장식품 중의 하나였다.

"그때는 멋진 설계라고 생각했지만 빠진 것이 있어."

엄마는 그림에 미처 그리지 못했던 부분이 있다며 카이로스(Kairos)에 대해서 이야기해 주었다. 크로노스는 시계나 달력에 드러나는 객관적인 시간을 의미하는 데 비해, 카이로스는 주관적으로 가치 있게 느껴지는 시간이라고 말했다. 처음 들었을 때에는 엄마가 말하는 의미를 잘 이해하지 못했다. 대신, 그리스인들이 기회의 신으로 생각한 카이로스를 로마인들은 이름을 바꾸어서 오카시오(Occasio)라고 불렀고, 현대 영어의 '기회(occasion)'라는 단어로 이어지고 있다는 설명에 더 흥미가 동했다. 또 앞머리는 길게 기르고 뒷머리는 대머리인 데다, 헤르메스처럼 발목에는 날개가 달려 있고 손에는 저울을 들고 있다는 카이로스의 기묘한 이미지를 상상하느라 머릿속이 분주했었다. 그런 나에게 엄마는 사람들이 왜 카이로스를 그런 이미지로 묘사한 것 같냐고 물었다. 나는 대답을 할 수 없었다. 엄마는 그리스의 카이로스 석상에는 그 이유가 적혀 있다며 연극대사를 외우듯이 중얼거렸다.

"나는 눈이 보이지 않아 누구에게나 달려가며, 양손에는 칼과 저울이 들려 있어 기회라고 생각될 때 그 옳고 그름을 판단하고 냉철한 결단을 내린다. 나의 앞머리가 무성한 이유는 사람들로 하여금 내가 누구인지 금방 알아차리지 못하게 함과 동시에, 만일 나를 발견하였다면 누구든 나를 쉽게 붙잡을 수 있도록 하기 위함이며, 어깨와 발뒤꿈치에 날개가 달려 있는 이유는 만일 우물쭈물 망설이면 최대한 빨리 날아가 버리기 위함이고, 뒷머리가 대머리인 이유는 내가 한번 지나가고 나면 다시는 붙잡지 못하도록 하기 위함이다. 나의 이름은 바로 카이로스, 기회의 시간이다."

나는 엄마의 설명을 들으며 그럴 듯하다고 생각했다. 하지만 오히려 엄마는 자신의 생각은 석상에 적힌 것과 다르다고 했다.

"카이로스가 한번 지나가면 다시 잡을 수 없는 시간을 뜻하는 것으로 표현된다면, 역시 한번 지나가면 다시 돌아오지 않는 크로노스와 구별이 되지 않아. 그러니까 다른 형태로 표현해야 하지."

"그런데, 엄마, 이미 크로노스는 낫을 든 할아버지이고, 카이로스는 아까 엄마가 말한 것처럼 이상한 모습이니까 구별은 되잖아."

"하지만 카이로스는 신화 속에 묘사되어 있는 모습보다 더 절절해야 해. 그래야 그것을 붙잡았을 때의 기쁨과 그것이 사라졌을 때의 아쉬움을 더욱 극적으로 표현할 수 있을 것 같아."

"어떻게?"

내 질문에 엄마는 눈을 지그시 감으며 말했다. 엄마는 말을 마칠 때까지 감았던 눈을 다시 뜨지 않았다.

"아직 엄마는 답을 찾지 못했어. 그때도 그래서 그 부분을 비워 두었단다. 다시 그림을 그릴 수 있게 내게 카이로스가 온다면 정말 멋지게 완성할 수 있을지도 모르지. 어쩌면 규린을 통해서 그릴 수 있게 될지도."

엄마는 병이 악화되면서 자신이 보낸 과거는 후회가 덕지덕지 붙어 있는 낡은 벽인 것처럼 외면했다. 반대로 다가올 미래는 희망을 내뿜는 발전소인 것처럼 이야기하곤 했다. 나는 엄마가 미래를 긍정적으로 보고 힘을 얻는 것은 좋았다. 하지만 엄마가 과거의 일들을 말할 때면 병실 창을 통해 내부를 환하게 비추던 빛마저도 한순간 어둠에 묻혀 버리는 것 같았다. 그래서 엄마에게 그렇게 말하지 말라고 부탁했다. 그러면 엄마는 새로운 기회를 소중하게 바라는 것만큼 예전에 자신이 시간을 참 덧없이 보냈다는 사실을 깨닫게 되어 그렇다고 대답했다. 그러면서 구체적으로 나와 함께했으면 좋았을 일들을 이야기하곤 했다. 엄마가 묘사하는 시간 속의 우리는 생명의 에너지로 넘쳐 매 순간을 소중하게 쓰고 있었다. 함께 즐겁게 밥을 먹고, 목욕을 하고, 소풍을 가고, 수다를 떨고, 영화를 보고, 그림을 그리고……

엄마가 말한 카이로스라는 것이 바로 특별할 것도 없는 단조로운 일상이라면, 나는 그냥 우리의 모습을 그리는 것이 어떠냐고 물었다. 그 말을 들은 엄마는 한참 동안 말이 없었다. 그리고 이미 세포가 굳어 더 이상 아무것도 볼 수 없는 눈에서 눈물이 살짝 배어 나왔다. 나는 놀라서 의사를 불렀지만 간호사가 의사를 데려왔을 때 엄마가 눈물을 흘렸던 흔적은 조금도 남아 있지 않았다. 엄마에게 눈물을 흘렸다고 말하라고 했지만 정작 엄마는 잘 모르겠다고 말했다. 그러자 의사는 내가 기적을 간절히 바라다 보니 그렇게 보였을지도 모른다며 안타까운 눈빛으로 나를 쳐다보고는 병실에서 나갔다. 나는 엄마에게 따졌다. 내가 분명히 봤다고. 엄마는 왜 자기 눈에서 나는 눈물도 느끼지 못할 정도로 아프냐고. 왜 옛날에는 잘 놀아 주지 않으면서 그렇게 했으면 좋겠다는 말만 뒤늦게 하면서 내 마음을 아프게 하냐고……

엄마는 나를 불렀다. 그리고 물기 하나 없는 손으로 내 오른손을 잡아 어루만졌다. 엄마의 손은 사포처럼 거칠었다. 엄마는 아랑곳하지 않고 내 손을 계속 만졌다. 시간이 지나자 따뜻한 기운이 느껴졌다. 나는 다른 손으로 엄마의 손을 꼭 잡았다. 엄마는 왼손으로 내 볼을 만졌다. 나도 모르는 사이에 눈물이 흐르고 있었다. 엄마는 내 눈물을 닦

아 주었다. 나는 의사를 부르러 나가지 말고 차라리 엄마의 눈물을 손
으로 닦아 줄 걸 그랬다고 후회했다. 다음에 기적 같은 일이 생기면 그
순간을 지키고 엄마와 나누리라 다짐했다.

그토록 간절히 바랐지만 엄마는 병실에서 다시는 카이로스를 붙잡
지 못했다. 크로노스의 낫은 엄마의 시간을 무정하게 자른 것도 모자
라, 내가 엄마와 함께 더 나눠야 할 것들까지 모조리 잘라 버렸다. 엄
마는 그 겨울 하얀 병실 침대에서 벗어나 하얀 연기와 하얀 뼛가루만
남기고 이 세상이 아닌 곳으로 떠났다. 한동안 나는 마치 두 눈이 뽑힌
것처럼 눈에 보이는 세상을 하나도 머리에 넣을 수가 없었다. 겨울방
학 직전에 장례식을 치르고, 겨울방학 직후 49제를 끝낼 때까지 모래
시계만 껴안고 있었다. 그런 나를 다시 일으켜 세운 것은 아빠가 일깨
워 준 엄마의 마지막 소원이었다. 그 다음에는 엄마의 소원을 들어주
기 위해 시간에 대한 공부를 시작했다.

4

백작을 만나다

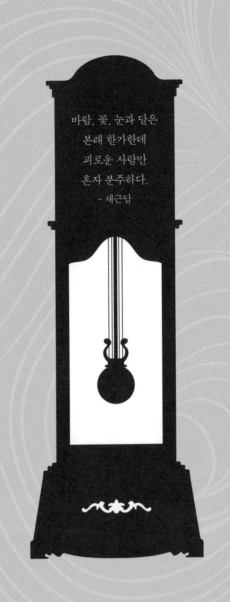

바람, 꽃, 눈과 달은
본래 한가한데
괴로운 사람만
혼자 분주하다.
- 채근담

엄마가 남긴 이야기를 모두 듣고 난 후 나를 보는 마르셀의 눈빛이 더 안타까워졌다. 하지만 목소리에는 힘을 주어 백작을 만나는 것을 도와주겠다고 약속했다. 그림을 찾을 수 있도록 다른 사람에게도 보여 주고 싶다며 스케치를 받아갈 정도로 적극적이었다. 우리는 감사를 표시했다. 마르셀은 점심 선약 때문에 나가 봐야 한다며 미안하다고 말한 후 호텔의 레스토랑 위치를 알려 주었다. 나는 전혀 식욕이 돌지 않았다. 이야기를 전하며 떠올린 엄마의 고통스러운 얼굴이 사라지지 않았다. 아빠와 나는 전망대로 쓰고 있는 건물의 옥상으로 올라갔다. 지중해의 밝은 햇살을 머금은 바람이 내 머리를 살랑거렸다. 잠시 햇살을 즐기다가 나는 엄마를 생각했다.

"엄마도 여기에 올라와 봤겠지, 아빠?"

아빠는 고개를 끄덕였다.

"엄마의 그림도 여기 어디엔가 전시되어 있겠지?"

"그렇겠지."

나는 아빠를 쳐다보며 말했다.

"백작의 개인 빌라만 빼고 다 개방했다고 했으니까. 아까 로비처럼 그림을 많이 걸어 놨을 수도 있잖아. 엄마의 스케치가 워낙 이상해서 마르셀이 언뜻 보고 잘 기억하지 못하는 것일 수도 있으니 우리가 직접 찾아보자."

아빠와 나는 재빨리 계단을 내려와 1층에서부터 그림을 찾아보았다. 엄마가 그림을 숨긴 우로보로스 그림도 함께 찾았다. 우로보로스 형상의 그림은 여러 개가 있었지만, 엄마가 묘사한 대로 배경이 붉은 비단 같지는 않았다. 그림이 아니더라도 성에는 엄마의 자취가 남아 있다고 할 만한 것이 없었다. 가끔 마주치는 호텔 직원들이 나를 보며 흠칫 놀라는 눈치에서나 여기에 엄마가 잠시 살았다는 것을 확인할 수 있을 뿐이었다. 그래도 포기할 수는 없었다. 아빠와 나는 중앙 건물 좌우에 위치한 빌라를 하나씩 둘러보기로 했다. 우선 왼쪽 빌라부터 시작했다. 우리의 예상대로 별채로 된 빌라에도 많은 그림이 있었다. 눈길을 잡아끄는 그림은 많았지만, 엄마의 스케치와 비슷한 그림은 없었다. 아빠는 고급 객실에는 그림을 걸어 놓기도 한다고 말했다. 직원들에게 사정했지만 객실로 쓰는 방 안에는 들어갈 수 없었다. 다시 중앙에 있는 호텔 건물로 돌아왔을 때 시간은 오후 3시에 가까웠다. 우리는 지친 몸을 이끌고 레스토랑을 찾았다. 점심시간이 지나 레스토랑은 한산했다. 아빠는 주문을 하면서 미리 외워 놓은 이탈리아어를 연발했다.

"단또, 단또."

양을 더 많이 달라는 뜻이라고 했다. 나는 꼬르륵거리는 배를 매만지며 아빠에게 미소를 지어 보였다. 아빠도 나를 따라 억지 미소를 지었다. 아빠는 뭐든지 원래 계획된 대로 잘되지 않으면 스트레스를 많이 받는다. 이번에도 그럴 게 뻔했다. 그래서 나는 아빠가 다른 생각을 할 수 있도록 일부러 메뉴에 관해 자꾸 물어보았다.

"규린이, 너 오늘 로마에서 떠나올 때만 해도 시차에 완전히 적응하지 못했다고 투덜댔으면서, 배는 이미 여기 사람들이 밥 먹는 시간에 완전 적응했구나?"

농담을 몇 번 주고받는 사이에 우리는 긴장이 풀렸다. 엄마의 그림을 못 찾았다는 사실도 잠시 잊고 지금 코를 강하게 자극하는 음식이 무엇일지 이야기를 나눴다. 그러다 음식이 나오자 약속이나 한 것처럼 입을 딱 닫고 허겁지겁 식사를 했다. 식사 후 아빠는 차에서 짐을 꺼내 체크인을 했다. 체크인이 끝나자 객실 안내를 맡은 여직원은 골프장에서 본 것 같은 조그만 차에 우리를 태웠다. 건장한 남자 직원은 우리의 짐을 실은 차를 타고 먼저 출발했다. 조그만 호텔 차를 타고 환한 지중해의 햇살과 시원한 바람을 맞으며 달리니까 기분이 아주 좋았다. 여직원은 객실로 직진하지 않고 빌라와 성 전체를 관광시켜 주듯이 한 바퀴 돌면서 루첼로 성의 역사와 시설에 대해 설명해 주었다. 백작의 본명은 '파우스티노 부폰 다 루첼로(Paustino Buffon da Lucello)'라고 했다.

"루첼로 가문은 13세기부터 지금까지 700년 넘는 전통을 자랑하는 귀족입니다. 지금의 성은 원래 루첼로 집안의 여름별장이었습니다. 그런데 16세기에 나폴리에 있던 원래의 성을 잃어버리고, 2개의 별장만 남았지요."

안내를 맡은 여직원의 설명을 듣던 아빠가 한국말로 혼잣말을 했다.

"별장이 이 정도면 본래의 성은 궁전이었겠군."

언니는 아빠의 말을 알아듣지 못하면서도 활짝 미소를 지어 보였다. 아빠는 왜 성을 잃어버렸는지 물었다. 언니는 귀족들끼리의 비밀스러운 사건이라 많은 사람들에게 알려져 있지 않다고 했다. 다만 백작의 가문에서는 그 할아버지 때까지만 해도 본래의 성을 되찾기 위해 많은 노력을 기울였다고 말했다. 하지만 오히려 설상가상으로 2차 대전 이후 시칠리아 섬에 있던 다른 별장을 빼앗기고, 현재는 시에나에 있는 이 성만 남게 되었다는 것이다. 백작은 이탈리아에서 귀족제가 폐지된 1948년으로부터 3년 후 루첼로 성을 호텔로 개방했다.

이야기를 듣다 보니 백작이 불쌍해졌다. 아빠에게 내 생각을 말하자 아빠는 황당하다는 표정을 지었다.

"부자에 이런 멋진 성까지 갖고 있는 사람이 불쌍해?"

생각해 보니 아빠 말이 맞았다.

'백작이 불쌍하다니……. 백작이 우리를 불쌍하게 보면 모를까.'

조금 전 내 생각이 너무 즉흥적인 감상이라는 생각이 들어 피식 헛웃음이 나왔다. 화제를 전환시키기 위해 언니에게 물었다.

"지금 백작님의 연세는 얼마나 되셨어요?"

"일흔셋이에요."

"그럼, 백작님의 자제분들은 무얼 해요? 그분들도 백작이라고 불러야 하나요?"

"백작님은 후손이 없습니다. 실은 결혼도 하지 않으셨어요."

'왜 그랬지? 너무 못생겼나?'

갑자기 백작의 얼굴이 보고 싶었다.

"언니, 백작님은 어떻게 생기셨어요?"

"글쎄요. 백작님답게 생기셨지요. 위엄 있고 완고하게."

언니의 말을 듣고 나는 고개를 갸웃거렸다.

'완고하게 생긴 게 백작다운 건가?'

아빠가 물었다.

"매니저인 마르셀이라는 분은 여기에서 오래 계셨나요?"

언니는 아빠의 질문이 의외인 듯 조심스럽게 대답했다.

"네, 그렇다고 들었습니다. 마르셀 매니저는 아주 젊었을 때부터 줄곧 이 가문과 인연을 맺고 있다가, 약 10년 전부터 아예 여기로 와서 재단 매니저로 일하고 있답니다. 하지만 호텔에서 일하는 분이 아니라서 저희는 잘 모릅니다."

아빠는 나와 똑같은 생각을 한 듯했다. 아빠는 나를 쳐다보며 확인하듯 말했다.

"그만큼 오랫동안 백작을 지켜본 사람이라면 많은 이야기를 해줄 수 있지 않을까? 우리가 엄마에게 들었던 백작에 대한 정보보다 더 많은 것을 알 수도 있겠어."

"응, 아빠."

우리는 방에서 짐을 대충 정리하고 다시 성으로 향했다. 아빠와 나는 매니저인 마르셀을 찾았지만 사무실에 없었다. 호텔 프런트에 있는 직원에게 연락을 해달라고 부탁했다. 아빠가 전화를 건네받아 마르셀에게 약속을 받아냈다. 하지만 곧 온다던 마르셀은 아무리 기다려도 오지 않았다. 다시 아빠가 직접 전화를 걸었다. 마르셀은 지금 중요한 미팅 중이라며 30분 정도 후에 가겠다고 오히려 화를 냈다. 기다리는 시간은 평소에 느끼는 것보다 더디게 흘러갔다. 그러다 시계를 들여다보면 더욱 느려지는 것 같았다. 끈적거리는 시럽이 가득 담긴 쟁반 위를 초침이 힘겹게 움직이는 것처럼 보였다. 마르셀이 말한 30분이 지났다. 참다가 아빠가 분통을 터뜨리며 말했다.

"이탈리아인은 약속 시간을 안 지키는 것으로 유명하다더니……."

아빠에게 마르셀은 원래 프랑스인이라고 알려 줄 분위기가 아니었다. 마르셀이 나타나지 않자 아빠는 직원에게 다시 연락을 부탁했다. 마르셀은 이번에는 아예 전화를 받지 않았다. 화가 났다. 왜 전화를 받지 않을까, 만나면 어떻게 할까, 무슨 말부터 해줄까 등등, 이 생각 저 생각을 했지만 기다리는 시간은 하염없이 더디게만 갔다.

"일부러 안 오는 것이 분명해."

나름대로 결론을 내렸다고 해서 우리가 포기한 것은 아니었다. 마르셀에게 더 전화를 하면 오히려 나타나지 않을 것 같아서 호텔 로비에 계속 앉아 있었다. 마르셀이 로비에 모습을 나타내는 순간 즉각 앞을 가로막고 따지는 상상을 하면서. 어느덧 저녁 6시가 넘었다.

"이러지 말고 호텔 전체를 한번 돌아보자. 어딘가에 있으니까 30분 내로 올 수 있다고 한 것이었을 테니."

아빠는 날이 어두워지기 전에 돌자며 호텔 지도를 챙겼다. 우리는 다른 객실들이 있는 빌라를 가까운 곳부터 뒤졌다. 그리고 영어를 말할 수 있는 직원에게 매니저의 행방을 물었다.

"지금쯤 있을 만한 곳은 어디인가요?"

아빠의 질문에 직원들은 모르겠다고 대답했다. 매니저는 일정한 규칙이 없이 호텔을 어슬렁거린다고 말했다. 그 말을 들으니 짜인 일정대로 움직여야 직성이 풀린다는 백작과 마르셀이 어떻게 함께 일하는지 신기했다.

날이 어두워졌다. 남은 곳은 루첼로 백작의 개인 빌라였다. 우리는 자연스럽게 백작의 빌라로 발을 옮겼다. 지도에서 접근금지라는 표시가 있는 언덕 아래쪽 사선으로 난 길을 따라 걸었다. 나무들을 촘촘히 길러 안쪽이 보이지는 않았지만 우듬지 위로 빛이 새어 나오고 있어 빌라의 위치를 알 수 있었다. 아빠는 시계를 보았다. 7시 58분이었다.

"빛이 있는 것으로 봐서 백작은 이미 들어왔나 보군. 하긴 도로 사정 때문에 교통체증이 심한 나라에서 시간을 정확히 맞출 수 없었겠지."

아빠처럼 백작도 늦는 것보다는 아예 일찍 움직이는 편을 더 선호하는 사람일 것이라고 짐작했다. 백작의 빌라에 대한 호기심 때문에 가까이 다가갔다. 빌라는 경호원들이 지키고 있었다. 두 명의 경호원이 우리를 보고 급하게 뛰어나왔다. 우리는 그 자리에 얼어붙었다. 경호원들은 우리의 주머니와 가방 속을 간단히 확인하고는 더듬거리는 영어로 돌아가라고 했다. 바로 그때 뒤쪽에서 커다란 두 눈을 가진 괴물처럼 그르렁거리며 차가 다가오는 소리가 들렸다. 경호원 하나가 우리에게 옆으로 물러서라는 신호를 주고는 정문으로 다시 달려갔다. 차는 천천히 정문으로 접근했다. 경호원은 차를 보지 않고 시계를 보았다. 아빠도 따라서 시계를 보았다. 8시가 되기 불과 10초 전이었다.

아빠는 차로 뛰쳐나갔다. 그 옆에 있던 경호원이 아빠에게 달려들었다. 아빠는 이내 무릎이 꺾여 쫙 뻗은 개구리처럼 납작 눌려졌다. 나는 경호원에게 아빠를 해치지 말아 달라고 큰소리를 질렀다. 시계를 보던 경호원은 그 와중에도 계속 시계를 보며 정문을 열기 시작했다. 아빠가 경호원에게 잡혀 버둥거리는 사이 정문이 열렸고 차는 빨려들 듯이 안으로 사라졌다. 차가 사라졌어도 경호원은 우리를 놔주지 않았다. 경호원들은 어딘가로 전화를 했다.

"아빠, 왜 차로 달려들었어?"

"여기 매니저도 눈앞에서 사라지면 만나기 힘들었잖아. 만날 수 있을 때 백작에게 직접 그림을 달라고 이야기하려고 그랬지."

"그래도 갑자기 달려드니까 나도 놀랐어."

나는 여전히 걱정스러운 눈빛으로 아빠를 쳐다보았다. 아빠는 그런 나를 안심시키려 말했다.

"아까 주머니를 검사할 때 우리 신분과 객실 번호를 밝혔으니 별일 없을 거야. 우리 말이 맞는지 전화로 사실을 확인하고 풀어 주겠지."

아빠는 담담히 이야기하려고 했지만 목소리가 떨리는 것은 숨길 수가 없었다. 시커먼 밤의 기운이 우리 주변을 감싸기 시작했다. 여름 밤인데도 그 느낌은 서늘했다. 동굴 속에서 입구의 빛을 보는 것처럼 가로변에 서 있자니, 루첼로 백작 빌라의 정문에서 퍼져 나오는 빛만이 세상에 존재하는 것처럼 보였다. 경호원에게 말을 걸어도 전혀 대답하지 않았다. 그는 조각상 같았다. 생각대로라면 한참 동안을 기다린 것 같아 시계를 보니 10분이 흘렀다. 매니저를 무작정 기다릴 때보다 시간은 더 더디게 갔다. 시간은 크로노스와 카이로스만 있는 것이 아니라, 세상의 모든 움직임을 다르게 느끼게 하는 제3의 시간도 있는 것 같았다.

경호원에게 어떻게 된 거냐며 아빠가 말을 걸었지만 묵묵부답이었다. 그렇게 또 시간이 지났다. 내 배의 꼬르륵거리는 소리, 수풀에서 나는 풀벌레 소리, 내 심장의 고동소리, 아빠의 한숨 소리 등을 들으며 10분이 또 지난 것 같아 시계를 봤더니 5분이 흘러 있었다. 갑자기 피곤함이 밀려왔다. 이런 상황에서 피곤해서 하품이 나다니, 나 자신은 대책이 없는 아이라고 생각하며 고개를 가로저었다. 아빠가 갑자기 왜 그러냐고 물었다. 나는 방금 전에 한 내 생각을 말했다.

"불안함 때문에 더 예민해지다 보니 그런 거야. 아빠도 그래."

아빠의 말을 들어도 피곤함은 가시지 않았다. 시간은 조금도 서둘러 가려는 기색이 없는 듯했다. 엄마의 병실에서 천장의 형광등만 바라보면서 시간이 느림보처럼 간다고 느꼈던 그때보다 지금이 더욱더 견디기 힘들었다. 신기한 것은, 병실에서 그렇게 사소한 변화까지도 모두 생각의 안테나에 걸려들었는데, 나중에 구체적으로 기억나는 것이 없었다는 점이다. 반대로 재미있는 일을 하면 시간이 어떻게 갔는지는 몰라도, 나중에 기억은 낱낱이 떠올라 누구에게든 자세하게 이야기를 들려줄 수 있다. 두 경우 모두 내가 잠든 상태에서가 아니라 깨어 있을 때 경험한 것인데 어떻게 그런 차이가 날 수 있는지 도통 알 수 없었다.

'지금 이 순간은 나중에 어떻게 기억될까?'

한숨이 절로 나왔다. 나는 손가락 굵기 만한 나뭇가지를 집어 들고 바닥에 그림을 그렸다. 자잘한 돌을 박아 만든 길이었다. 그러니 그린 다고는 하지만 자국을 남길 수도 없었고, 또 어두워서 내가 그리는 선을 다른 사람은 볼 수 없었다. 나 자신도 마음의 눈으로 봐야 보이는 그림이었다. 나는 지금 쭈그려 앉아서 그림을 그리는 나의 모습과 내 옆의 아빠, 또 그 옆의 경호원이 있는 모습을 하늘 왼편에서 내려다보는 구도로 그렸다. 그리고 오른쪽 끝에는 정문 안으로 사라진 백작이 우리와는 아무 상관없이 느긋하게 안락의자에 앉아 음악을 듣는 모습을 그렸다. 그때 경호원은 어디에선가 온 전화를 받았다. 아빠는 백작의 전화이면 좋겠다고 했다. 경호원은 한참 이야기를 나눈 다음에 전화를 끊었다. 잠시 후 한 직원이 차를 끌고 왔다. 경호원은 서툰 영어로 우리에게 타라고 했다. 아무 일도 없을 것이라고 나를 안심시켰던 아빠는 잔뜩 긴장한 표정으로 차를 탔다. 그 모습을 보며 나는 한층 더 긴장했다. 차는 천천히 달려 낮에 들렀던 레스토랑이 있는 건물 앞에 멈췄다. 건물 현관에는 마르셀이 서 있었다. 차에서 내린 아빠는 곧장 마르셀에게 뛰어갔다. 도망가는 사람을 잡기라도 하는 것처럼. 하지만 마르셀은 그 자리에 그대로 서 있었다. 착잡한 표정을 지은 채. 화난 아빠는 불같이 마르셀에게 따졌다.

"왜 약속 시간을 지키지 않았어요?"

"백작님의 비서가 계속 말을 바꿔서 시간이 지연되었습니다."

"누구요? 비겁하게 다른 핑계까지 대다니……."

마르셀은 점심 약속을 서둘러 끝내고 백작의 비서를 만나기 위해 시내에 갔었다고 말했다. 백작과의 만남을 주선해 달라고 부탁하고 그림에 대해서 혹시 알고 있는지 확인하기 위해서였다. 비서는 스케치를 보았지만 당최 무엇인지 알 수 없었다고 했다. 마르셀은 멀리 한국에서 온 손님이니만큼 꼭 부탁한다는 말을 했다. 하지만 비서는 이미 백작이 완고하게 거절한 사안이라 곤란하다고 했다. 대신 내일 일정 때문에 백작이 외출할 때 빌라에 있던 수지의 작업실과 빌라에 걸린 그림을 우리와 마르셀이 함께 확인할 수 있도록 몰래 조치는 해놓겠다고 했다.

"말로 하면 이렇게 간단하지만, 그 과정은 얼마나 복잡했는지 아세요? 이런 약속을 받아내는데, 계속 해주겠다고 했다가, 생각해 보고서는 무리하게 하다가 들통 나면 자기 입지만 곤란하니 안 된다며 엎치락뒤치락하느라 시간이 어떻게 가는 줄 몰랐단 말이에요."

우리가 더디게 보낸 그 시간을 마르셀은 아주 빠르게 보낸 것이었다.

"그리고 이야기가 다 끝난 다음에 연락을 하려고 했더니 제가 당신의 전화번호를 모르고 있더군요. 직원에게 부탁했더니 로비에 앉아 있다 나갔다고 해서 객실 매니저에게 부탁해서 방에 메모도 남겨 놨어요. 백작의 빌라로 무작정 갔을 것이라고는 꿈에도 생각하지 못했습니다."

"우리는 우리대로 당신을 찾아 호텔 전체를 뒤지다가 빌라까지 가게 된 것이라고요."

"어차피 만나기로 했으니 그냥 그 자리에서 느긋하게 기다리셨어야지요."

아빠와 나는 마르셀을 의심했던 사실을 말할 수 없었다. 우리를 위해 열심히 노력해 준 마르셀에게 우리가 얼마나 그림과 그를 찾느라고 고생했는지도 말할 수 없었다. 그래서 미안하다는 말만 계속했다. 마르셀은 사과를 받아들였지만 표정이 풀리지는 않았다.

"그런데 오늘 당신들이 온 것을 먼저 보여 줬으니 내일 경비를 더 강화할 거예요. 함께 차를 타고 돌아온 비서도 당신들이 차로 달려드는 것을 보고 놀랐어요."

마르셀의 말을 들은 아빠는 어쩔 줄 몰라 했다. 마르셀은 잠시 말을 멈추고 분을 삭이다가 이야기를 계속했다.

"그래도 제가 좋은 방향으로 설득했어요."

"아니, 어떻게요?"

"그렇게 공격적인 사람이면 다른 때에 백작님에게 달려들어 일정을 망칠 확률이 높다. 그러면 그게 철두철미하게 백작님의 시간을 관리해야 하는 비서인 당신에게는 더 큰 문제일 것이다. 이렇게 협박 아닌 협박을 해서 내일 빌라에서 그림을 몰래 찾는 일은 그대로 하기로 했습니다. 백작님은 내가 당신을 만나 도와주고 있다는 것을 모르니 제 차를 타고 들어가면 돼요."

아빠의 표정이 좀 밝아졌다. 우리는 다시 마르셀에게 감사와 사과의 말을 번갈아 하면서 인사를 했다. 마르셀은 내내 굳었던 표정을 그제야 풀었다. 그리고 우리를 자기 차에 태워 숙소가 있는 빌라까지 데려다 주었다. 마르셀과 헤어지자마자 우리는 그에 대해서 감사한 일을 조목조목 들어가며 이야기를 나눴다.

"규린아, 정말 다행이야."

나는 고개를 끄덕였다. 모래시계를 꺼내 나는 대화를 나눴다.

"마르셀이 있어 다행이야."

그런데 마르셀이 엄마의 죽음에 큰 충격을 받은 장면이 문득 떠올랐다. 그리고 빌라에서 함께 생활했던 비서와 다르게 더 열심히 우리를 도와주려 하는 이유를 생각해 보았다. 엄마와 마르셀 사이에 내가 모르는 이야기가 있을 것 같았다. 내게도 여자의 직감이 있다면, 아마도 아빠를 만나기 전 두 사람은 학교 동창 이상의 관계였을 가능성이 컸다. 드라마에서 봤던 장면들이 떠올랐다. 나는 도리질했다.

하지만 꿈속에서까지 그 생각을 떨어내지는 못했다. 마르셀과 엄마는, 내가 이탈리아로 떠날 때 친구들이 내게 말한 여러 낭만적인 장면들을 스스럼없이 연출하고 있었다. 내가 엄마를 그리워하며 눈물을 꾹꾹 참았던 그 시간에, 엄마가 고생하며 나중을 위해 근근이 버티고 있을 것이라 생각했던 그 시간에 엄마는 행복한 웃음을 짓고 있었다. 너무도 화가 나서 나는 엄마에게 소리를 질렀다. 엄마는 나를 보고 얼음처럼 굳었다. 그러더니 내가 다가가자 갑자기 뛰기 시작했다. 영원히 간직하고픈 비밀을 들킨 사람처럼 필사적으로. 나 역시 필사적으로 뛰었지만 그럴수록 제자리걸음을 할 뿐이었다. 답답한 마음에 그만 잠에서 깼다. 어둠 속에서 천장의 문양이 복잡한 실들이 얽혀 있는 것처럼 보였다. 창문에 가서 밖을 내다보았다. 가로등 조명에 비친 빌라는 유적 같아 보였다. 갑자기 내가 있는 곳, 내가 있는 시간이 낯설게 느껴졌다. 다시 잠이 들기 전까지 나는 한국에서 엄마와 지낸 시간, 이탈리아에서 겪은 일들을 두서없이 생각했다. 그런 생각을 하다가 언제인지 모르게 잠이 들어 아빠가 아침에 나를 흔들어 깼을 때는 머리가 아주 무거웠다.

아빠는 나를 깨우며 '9시 10분 전'이라고 말했다. 나라면 있는 그대로 '8시 50분'이라고 말했을 텐데 아빠는 늘 그런 식으로 말한다. 아직 오지도 않은 시간을 당겨서 말하는 버릇은 사람을 초조하게 만드는 것 같아 싫었다. 아빠와 간단히 식사를 하면서 아침 10시에 백작이 시내로 나갈 때까지 기다렸다. 이번에는 설렘 속에 기다리는 것인데도 시간은 더디 갔다. 어떤 상태가 되었건, 시간은 빨리 가기를 바라며 그 흐름에 집중하면 도리어 더디게 간다. 뭐든 반대로 하는 얄미운 청개구리처럼! 반대로, 시간의 흐름에는 아랑곳하지 않고 일에 열중하면 시간은 애초에 있지도 않았던 것처럼 투명인간이 된다. 나중에 일을 끝내고 나면 투명인간은 모습을 드러내어 우리가 얼마나 분주했는지 우리 대신 기억을 풀어내어 보여 준다.

우리는 식사를 마치고 레스토랑에서 기다렸다. 마르셀의 연락을 받자마자 주차장으로 갔다. 그는 우리를 차의 뒷좌석에 태웠다. 차의 유리창은 선팅이 진하게 되어 있었다. 우리는 커다란 그림 액자로 몸을 가렸다.

"빌라에서 일하는 직원들과는 이야기가 되었으니 정문을 통과할 때까지 잠깐 참으면 돼요."

정문은 무사히 통과했다. 마르셀은 주차장에 차를 대고는 우리에게 커다란 그림 액자를 함께 나르도록 했다. 빌라에 들어오자마자 액자를 바닥에 놓았다. 백작의 빌라는 현관부터 황갈색 융단이 깔려 있었다. 시에나 시내에서 본 건물의 색과 비슷했다. 그리고 실내는 갈색과 회색, 검은색 등 갖가지 빛깔의 대리석으로 벽과 계단 등이 꾸며져 있었다. 빌라 안은 진귀한 물품으로 가득한 박물관 같았다. 유리 진열장 안에 물품들을 밀봉해서 전시하지 않는다는 것이 차이점이었다.

청소하던 직원이 내 얼굴을 보고 놀랐다. 나는 미소로 답을 하고는 직원이 안내하는 대로 엄마가 썼던 작업실로 들어갔다. 엄마가 떠난 이후에 화가를 들이지 않아 그림 그리는 도구가 깔끔하게 정리되어 있었다. 그림 그리는 도구가 없었다면 작업실이라기보다는 깨끗하고 우아한 거실 같았다. 캔버스 여러 개가 흰 천으로 덮여서 구석에 비스듬하게 서 있었다. 우리는 자석에 이끌리듯 그쪽으로 걸어갔다. 나는 마르셀에게 캔버스 뒤를 보자고 했다. 액자에 들어 있지 않았지만 혹시나 하는 마음에서 확인해야 했다. 그냥 흰 천뿐이었다. 모든 캔버스가 마찬가지였다. 우리가 찾아야 할 그림은 아니었지만, 나는 그림을 찬찬히 뜯어보기 시작했다.

"엄마는 스케치를 하면서 뱀 대신에 커다란 칼을 그렸다고 했어요. 그런데 엄마가 연습한 이 그림에는 아예 칼이 없네요. 할아버지나 해골이 들고 있는 낫은 있어도요."

마르셀은 손으로 턱을 매만지며 생각에 잠겨 혼잣말을 했다.

"철저하게 비밀리에 완성해서 단번에 실력을 인정받아, 주변 사람들을 깜짝 놀라게 하려 했나 보군. 그래도 그림의 제목이나 서명을 한 날짜라도 알면 좋은데……."

엄마의 이야기를 들을 때 미처 그런 것을 물어보지 못한 나 자신을 탓했다. 나는 괜히 미안한 마음에 고개를 돌렸다. 아빠는 마르셀에게 물었다.

"왜 수지는 백작과 사이가 안 좋았죠?"

백작은 시간과 시계에 대한 것은 무엇이든 갖고 싶어하는 엄청난 수집가였다. 시간에 대한 그림도 많이 갖고 싶어했는데 비행기 공포증이 있어서 다른 나라에 있는 것은 볼 수가 없었다. 그래서 백작은 솜씨 좋은 화가를 고용해서 그림을 복제하도록 시켰다. 엄마는 그렇게 고용된 화가 중 하나라고 했다. 나는 엄마가 고작 그림을 복제하는 화가로 고용되었다는 것에 충격을 받았다. 마르셀은 우리의 눈치를 살피며 사정을 더 자세하게 설명했다.

"한 달에 하나씩 시간에 대한 그림을 복제해서 돌아와야만 했지요. 학생 시절에 빛과 어둠을 절묘하게 조화시킨 카라바조의 그림들도 본래 작가의 의도를 파악해서 훌륭하게 모사했던 수지라면, 그런 일에 부담을 갖지 않을 거라고 생각했어요. 나머지 시간에는 느긋하게 자기 그림을 그리면 되니까 스스로에게 의미없는 초상화를 그리는 일보다 더 좋다고 우리는 생각했습니다."

마르셀의 말 속에 '우리'라는 단어가 자연스럽게 녹아 있었다. 나는 그런 것에 더 예민하게 반응했다.

"수지가 떠나기 얼마 전에는 수척해진 몸을 이끌고 멀리 인도 남부의 비슈누-페루말 사원에 가서 벽화를 그려 오기도 했지요. 여기에 그

벽화를 모사한 것도 있네요."

마르셀은 다른 것과 함께 세워져 있던 그림을 가리키며 말했다. 그림 속에는 마법의 양탄자를 연상시키는 빨간색 배경으로 주인공이 서있었다. 그가 입고 있는 휘황찬란한 금색 옷과 거기에 달린 구슬들이 마치 살랑살랑 움직이는 것처럼 보였다. 그림을 볼수록 뭔가 충만해지는 느낌이었다.

"이 그림에는 과거에 존재했고 앞으로 존재할 모든 세계가 담겨 있지요. 자, 보세요. 여기 브라흐마의 몸에 돋아난 털에 세계가 하나씩 매달려 있는 게 보이지요?"

내가 구슬이라고 생각한 것을 다시 보았다. 설명을 듣고 보니 더 오묘했다. 브라흐마는 엄마가 비밀리에 남긴 그림에는 없는 신이었다. 만약 엄마가 일부러 뺀 것이거나 카이로스처럼 당시에는 표현하지 못해서 제대로 들어가지 못한 것이라면, 엄마의 그림을 고치는 데 도움이 될까 싶어 나는 꼬치꼬치 캐물었다.

"브라흐마는 어떤 신인가요?"

"힌두교에는 중요한 신이 셋 있는데, 우주를 창조한 브라흐마, 우주를 유지하는 신 비슈누, 우주를 파괴하는 신 시바, 이렇게 셋이야."

"이 구슬처럼 생긴 것은 뭘 상징하나요?"

"여기 털에 매달린 각 세계는 브라흐마의 햇수로 100년 뒤, 전 우주가 파괴될 때까지 멸망과 부활을 계속할 것을 상징하지."

"100년 뒤요?"

마르셀은 미소를 지으며 대답했다.

"브라흐마의 1년은 인간의 1년과 달라. 브라흐마의 하루는 인간의 시간으로 무려 86억 4천만 년이나 되지. 과거에는 1년을 360일로 쳤으니까, 86억 4천만 년 곱하기 360일 곱하기 100년을 하면 약 311조 년이라는 숫자가 나와. 브라흐마의 100년은 인간의 시간으로 311조 년이나 되는 거야."

아빠는 그 말을 듣고 놀라움을 감추지 못했다.

"지금까지 과학으로 밝혀낸 지구의 나이가 45억 년 정도이고, 우주의 나이가 90억 년에서 150억 년 정도인데, 311조 년이라면……."

"인도 사람은 시간을 바라보는 틀이 아주 크군요."

이렇게 말하는 나를 쳐다보며 마르셀은 두 손을 넓게 펼쳐 보이며 말했다.

"인도 사람들이 생각한 가장 큰 시간 단위는 칼파(Kalpa)야."

아빠는 '아하'하고 나지막하게 소리를 냈다. 내가 쳐다보자 아빠는 귓속말로 영겁의 시간이라고 할 때 쓰이는 겁(劫)이라는 글자는 바로 칼파를 외국 사람들이 발음한 것에서 따와 한자로 만든 것이라고 했다. 마르셀은 설명을 계속했다.

"칼파는 천지창조로 시작되어 최후에 세계가 파괴될 때까지의 시간을 뜻하지."

"그러면 인도 사람들도 결국에는 기독교와 같은 직선적인 시간관을 가졌던 거군요? 그런데 왜 엄마가 그린 이 그림에서는 직선보다 둥그런 것들이 더 강조된 것일까요?"

"그야 인도 사람들이 순환적인 시간관을 갖고 있었으니까."

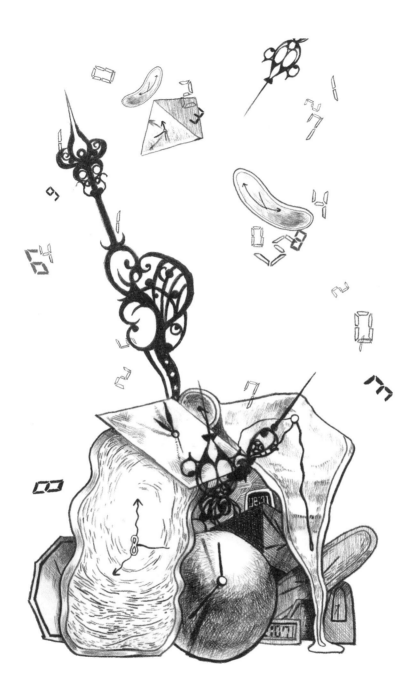

"세상이 만들어져 끝나는 시간이 칼파라고 하셨잖아요. 그건 직선적인 시간을 말한 것이 아닌가요?"

"아니 직선이 아니라, 순환 속의 순환을 말한 거야. 칼파의 시간 크기를 인도 사람들이 어떻게 생각했는지 알면 더 잘 이해할 수 있어."

마르셀은 1칼파가 정육면체 모양의 커다란 산을 백 년마다 독수리가 비단 수건으로 쓸고 지나가 그 산이 다 닳아 없어지는 데 걸리는 시간이라고 했다. 그리고 갠지스 강보다 십만 배 넘게 큰 강이 있는데, 백 년마다 그 강바닥에서 모래를 한 알씩 들어내어 모래가 전부 없어지는 것을 3천 번 반복하면 1칼파가 된다고 했다. 마르셀의 설명을 들으며 나는 기가 막혀 웃음이 절로 나왔다. 도저히 가늠이 되지 않는 시간이었고, 마르셀의 말대로 계속 그 안에서 같은 과정이 반복되고 있었다. 그런 시간은 아예 측정이 불가능할 것 같아 고개를 절로 흔들게 되었다.

"규린이 지적한 것처럼 구슬을 세심하게 묘사하여 강조한 것을 보면 수지는 이 그림에서 종말을 이야기하고 싶은 것이 아니라 멸망과 부활의 무한반복을 더 드러내고 싶어했던 듯해."

"전문가인 아저씨가 인정할 정도로 엄마가 정성을 들인 그림인데 왜 지금 여기에 있죠?"

마르셀은 한숨을 쉬며 말했다.

"백작이 마음에 안 들어서 다시 그리라고 했겠지. 그분은 언젠가 모든 것이 끝나게 되어 있다는 종말이 더 강조되어야 한다고 생각했을 거야. 영원히 자기를 보호할 것 같았던 부모님이 일찍 돌아가셔서 혼자 여태까지 산 분이니까."

마르셀은 잠시 말을 멈췄다가 다시 입을 열었다.

"아니면 수지가 욕심을 부려서 스스로 여러 번 그림을 그렸을지도 몰라. 수지 마음에 들지 않은 그림은 여기에 남고, 완성된 그림을 백작에게 줬을 테니까."

완벽주의자이던 엄마라면 제대로 인정받을 때까지 그랬을 수 있다. 그리고 괴팍한 백작이라면 그럴 수 있다는 생각도 들었다. 그 어떤 이유든, 여기 작업실에 엄마의 소중한 그림들이 처박혀 있는 사실을 설명해 준다는 게 씁쓸했다. 하나의 이유를 피했어도 다른 이유로 결국 지금처럼 될 수밖에 없었을 것이라 생각하면 엄마가 후회하며 말하던 '숙명'이라는 말의 무게가 느껴졌다. 이런 나와 다르게 마르셀은 여러 가능성을 손에 올려놓고 저글링하는 것처럼 엄마의 고통과 관련된 이야기를 너무 가볍게 말한다는 느낌이 들었다.

"수지는 백작 때문에 고생을 많이 했어. 백작은 다른 사람들이야 어떻든 자기가 원하는 것은 얻어야만 되는 사람이었으니 멀리 가서 고생을 하든, 심혈을 기울여 여러 번 그렸든 말든, 한 달에 한 점씩 반드시 그림을 받았지. 그리고 그렇게 얻은 그림은 자기가 공개하고 싶을 때까지 우리 재단 사람에게도 비밀로 했어."

아빠는 이 말을 듣고 못마땅해했다.

"자기가 귀족이면 귀족이지, 왕도 아닌데 그게 무슨 처사입니까? 옛날 왕들은 궁을 비우고 직접 유람을 다닌 것이 아니라, 화가를 보내서 풍경화를 그려 오게 하고 그 그림을 감상했다고 하더니 딱 그 짝이네요. 지금은 21세기예요. 아무리 비행기 공포증이 있다고 하지만 백작은 완전 수백 년 전의 왕처럼 굴고 있잖아요."

마르셀은 아빠의 말을 들으며 마지막에 고개를 끄덕였다.

"맞아요. 시간에 관한 한 그는 왕이 되고 싶은 것이라고 할 수 있지요. 백작은 다른 사람들의 시간이 자기의 시간을 위해서 톱니바퀴처럼 맞아 떨어져야 한다고 생각하니까요. 그러나 일의 시작과 끝만 각별히 신경을 써서 잘 지키면 되니, 그리 까다로운 요구사항은 아니에요. 내내 감시하는 것도 아니고요. 하지만 사람들은 대부분 백작을 못 견디지요. 에누리 없이 시작과 끝이 정해져 있다는 것이 다양한 변수가 생기는 현실에서는 큰 부담이 될 수도 있기 때문이에요. 수지도 처음에는 많이 힘들어했어요. 곧 적응했지만요."

"잠깐만요. 엄마가 적응했다면 백작과 사이가 좋아야 했던 것 아니었나요?"

"수지는 욕심이 대단했어. 한 달에 그림 하나를 그리고도 자기 그림을 더 그릴 정도였지. 다른 화가들은 백작의 시간에 맞추느라 헉헉댔지만 수지는 달랐어."

"그렇게 원하는 대로 해주었는데 왜 백작이 엄마를 싫어했어요?"

"수지가 어느 날 자기 그림을 그리다가 백작에게 들켰거든. 백작은 수지가 자기 그림을 그리면 복제하는 그림의 질이 떨어진다고 주장하곤 여러 번 수정 작업을 시켰지. 수지가 그린 우로보로스 그림이 그래서 여기에 많은 거야. 그래도 수지가 몰래 그림을 그리자 그 다음부터는 백작이 주는 캔버스 말고는 소지할 수 없게 만들었어. 외국에서 돌아올 때도 짐 검사를 하고, 작업실의 캔버스도 숫자를 셀 정도였지."

"죄수도 아닌데, 그런 못된 요구를 하다니!"

아빠는 생각만 해도 화가 나는 모양이었다.

"나도 그게 심하다고 생각했어요. 그러나 수지는 얼마든지 떠날 수 있었지만 떠나지 않았어요. 수지는 미션을 수행하면서 시간에 대한 여러 화가의 생각을 알게 되었고 감동받았지요. 시간이 갈수록 백작이 지정해 주는 다음 과제를 기다리기까지 한걸요."

한참 몰입하면 물불을 가리지 않는 엄마의 모습이 떠올랐다.

'그렇게 분주하게 지내느라 우리에게 연락도 제대로 못한 것이구나. 그래도 그렇지, 어떻게 1년 넘게 그렇게 살 수 있었을까?'

아빠는 뭔가 생각난 듯 손가락을 튕기고는 흥분된 목소리로 말했다.

"수지가 따로 그렸다는 그림은 지금 어디에 있나요?"

"백작이 모두 압수했어요."

"엄마가 백작에게 들킨 다음에 전혀 그림을 그리지 않았나요? 엄마 성격에 절대 그럴 리가 없는데요?"

마르셀은 미소를 지으며 말했다.

"수지에게는 친구들이 있었죠. 수지의 그림을 좋아해서 도와주는 사람도 많았어요. 수지는 이곳 직원들의 초상화까지 몰래 그려줬거든요. 직원들은 귀족만 그리는 화가가 그려준 초상화에 큰 감동을 받았어요. 그렇게 초상화를 받은 친구들은 백작 몰래 작업실에 캔버스를 갖다 주었죠. 그래서 숨바꼭질 작업을 계속할 수 있었습니다."

"어떻게 백작의 집에서 계속 수지가 그림을 그릴 수 있었지요?"

"백작이 시간관리에 철저한 사람인 것은 아시지요? 작업실을 방문하는 시간은 딱 정해져 있었으니 그때만 조심하면 되었지요."

엄마 몰래 딴짓을 하는 아이처럼, 엄마가 백작의 눈을 피해 몰래 금지된 일을 했다는 사실에 웃음이 나왔다. 하지만 그 웃음은 오래가지 않았다. 엄마가 받았을 스트레스가 생각났기 때문이다.

"그 그림들은 지금 어디에 있을까요?"

"아마도 백작의 대형 금고 안에 있겠지요. 만약 백작이 저 몰래 작품을 판 것이 아니라면 수지가 말한 그 그림도 금고 안에 있겠네요."

엄마의 것들을 자기 금고에 넣고 있다니, 괴팍한 늙은이라는 엄마의 말이 맞았다. 아빠는 엄마가 몰래 작업한 것까지 왜 백작이 갖고 있는지 이해가 되지 않는다고 했다.

"돈을 받은 것은 의뢰한 작업에 대한 것뿐이지 자유로운 창작에 대한 것은 아니지 않나요? 만약 사실로 드러나면 소송을 해서라도 찾겠습니다."

아빠는 으름장을 놓았다. 마르셀은 소송은 나중에 고려하고 일단은 금고 이외의 다른 곳들을 다 찾자고 제안했다. 우리는 빌라 구석구석을 살펴보았다. 그러는 사이에 빌라를 가득 채워 놓은 백작의 수집품에 놀랐다.

"치, 비행기가 무서워 유럽 밖으로는 나가 보지도 못한 사람이 겉으로는 마치 세계를 일주한 사람처럼 물건들을 모아 놨군."

끝내 엄마의 그림은 찾지 못했다. 소득 없이 빌라에서 나오자니 입맛이 썼다. 백작이 마음씨 좋게 엄마의 그림을 가져가라고 허락할 것 같지 않았다. 어쩌면 아빠가 예약한 비행기표를 뒤로 물려야 할지도 몰랐다. 일정을 연기한다고 해서 해결할 수 있을까…….

마르셀은 비서에게 전화를 했다. 이탈리아어로 말해 제대로 알아들을 수 없었지만 감을 잡을 수는 있었다. 마르셀은 전화를 잠시 끊고 다시 전화를 걸었다. 시간이 갈수록 마르셀의 목소리가 흥분한 듯 점점 높아졌다. 그리고 전화를 끊었다. 나는 왠지 불안한 마음으로 마르셀을 쳐다보았다. 마르셀은 우리를 쳐다보며 말했다.

"아무래도 정면돌파하지 않으면 안 될 듯해요. 방금 전화를 해서 오늘 오후 2시에 백작을 푸블리코 궁전(Palazzo Pubblico)에서 만날 수 있게 되었습니다. 거기서 백작이 만나기로 한 사람이 약속을 갑자기 취소했다는군요."

"다행이네요."

"일단 백작을 만나게 된 건 우리에게 다행이에요. 하지만 백작은 시간에 관한 한 결벽증을 갖고 있어서 당신들이 온 건 자신의 시간이 엉클어지게 될 징조라며 지금 화가 많이 나 있다는군요. 어쩌면 빨리 당신들을 내쫓고 자기 시간을 지키기 위해서 만나는 것일지도 몰라요."

"이유야 어찌되었든 우리는 좋습니다. 어차피 백작을 만나 담판을 짓기 위해 왔으니까요."

아빠의 말을 들으며 나는 모래시계가 든 가방을 꼭 끌어안았다. 마르셀은 우리를 다시 차에 태웠다. 시에나 시내로 향했다. 시내로 접어들자 길이 골목처럼 구불구불 나 있었다. 그러다 갑자기 부채꼴 모양의 붉은 광장이 나타났다. 팔을 넓게 벌려 나를 폭 껴안아 주는 듯한 기분이 들었다. 주차를 하고 차에서 내렸다. 광장이 가운데로 갈수록 수렴하면서 좁아지는 모양새가 마치 조개껍질 속에 들어온 것 같았다. 그 한가운데로 자연스럽게 온몸이 빠져드는 듯했다. 주변을 둘러보았다. 높은 탑이 인상적으로 서 있었다. 그곳에 시선을 고정시키자 마르셀이 그곳이 바로 백작과 만날 궁전이라고 했다.

광장을 거닐면서 멋지게 디자인되었다는 생각을 하는데, 언젠가 엄마는 들려준 이야기가 생각났다. 그림 속의 조개나 부채꼴 모양은 여자의 자궁을 상징한다고 했다. 이 광장의 건축가는 시민들을 안전하게 보호하고 싶은 마음에서 이런 모양을 고안했던 걸까? 문득 예술가들은 그저 감성이 풍부한 사람들이 아니라, 자신의 의도대로 작품을 만들어내기 위해 무서울 정도로 정확하게 계산하는 사람이기도 하다는 생각이 들었다. 엄마는 확실히 그랬다. 엄마가 마지막 그림을 찾아 달라고 특별히 부탁한 것은, 단지 그림을 지키는 것 이상으로 그 그림이 나에게도 중요하기 때문일 것이다. 그렇게 확신하게 되면서 새삼 화가로서의 엄마를 각별히 생각하게 되었다. 엄마는 내가 그림을 보면 엄마의 의도를 알아챌 수 있을 것이라고 했다. 나는 그것이 무엇인지 아직 전혀 알지 못하지만, 시에나에 와서 광장을 보고 갑자기 자궁을 떠올린 것처럼 엄마의 그림을 보는 순간에도 무언가 번쩍이길 바라보았다.

사람들이 띄엄띄엄 광장에 자리를 잡고 한가롭게 일광욕을 즐기고 있는 모습이 인상적이었다. 우리는 노천 카페에서 간단한 식사를 주문했다. 카페 안에는 지난 7월 2일 열린 팔리오(Palio) 사진과 8월 16

일에 열릴 다음 경기 포스터가 붙어 있었다. 사진과 포스터 속의 광장은 사람들로 꽉 차 있었다.

"팔리오가 아주 큰 축제인가 봐요?"

내 질문에 마르셀은 대답했다.

"이탈리아 전역으로 방송되는 전통 경마 경기이지. 경기는 캄포 광장을 세 바퀴 도는 짧은 경기인데 이때 기수들은 말채찍을 자신의 말뿐만 아니라 상대방의 말에도 사용할 수가 있어. 다른 경마와 다른 점이지."

"그건 비겁한 거 아닌가요?"

"그런 방해도 거뜬히 물리쳐야 진정한 승리자가 된다는 생각에서 그런 규칙이 생겼을 거야. 그래서 경기에서 패배자라고 가장 욕을 먹는 사람은 꼴찌가 아닌 2등으로 들어온 사람이야."

"맙소사. 2등에게 은메달을 줘서 위로하는 게 아니라, 조롱을 하다니 너무하네요."

나는 이런 경기를 후원하는 백작도 자신이 원하는 것을 얻기 위해서는 수단과 방법을 가리지 않는 냉혈한처럼 느껴졌다. 자신의 시간에 다른 사람이 맞추기를 바라는 괴팍함과 엄마에게 가혹했던 것도 같은 생각의 뿌리에서 나왔다고 생각하니, 만나면 멋지게 한방을 먹이고 싶을 정도였다.

마르셀은 내친김에 시에나 역사를 설명해 줬다. 피렌체와 경쟁을 할 정도로 성공한 르네상스의 대표 도시였다가 싸움에서 지는 바람에 중세에 시간이 멈추게 된 도시. 세계 최대 규모로 지으려 설계된 두

오모 성당이 유럽을 휩쓴 흑사병으로 공사가 중단되어 현재에 이르게 되었다는 것. 이 사실들은 모두 처절한 만큼 묘한 신비감을 더하기도 했다. 마르셀은 이렇게 덧붙였다.

"앞으로도 계속 중세의 모습을 유지할 이 도시는 자신의 서글픈 사연 또한 내내 잊지 않겠지. 가슴을 후비어 파고들던 일도 시간이 흐르고 흘러 한참 지난 후에는 하나의 예술작품 같은 감동을 자아내게 되는 게 아닐까? 고흐의 작품이 그런 것처럼 말이야."

마르셀의 이야기는 슬프면서도 아름답게 들렸다. 나는 엄마의 작품도 그렇게 될 수 있을까, 만약 내가 엄마가 바라던 대로 화가가 된다면 어떨까 하는 생각을 해보았다. 카라바조같이 유명한 화가가 되는 것도 힘들겠지만, 생을 다할 때까지 진정 감동을 주는 그림을 그릴 수 있을까…… 이런 고민은 언제나 날 괴롭힌다. 그럴 때면 진지한 예술가가 되기 전에 평범한 사람으로 살면서 희로애락을 느끼고 거기서 무언가를 배우면서 살고 싶다는 생각이 앞서곤 했다.

노천 카페에서 식사를 마치고 약속 시간을 기다리다 보니 저절로 눈꺼풀이 내려왔다. 어젯밤 잠을 설쳐서인지, 시차적응이 아직 안 된 것인지 눈꺼풀 아래가 뜨끈했다. 하지만 곧 만날 백작을 생각하며 나는 허벅지를 꼬집었다. 마르셀에게 전화가 왔다. 마르셀은 간단히 전화 통화를 끝낸 다음에 우리에게 일어나자고 말했다.

"백작의 비서야. 내가 지금 어디 있는지 확인하러 전화했어. 백작은 자신과 약속한 사람이 15분 전에 약속 장소에 앉아 있기를 바라지. 또 그렇게 하기 위해 백작의 비서는 그보다 15분 전에 확인 전화를 하고. 집에 들어오기 직전에 집의 모든 불이 켜져 있어야 하고, 목욕물도 받아져 있어야 하지. 모든 것에 지체가 없게."

"아, 생각만 해도 숨 막혀요."

"요즘 사람들은 대부분 루첼로 백작 같지 않나? 정도의 차이가 있기는 하지만 미리 일정을 정해 놓고 반드시 그렇게 움직이려고 노력해. 그래야 세련되게 생활 관리를 하는 것이라고 생각하면서 말이야."

마르셀의 말을 듣고 보니 그랬다. 그렇게 따지면 아빠도 루첼로 백작에 견줄 만큼 일정에 엄격한 사람이었다. 마르셀은 웃으며 말했다.

"루첼로 백작이 무척 괴팍하기는 하지. 하지만 그런 괴팍한 성미를 감안하면 오히려 여유를 갖고 움직일 수 있어. 미리미리 말하는 것을 그냥 알림종을 쳐주는 것이라고 생각하면 돼. 덕분에 내가 일일이 시계를 보며 챙길 필요가 없으니 오히려 감사해야 할 일인지도 모르지."

마르셀은 자기가 시계를 맞춰 두는 것보다, 때 되면 먼저 연락을 주는 백작의 비서 덕분에 편하다고 말했다. 그 말을 들으며 나는 시계를 일부러 빨리 가게 해놓고는 그것을 감안해서 아침에 게으름을 부리다가 일어나는 내 모습이 어딘지 마르셀과 닮은 것 같았다. 주변 건물에 대한 마르셀의 설명을 들으면서 광장을 가로질러 궁전에 도착했다. 마르셀은 궁전의 2층으로 우리를 안내했다. 방에는 긴 탁자가 있었고, 덩치가 큰 장군의 동상도 있었는데 거기에는 다음과 같은 글귀가 영어로 적혀 있었다.

내일, 또 내일, 또 내일은

매일같이 종종걸음으로

삶의 마지막 순간까지 다가오고

지나간 날들은 어리석은 인간들이

티끌로 돌아가는 죽음의 길을 비추어 왔구나.

꺼져라, 꺼져, 덧없는 촛불아!

인생이란 걸어다니는 그림자에 불과한 것,

무대 위에 등장하는 시간 동안 뽐내고 안달하지만

그 시간만 지나면 영영 잊히고 마는 가련한 배우일 뿐이다.

그것은 바보천치가 지껄이는 이야기,

요란한 소음과 분노로 가득 차 있지만

아무런 의미는 없다.

　　셰익스피어가 쓴 『맥베스』의 대사라고 적혀 있었다. 『맥베스』를 읽은 적이 없어 자세한 내용은 모르겠지만 동상의 표정은 아주 쓸쓸했다. 아빠도 내 옆에 서서 동상을 무거운 표정으로 바라보았다. 마르셀은 좌우 옆에서 보면 동상의 진면목이 보일 것이라고 말해 주었다. 발걸음을 옮겨 왼쪽에서 동상을 쳐다보았다. 남자의 코와 턱선, 그가 잡고 있는 칼이 더 강건하게 보여서 영웅의 모습을 떠올리게 했다. 그런데 오른쪽으로 자리를 옮기자 그가 앞으로 조금 내민 손이 허전해 보였다. 구걸을 하는 모습은 아니었다. 뭔가를 잡으려다 놓친 느낌이 강하게 들었다. 다시 동상에 쓰인 글귀를 읽어 보았다. 아무런 의미가 없다는 마지막 말을 읽자 사막 위의 해골이 떠올랐다. 나는 조각가가 왜 이런 쓸쓸한 감정을 느끼도록 작품을 만들었는지, 셰익스피어는 왜 허무함이 절절하게 묻어나는 대사를 썼는지, 왜 이런 조각상을 방에 놓고 보는지 따위가 궁금해졌다.

'일부러 죽음과 허무를 떠올리며 불안을 조장할 이유는 없지 않나?'

아빠를 쳐다보았다. 아빠는 "인생이란 걸어다니는 그림자"라는 말을 되뇌며 고개를 끄덕였다. 나와는 달리 공감을 하며 도리어 위로를 받은 듯한 표정을 지었다. 아빠와는 다를 것이라고 생각했던 마르셀의 표정도 마찬가지였다. 내가 청소년을 위한 성장소설을 읽으며 주인공이 슬퍼하는 장면에서 느끼는 감정을 어른들은 이런 작품을 보면서 느끼는 듯했다. 주인공이 한없이 측은하지만, 나만 힘든 것은 아니라는 사실을 확인하면서 안도감이 들고 다시 힘을 내게 되는 이상한 기분 말이다. 하지만 내게는 그런 복잡한 마음보다는, 엄마가 자신의 그림들을 배편으로 붙이고 소파에 얼굴을 파묻고 소리 죽여 울던 그때의 느낌이 되살아났다.

얼마 지나지 않아 비서가 나타났다. 비서는 중년의 남자였고, 나이에 걸맞은 금테 안경을 쓰고 있었다. 날카로운 눈매가 안경 속에서 빛나고 있었다. 비서는 나와 아빠에게 간단히 인사했다. 아빠는 백작이 우리의 방문 목적을 알고 있느냐고 물어보았다. 비서는 벌써 편지를 읽어 알고 있다고 대답하고서는 시계를 보고 다시 밖으로 나갔다. 다시 기다림의 시간이 다가왔다. 시간은 더디게 흘러 숨을 조이는 것 같았다. 나는 시간의 흐름에 집중하지 않고 다른 일을 생각하려고 애썼다. 조그만 스케치북을 꺼내 창문 밖을 내다보며 스케치를 했다. 긴장을 풀기 위해서였지만 어느새 스케치에 집중하게 되었다. 옆에서 마르셀이 유심히 쳐다보고 있는 것도 눈치채지 못할 만큼.

광장의 시계가 2시를 알리는 소리가 들려왔다. 바로 그때 검은 양복을 입은 사람과 흰 수염을 기른 할아버지가 나타났다. 거의 동시가 아니라, 정확히 동시에. 마치 문이 광장 시계의 종과 하나로 연결된 것 같았다. 백작은 긴 탁자의 끝에 앉았다. 백작은 귀에서부터 턱 아래까지 흰 수염을 길게 기르고 있었다. 아랫입술을 앞으로 내빼고 있어서 심통이 난 것처럼 보이기도 했다. 백작은 내 얼굴을 보고 깜짝 놀랐지만 곧 표정을 바꾸며 말했다.

"그래, 내가 준 시계가 고장 났다고?"

백작은 우아한 영국식 영어로 말했다. 나는 인사나 소개도 없이 불쑥 시계에 대해 이야기하는 백작이 이상했다. 백작의 목소리는 쇳소리처럼 들렸다.

"네. 그렇습니다."

아빠가 백작의 기세에 눌려 기어들어가는 듯한 소리로 말했다. 그러나 곧 용기를 내서 한마디 덧붙였다.

"저희들이 고장 낸 것은 아닙니다."

"그렇지, 그럴 거야. 그럴 줄 알았어."

백작은 입을 더 비죽 내밀고 살짝 고개를 흔들면서 비서를 보았다. 비서는 엷은 미소로 답했다.

"저희도 이 시계를 고치려고 했지만 결국은 고치지 못했습니다. 원래 설계한 사람을 찾지 못하면 고치기 힘든 시계라는 말만 들었지요. 부디 이 시계를 고칠 수 있도록 도와주셨으면 합니다."

아빠의 말에 백작은 대답하지 않았다. 아빠는 백작의 눈치를 살피며 본론을 꺼냈다.

"그리고 들으셨는지 모르겠지만, 제 아내인 수지가 죽었습니다."

백작은 이마에 주름이 깊어질 정도로 눈을 잠깐 치켜떴다.

"그런데 죽으면서 유언으로 남긴 소원이 하나 있습니다."

"그게 뭔가?"

백작은 몸을 앞으로 조금 숙였다.

"자기가 여기서 그렸던 그림 하나를 찾고 싶어합니다."

"그림? 내 그림을?"

아빠는 할 말을 잠시 잃었다. 엄마가 그린 그림을 자기 그림이라고 하다니. 나는 참을 수 없어 나섰다.

"그냥 달라고 말씀드리는 것이 아니에요. 시계를 원하시면 드릴게요."

백작은 콧방귀를 뀌었다.

"고장 난 것을 가지고 와서 당당하게 바꿔 달라고 하다니, 너도 네 엄마만큼이나 뻔뻔하구나."

백작은 자리에서 일어나며 말했다.

"하긴 네 엄마가 나를 얼마나 우습게 만들었는지를 안다면 얼굴을 들이밀지도 않았겠지."

"우리 엄마가 어땠는데요?"

아빠가 내 손을 꽉 잡았다. 참으라는 것 같았다. 하지만 나는 참을 수 없었다. 백작은 자리에서 일어나면서 말했다.

"수지는 나를 조롱했어. 일은 제대로 하지 않고 나를 속였단 말이야."

백작은 내게 다가왔다. 다리가 가늘고 길어서 마치 시침 두 개가 움직이는 것 같았다. 그는 내게 고개를 가까이 들이밀면서 말했다.

"어디서부터 말해야 할까?"

5

비밀

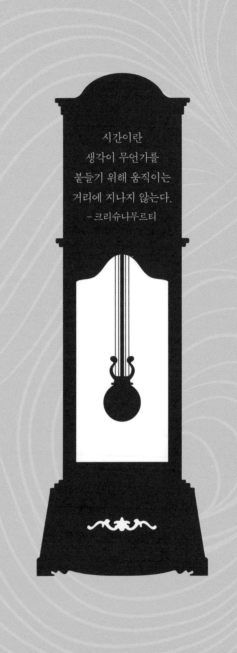

시간이란
생각이 무언가를
붙들기 위해 움직이는
거리에 지나지 않는다.
- 크리슈나무르티

백작은 엄마가 계약을 어기고 과제 이외에 그렸던 그림에 대해서 이야기했다.

"나는 수지가 오로지 내 그림을 그리는 데 필요한, 먹고 자고 깨어 있는 시간 전체를 계산해서 후하게 비용을 쳐준 거야. 그런데 내가 정해 준 것 이외에 다른 일을 하느라 시간을 낭비하고 그 결과물을 숨겼다면 그것은 내 돈을 도둑질한 것이나 마찬가지이지."

백작의 말을 듣다 보니 화가 났다. 대가를 지불했다는 이유로 자유로운 엄마의 의지와 생활 전체를 모조리 샀다고 생각하는 백작이 혐오스럽게 느껴졌다. 그리고 그런 백작을 매일 보면서도 참고 그림을 그린 엄마가 불쌍했다. 그러다, 엄마의 노력을 알아주지도 않는 사람에게 대체 왜 그림을 그려준 것인지 답답한 마음마저 들었다. 엄마가 그토록 궁핍했던 것은 아니다. 다른 귀족의 초상화를 다시 그려도 되는데, 굳이 백작에게 고용된 이유가 이해되지 않았다.

"백작님이 왜 우리 엄마를 못살게 굴었는지 이해가 되지 않아요."

백작은 탁자를 손바닥으로 탁탁 치며 말했다.

"나야말로 이해가 되지 않아. 왜 나보고 못살게 굴었다고 하는지.

그리고 이렇게 내게 당당히 요구할 수 있는 것인지. 입장을 바꿔 놓고
생각해 보게. 자네들은 불쑥 내 집에 쳐들어와서 수지의 그림을 달라
고 나에게 윽박지르고 있는 거라고. 그 그림이 뭔지도 모르면서 말이
지. 이건 말이 되는 상황이라고 생각하나?"

　백작은 벽에 큼지막하게 그려져 있는 화려한 그림을 가리키며 소리
쳤다.

　"수지가 찾아 달라는 그림이 혹시 내가 기증한 이 그림인가? 하긴
그럴 만도 하지. 아주 멋진 그림이야. 더구나 여기에는 실제로 금이 들
어가 있다고. 아마도 돈이 좀 나간다고 생각해서 딸에게 거짓말을 해
서라도 물려주고 싶었는지도 모르지."

　나는 백작이 한 말에 화가 치밀었다. 쿵쿵쿵 백작에게 걸어가 스케
치북을 휙휙 넘기며 말했다. 엄마의 말을 듣고, 최대한 자료를 찾은 다
음, 나의 해석과 상상을 덧붙여 그린 그림도 있었다.

　"자, 보세요. 찾아야 할 그림에 있는 것들이에요. 이 그림과 조금이
라도 비슷한지 한번 직접 보시란 말이에요!"

　비서가 내 옆으로 달려왔다. 내 몸을 잡았다면 너무 화가 나서 비서
의 정강이를 걷어찼을지도 몰랐다. 백작은 비서에게 물러나라고 손짓
을 했다. 그리고 턱은 위로 든 채 눈만 내리깔고 스케치북을 보았다.
나는 그림 속에 그린 신화 속 인물들의 이름을 열거했다. 스케치북을
살펴보던 백작의 눈이 갑자기 커지더니 내 얼굴을 쳐다보았다. 그리
고 어금니를 지그시 깨물었다. 백작은 어지러운지 이마를 짚으며 눈
을 감았다. 잠시 그렇게 있던 백작은 고개를 돌려 시계를 쳐다봤다.

"이 방에서 나가려면 아직 5분이 남았군, 젠장."

백작은 손을 입에 가져갔다. 자세히 봤더니 손톱을 물어뜯고 있었다.

'세상에! 아이처럼 손톱을 물어뜯는 백작이라니. 흰 수염을 날리는 할아버지가 말이야.'

내가 백작을 황당한 표정으로 쳐다보고 있다는 것을 눈치 챈 마르셀이 슬며시 내 옆으로 다가와서 내 손을 잡았다. 백작은 그런 우리를 보며 툭 내뱉었다.

"부엉이시계는 가져가게. 그건 내가 만든 것이 아니네. 베네치아의 로베르니 남작이라는 작자가 만든 것이지. 비서에게 물어보면 연락처를 알려줄 걸세. 시계를 가지고 가서 그 작자가 만든 것이 얼마나 허접한지 똑똑히 알게나 하라고."

아빠가 서둘러 물어보았다.

"수지의 그림은요? 저희에게 주십시오."

"참으로 답답하군. 주고 싶어도 자네들이 원하는 그림이 뭔지 알아야 줄 것 아닌가."

나는 마르셀의 손을 뿌리치고 앞으로 나가 스케치북을 다시 백작에게 들이밀었다.

"여기에 있는 그림은 난 모르네. 자네는 알고 있나?"

백작은 스케치북을 비서에게 보여 주었다. 비서는 모른다고 짧게 대답했다. 순간 반짝이는 백작의 눈빛에서 나는 백작이 뭔가 다른 꿍꿍이를 갖고 있다는 생각이 들었다. 나는 백작과 비서를 보며 크게 소리쳤다.

"엄마의 그림을 안 주시면 가만히 안 있을 거예요!"

"오호, 정말 무서운걸?"

백작의 목소리에 찬바람이 불었다. 나는 지지 않고 말했다.

"뭘 드리면 그림을 주실 건가요? 돈인가요?"

"이 늙은이가 돈이 없어서 숙녀 분에게 돈을 받아내려고 하는 줄 아나?"

빈정거리는 백작의 말투는 나를 정말 화나게 했다.

"넌 그 그림이 뭔지도 모르잖니. 그런데 나보고 뭘 달라는 거냐?"

"그러니까 엄마가 백작님을 위해 그린 그림 모두를 보여 달란 말이에요. 직접 확인하게요."

마르셀이 끼어들었다.

"수지가 죽으면서 마지막으로 간곡하게 부탁한 것이라 그렇습니다. 지금 이대로 돌려보내면 이분들에게는 평생 한이 될 겁니다. 무엇보다도 엄마의 소원을 들어주지 못한 죄책감으로 나머지 일생을 살아갈지도 모르는 어린 규린의 처지를 생각해 주세요."

백작은 잠시 생각하더니 비서에게 이탈리아어로 뭔가를 지시했다. 백작은 자리에서 일어나며 말했다.

"내가 자비심을 베풀도록 하지. 자네들은 곧 어떤 문서를 받게 될 걸세. 그 문서가 진짜 문서인지 아닌지 알아봐 준다면 자네들이 원하는 대로 해주지. 답은 맞다 아니다, 둘 중 하나겠지. 어떤가, 쉽지 않나? 운이 따른다면 지금 당장 답을 이야기해도 맞출지도 모르겠네. 하지만 기회는 단 한 번이니 신중해야 할 거야. 아, 그리고 혹시나 해서 말이지만 그 문서를 가지고 골동품상에다가 물어볼 생각은 하지 말게. 내가 주는 것은 복사본이니."

"복사본이라면 가짜잖아요. 복사본을 가지고 문서가 진짜인지 아닌지를 맞추라는 말씀입니까? 그게 말이 되는 일인가요?"

아빠는 기가 막힌다는 표정을 지으며 말했다.

"힘든 만큼 도전할 만한 상이 기다리고 있지 않나? 내가 명예를 걸고 말하지. 자네들이 문제를 풀면 약속은 지키겠네. 그림이건 뭐건 내집 안에 있는 것 중 자네들이 원하는 것 하나를 주도록 하지. 돈을 원하면 돈을 주겠네."

마지막 한마디를 할 때 백작은 나를 노려보았다. 백작은 다시 시계를 쳐다보더니 자리에서 일어났다. 아빠도 따라 일어나며 물었다.

"그 문서는 무엇인가요?"

"일주일 후인 화요일 3시까지 풀어야 해."

백작은 대답대신 자기가 할 말만 남기고 그대로 밖으로 나갔다. 형식적인 인사도 덧붙이지 않고. 우리는 황당한 표정으로 굳어 있었다. 아빠가 맨 먼저 마법에서 깬 듯 얼떨떨한 얼굴로 마르셀에게 어떤 수수께끼일 것 같냐고 물었다. 마르셀도 전혀 감을 잡을 수 없다고 했다. 아빠는 로베르니 남작이 누구인지 물어보았다.

"관광객만 빼고 베네치아에서 남작을 모르는 사람은 한 명도 없을 겁니다. 제가 연락처를 적어 드리지요. 로베르니 남작 가문은 베네치아의 예술품을 지키는 데 큰 공을 세운 집안이에요. 어쩌면 남작은 여러분이 찾는 그림에 대해서도 알고 계실지 모릅니다. 그분도 수지의 그림을 좋아했으니까요."

나는 백작을 붙잡고 더 담판을 짓지 못한 것이 못내 아쉬웠다. 더 윽박지른다고 그림을 내줄 백작은 아니었지만 순순히 내보낸 것이 후회스러웠다. 마르셀과 아빠가 이후 일정을 열심히 짜는 사이에 나는 방금 전까지 내가 했으면 좋았을 행동을 떠올리며 방 안을 왔다 갔다 했다. 그렇게 이십여 분이 지난 후 비서가 서류 봉투를 들고 들어왔다. 봉투에는 루첼로 호텔의 파란색 깃발에 있던 문장이 금박으로 박혀 있었다. 봉투 안에 백작이 말한 수수께끼 문서가 들어 있었다. 문서를 꺼낸 아빠의 눈이 휘둥그레졌다.

"이거 영어로 된 문서잖아?"

마르셀과 나는 아빠가 식탁에 내려놓은 문서를 보았다.

편지를 다 읽고 난 아빠는 고개를 갸웃거리며 말했다.

"이탈리아 백작에게 영어로 편지를 보내다니."

이해할 수 없다는 듯한 아빠의 표정을 보며 마르셀은 대답했다.

"당시 귀족들은 주로 프랑스어를 썼지요. 하지만 사교를 하려면 독일어, 영어 등 거의 전 유럽의 언어 모두에 능통해야 했습니다. 교양을 자랑하기 위해 미술과 음악까지도 두루 공부했지요. 지금도 그 전통은 계속되고 있습니다."

아빠는 고개를 끄덕였다. 마르셀은 편지를 유심히 살펴보며 말했다.

"그런데 저는 정말 왜 하필 이런 수수께끼를 여러분에게 내셨는지 모르겠어요."

아빠는 비서에게 물었다.

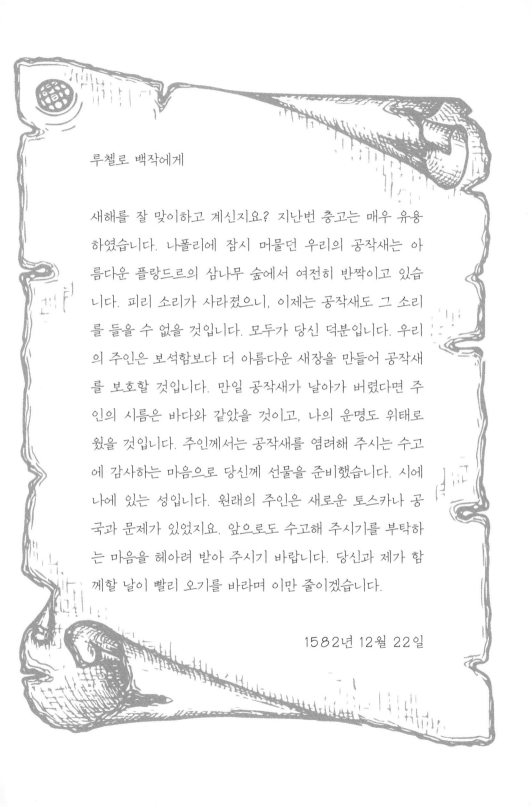

루첼로 백작에게

새해를 잘 맞이하고 계신지요? 지난번 충고는 매우 유용
하였습니다. 나폴리에 잠시 머물던 우리의 공작새는 아
름다운 플랑드르의 삼나무 숲에서 여전히 반짝이고 있습
니다. 피리 소리가 사라졌으니, 이제는 공작새도 그 소리
를 들을 수 없을 것입니다. 모두가 당신 덕분입니다. 우리
의 주인은 보석함보다 더 아름다운 새장을 만들어 공작새
를 보호할 것입니다. 만일 공작새가 날아가 버렸다면 주
인의 시름은 바다와 같았을 것이고, 나의 운명도 위태로
웠을 것입니다. 주인께서는 공작새를 염려해 주시는 수고
에 감사하는 마음으로 당신께 선물을 준비했습니다. 시에
나에 있는 성입니다. 원래의 주인은 새로운 토스카나 공
국과 문제가 있었지요. 앞으로도 수고해 주시기를 부탁하
는 마음을 헤아려 받아 주시기 바랍니다. 당신과 제가 함
께할 날이 빨리 오기를 바라며 이만 줄이겠습니다.

1582년 12월 22일

"백작이 다른 말씀은 안 하셨나요?"

"없었습니다."

비서가 짧게 대답하고는 다시 시계를 보고 밖으로 나갔다. 시계의 수수께끼를 풀고 엄마의 그림을 찾으려다가, 동화 속 혹부리 영감처럼 혹하나를 더 붙인 꼴이 되고 말았다. 다른 수수께끼까지 떠맡게 되다니 기가 막혔다! 아빠는 손바닥을 맞부딪혀 큰 소리가 나게 한 번 쳤다.

"황당하다며 계속 이렇게 시간을 낭비할 수는 없지."

아빠는 편지를 다시 천천히 읽었다. 그리고 편지를 쓴 날짜를 유심히 보았다.

"12월 22일이면 크리스마스 직전이잖아. 그런데 이 편지에서는 그것에 대한 언급 없이 바로 새해 인사를 하는 것이 이상해."

"아빠, 그때에도 크리스마스가 있었어?"

"응. 기원전부터 있었는걸."

"기원전? 말이 안 되잖아. 예수님 탄생일이 어떻게 예수님 탄생 이전에 있을 수 있어?"

"12월 25일은 예수의 실제 탄생일이 아니야. 기원전 수백 년 전부터 로마와 이집트 등에서 태양신을 기리는 중요한 기념일이었지. 기독교가 그 지역에까지 파급되면서 이교도에 대한 포용책을 적극 폈는데 그때 그 기념일이 기독교 축일 중 가장 중요한 날이 된 거란다."

"흐음, 1582년 12월 22일에 무슨 일이 있었을까? 크리스마스 이야기를 조금도 언급하지 않은 점이 수상해."

아빠는 급한 대로 스마트폰으로 인터넷을 검색했지만 유용한 정보

146

가 나오지 않았다. 아빠는 영어 책과 다양한 자료를 얻기 위해 대학 도서관이나 대형서점으로 가봐야겠다고 말했다. 먼저 마르셀에게 주변에 큰 대학 도서관이 있는지 물었다. 마르셀은 시에나에는 큰 대학이 없지만, 피렌체에는 있다고 했다. 그리고 마르셀은 자료를 찾을 때 이탈리아어와 다른 유럽어를 할 줄 아는 자신이 도움이 될 테니 직접 안내하겠다고 했다. 1시간 정도 차를 달려 피렌체 대학 도서관에 도착했다. 나는 엄마와 마르셀이 함께 대학에 다녔을 시간을 살짝 떠올리며 도서관 건물로 들어갔다. 도서관은 놀라울 정도로 낡은 건물이었다. 마르셀은 우리를 영어 서적이 있는 곳으로 안내했다. 그리고 자신은 다른 서가로 갔다. 아빠는 정신없이 책을 찾았다. 나는 책을 찾았지만 도서관 시스템에 익숙하지 않아 머리가 지끈거렸다. 아빠는 그런 나에게 잠시 나가서 쉬라고 했다. 나는 토할 것 같아 냉큼 밖으로 나왔다. 심호흡을 하니 조금 나아졌다. 여유를 갖고 주변을 둘러보았다.

'이 건물이 처음 지어졌을 때 피렌체는 어떤 모습이었을까?'

여러 생각이 꼬리를 물었다. 옛날 옷을 입은 학자들, 학생들, 양복을 입은 교수들, 청바지를 입은 남녀 학생들, 관광객 등의 이미지가 머리에 나타났다 사라졌다. 건물은 사람보다 훨씬 오래 산다는 생각이 들었다.

'사람들은 바람에 날리는 모래 알갱이처럼 시간이 지나면 사라져. 하지만 돌로 만든 건물은 끄떡없이 오랜 시간을 버티는군. 건물이 말을 한다면 뭐라고 할까? 사라지는 사람들의 모습을 보면서 말이야.'

한 단어가 떠올랐다.

'덧없다. 그래, 엄마의 말처럼 덧없다고 할지도 몰라.'

이런 생각을 하니 슬퍼졌다.

'모든 게 결국 덧없이 사라진다면 지금 엄마의 그림을 찾는 건 나중에 어떤 의미로 남을 수나 있는 것일까?'

나는 그대로 도서관의 계단참 중간쯤에 주저앉아 무릎에 고개를 파묻었다. 울고 싶었다. 그때였다. 툭툭, 누가 손가락으로 어깨를 두드렸다. 마르셀이었다.

"힘들면 카페에 가서 쉬고 있으면 돼. 생각해 보니 시차적응도 잘 안 되었을 텐데 어른들과 똑같이 움직이면 병이 날 거야."

마르셀은 나를 카페로 안내하려 했다. 나를 어린애 취급하려는 듯한 마르셀의 태도가 싫어서 나는 괜찮다고 하며 자리를 털고 일어났다. 도서관 안으로 들어와 아빠가 있는 서가 쪽으로 발걸음을 옮겼다. 아빠는 그 사이에 플랑드르에 대한 정보를 찾았다. 아빠는 나를 옆에 앉히고 목소리를 낮춰 설명을 시작했다.

"당시에 유럽에서 플랑드르는 전략상 아주 중요한 지역이었어. 유럽 최대의 모직물 공업지대였거든. 돈이 넘쳐나는 곳이었지. 그만큼 매번 전쟁에 휘말리기도 했어. 영국과 프랑스 간의 백년전쟁도 플랑드르 때문에 일어났더라고."

아빠는 책을 펴서 지도를 가리키며 말했다. 유럽 역사서였다.

"백년전쟁으로 플랑드르는 유럽 최대 왕가 중 하나였던 합스부르크가의 지배를 받았지만 경제적으로는 영국이 지배했어. 모직산업의 원료가 양털인데, 양털의 최대 생산국이 영국이었거든. 영국은 정치적으로도 플랑드르를 빼앗고 싶어 스파이를 많이 보냈다고 해. 하지만 16세기 말에는 영국도 프랑스도 아닌 에스파냐가 플랑드르를 점령했지."

아빠의 이야기를 들으니 고양이 두 마리가 싸우다가 하늘에 있던 새에게 생선을 빼앗기는 장면이 떠올랐다.

"하지만 문제는 왜 이탈리아 백작이 그런 곳에 가서 영어로 편지를 주고받았냐는 거야. 이탈리아 백작과 영국 귀족 간에 은밀한 거래가 있었던 것은 아닐까?"

"은밀한 거래?"

나는 무슨 말인지 몰라 고개를 갸웃했다. 그러자 아빠는 머리를 긁적거리면서 말했다.

"그러니까 이탈리아 백작이 영국의 스파이였을 거라는 거지."

나는 잠시 생각했다. 이상했다.

"왜 하필 이탈리아 사람을 스파이로 보내요? 플랑드르도 아니고 이탈리아에 사는 사람인데?"

"아빠도 거기에서 막혔단다."

나는 아빠의 추리가 기본적으로 방향이 틀렸다고 생각했다.

"백작이 설마 자기 조상이 스파이인 것을 알리려고 우리에게 문서를 주었을까?"

아빠는 플랑드르 지역을 중심으로 역사를 찾았다. 그리고 종이에 간단히 요약하기 시작했다. 그 내용은 대충 다음과 같았다. 9세기 플랑드르 가문의 백작이 영국과 네덜란드, 프랑스 등 주변국과 경쟁하며 자기의 영토를 지키기 시작한 것이 현재 플랑드르의 지역 역사, 나아가 벨기에 역사의 기원이 되었다. 그러나 그 역사는 전쟁의 역사나 다름없었다. 1500년까지 나라끼리, 지역끼리, 가문끼리 정말 많은 전쟁이 일어났다. 교황과 왕, 왕과 영주, 신교와 구교 등 얽히고설킨 싸움과 갈등이 하도 많아 복잡했다. 한 마을에서 구교와 신교, 유대교와 회교 간에 다툼이 발생한 경우도 많았다.

아빠가 정리하는 책에는 때때로 마녀라고 의심받은 사람을 탄압한 끔찍한 그림도 있었다. 그뿐만 아니라 갈릴레이가 지구가 돌고 있다는 말을 한 이후, 과학과 종교가 대립했던 사실을 상징하는 그림도 있었다. 자세한 내용은 알 수 없지만 정말 정신 없는 시기였다는 생각이 들었다. 갑자기 아빠가 책의 아랫부분을 손가락으로 가리키며 말했다.

"여길 보렴. 혼란의 와중에 그레고리우스 교황이 달력을 개혁했다는군."

아빠와 나는 그 장의 앞뒤를 살펴보았지만 더 자세한 내용은 없었다. 아빠는 책을 덮었다.

"백작이 수수께끼를 냈다면 네 말대로 스파이에 대한 것이 아니라, 시간에 대한 것일 테니 아무래도 시간에 대한 책을 찾아야 할 것 같구나."

이렇게 말했지만 아빠는 머뭇거렸다. 아빠는 선 채로 시간에 관한 책을 어디에서 찾을 수 있을까 하고 혼잣말을 했다. 대학 도서관이어서 그런지 책들은 모두 학문 이름으로 분류되어 있었다. 역사책은 역사 분야에 있고, 식물이나 동물에 관한 책은 생물학 분야에 있지만, 시간은 대체 어느 분야에서 찾아야 할지 알 수 없었다. 아빠와 나는 막연히 역사학 서가를 뒤지기 시작했다. 하지만 시간이 쌓여 만든 역사를 다룬 책들 사이에서 시간과 관련된 책은 찾을 수 없었다. 아빠는 도서 검색 컴퓨터에 '시간(time)'과 '달력(calendar)'을 함께 입력했다. 검색 결과가 나타났다. 책들은 주로 철학과 과학교양 분야에 있었다. 아빠는 그 책들을 가져왔다. 그 사이 마르셀도 우리를 발견하고 나름대로 찾은 책을 들고 왔다.

마르셀은 암호에 대한 것을 찾았다. 유럽 귀족들은 자신들이 미리 약속한 암호로 겉내용과 속내용이 다른 편지를 주고받았다고 했다. 편지에 쓰인 숫자는 성경의 페이지 번호라던가, 첫 번째 줄에서는 첫 번째 영어 단어의 첫 철자를, 두 번째 줄에서는 두 번째 단어의 첫 철자를 조합하는 식으로 글을 대각선으로 읽으면 진짜 메시지가 나오는 식으로 말이다. 마르셀은 책에서 말하는 갖가지 방법으로 편지의 내용을 살폈다. 그 사이 아빠는 자신의 책을 열심히 읽고 있었다. 책의 제목은 『시간의 역사』였다. 나는 아빠가 가져온 다른 책들을 훑어보았다. 과학교양서로 시간에 대해 다룬 책들은 공항에서 만난 오빠가 둘려준 원자시계와 각종 시간 단위 이야기로 채워져 있었다. 수식도 가끔 나왔다. 나는 머리가 아파서 책을 서둘러 닫았다. 철학서의 서문에는 다음과 같은 글이 쓰여 있었다.

"인류는 점점 더 시간을 잘게 나누고 있다. 해, 달, 일, 시, 분, 초. 그러나 1초라는 유한한 시간을 무한히 작은 단위로 자른다고 해서 우리가 시간에 대해서 더 잘 알게 된 것일까? 일상에서 10억 분의 1초 구분이 필요한 사람이 얼마나 될까? 우주와 물질의 비밀을 벗기고 싶어 하는 소수의 과학자들, 그 시간 단위에서 작동하는 새로운 물질을 만들어내 큰돈을 벌려는 사람들이나 그 시간에 매달리지 않을까? 우리는 시간을 촘촘한 시계에 가둔 대신에, 우리 자신이 시간에 대해서 자유로운 생각을 하는 기회를 잃은 것은 아닐까? 결국 시간에 대해서 아주 잘 아는 것 같지만, 정작 시간이 무엇이냐고 물으면 달력과 시계 발달의 역사나 말하는 광대가 되고 마는 것은 아닐까?"

"으……"

아빠가 신음소리를 냈다. 아빠는 마르셀이 책에 나온 암호와 열심히 대조해 보고 있던 편지를 집어 들었다. 아빠는 책의 내용과 편지의 내용을 비교한 다음 한참 천장을 쳐다보더니 갑자기 소리를 질렀다. 도서관에서 쫓겨나기에 충분히 큰 소리였다. 순식간에 여기저기서 불만의 목소리가 터져 나와 분위기가 살벌해졌는데도 아빠는 상관없다는 듯이 기쁨에 찬 목소리로 이렇게 말했다.

"드디어 수수께끼를 풀게 될 것 같구나."

마르셀이 아빠를 끌어내지 않았다면 흥분한 아빠는 거기서 한껏 떠들어 댔을 것이다. 우리는 얼른 1층 로비로 내려왔다. 소파에 앉기도 전에 아빠는 책을 펴면서 말했다.

"1582년 12월 22일은 없었어! 그해 12월에는 아예 열흘이 빠져 있다고!"

나는 아빠의 말을 들으며 무슨 뚱딴지같은 소리인가 싶었다. 윤년이 되면 2월에 하루를 더하는 것이나, 서머타임에서 한 시간을 빼는 이야기는 들어보았지만, 열흘이라는 날이 빠졌다는 말은 들은 적이 없었다. 아빠가 책을 잘못 본 것이라며 어리벙벙한 표정으로 앉아 있는 나에게 아빠는 책과 백작의 문서를 동시에 내밀었다.

"여기를 봐."

책에는 1582년이 로마 교황 그레고리우스 13세가 그때까지 쓰던 율리우스력을 개량한 해라고 씌어 있었다.

"달력을 개량했다고? 그때 시간에 무슨 문제가 생겼나요?"

"기독교에서 중시하던 부활절 날짜를 바로잡아야 했어. 당시에 본래는 3월 21일이어야 할 춘분날이 3월 11일로 옮겨져 있었거든."

아빠의 설명에 따르면 지금 우리가 쓰고 있는 달력의 원래 이름은 그레고리력으로, 현재 세계의 공통력이다. 그리고 음력이라고 하는 것은 정확하게는 태음력이라고 해야 하는데, 종류가 다양하다고 했다. 아빠는 책의 앞부분을 넘기며 내용을 읽었다.

"태음력이란 달을 기준으로 만든 달력이고 태양력이란 해를 기준으로 만든 달력이다. 달은 평균 29.53일을 주기(週期)로 차고 기우는데 이것을 한 달로 정한 것이다. 한 달이 29.53일이니 일 년 열두 달의 날짜를 다 합치면 354일 정도가 되었다. 일년이 354일이 되는 셈이었다. 그런데 태양력에서는 1년이 365일이므로 두 달력 사이에 11일 정도나 차이가 났다. 그렇게 3년이 지나면 태양력과 태음력 사이에 한 달 30일이 넘는 날짜 차이가 나게 되었다. 그러다 보니 계절의 변화와 상관이 있는 태양을 기준으로 한 달력과는 달리, 태음력은 8월인데 겨울이 되기도 했다. 이 문제를 해결하기 위해, 우리나라나 중국에서 쓰는 태음태양력이라는 것이 생겼다. 태음태양력은 달의 변화를 기준으로 삼으면서도 계절의 변화에 맞게 날짜를 조정하는 역법이었다."

"아빠, 어떻게 날짜를 조정하는데?"

"윤달을 두면 되지. 이 책에 나온 것처럼 중국에서는 기원전 600년 경인 춘추전국 시대에 윤달을 두는 방법을 고안했고, 서양에서는 기원전 433년에 메톤이라는 사람이 생각해냈어. 보통 '19년 7윤법'이라고 하는데, 서양에서는 메톤주기라고도 해. 이 방법은 19년에 7번 윤달을 두어서 문제를 해결했단다. 19년에 7번 적당한 지점에 한 달을 더 끼워 넣으면 태양력에 비해서 부족한 태음력의 날짜가 채워져서 계절에 맞는 달력이 되지."

그러나 이슬람에서는 달력과 날짜가 잘 안 맞는 문제가 있음에도 불구하고 여전히 태음력을 쓴다고 했다. 이슬람 사람들은 시간은 신의 것이기에 함부로 할 수 없다고 생각하기 때문이라고 했다. 그래서 시간이 지날수록 이자가 붙는 은행 상품들이 이슬람권에는 없다. 감히 신의 시간을 이용하여 인간이 부당한 이익을 취하는 것이라고 여기기 때문이다. 대신 수쿠크(Sukuk)라고 하는 채권만 있다고 했다. 한 사회가 갖는 시간의 개념에 따라 제도가 달라질 수 있다는 사실이 흥미로웠다.

"그레고리력은 대표적인 태양력이야. 다른 태양력으로는 로마의 율리우스 카이사르가 만든 율리우스력이 있단다."

아빠는 자신의 상식을 동원하고 지금 읽고 있는 책의 내용을 결합하여, 간단하게 요약해 주었다. 덕분에 책의 진도가 빨리 나갔다. 로마의 영웅인 카이사르는 이집트 원정을 했을 때, 그곳의 역법이 편리하다는 것을 알게 되었다. 당시 로마에서 쓰는 달력은 무척 불편했기 때문에 카이사르는 기원전 45년에 역법을 수정했고, 카이사르의 이름을 따서 율리우스력이라고 불렀다. 이 역법에 따라 1년을 365.25일로 정하고 4의 배수가 되는 해에 윤년을 두는 달력을 만든 것이다.

"그런데 4년마다 윤달을 두는 게 문제였지. 지구의 공전주기, 즉 1년은 365.25일이 아니라 실제 365.2422일이라서 매년 0.0078일의 오차가 생기게 되었거든. 그렇게 세월이 지나다 보니까 차이가 쌓이고 쌓여 기독교에서 중요한 부활절의 날짜가 달력에 제대로 표시되지 않는 거야. 원래 부활절을 정할 때 기준은 춘분날이었어. 그런데 낮과 밤의 길이가 같은 춘분이 실제보다 10일 정도 늦어진 거야. 그래서 교황은 날짜를 변경하기로 했어. 그리고 그간 연구한 결과를 토대로 달력에서 1582년 10월 5일부터 10월 14일까지, 열흘을 없애기로 했지. 즉 10월 4일 다음 날을 10월 15일로 한다는 새 역법을 공포한 거야. 이것이 현재까지 사용하는 그레고리력이야."

"10월? 그런데 문서에 있는 날짜는 12월이었잖아요?"

"그렇게 바꾸라고 해서 다들 금세 바꾼 게 아니거든. 칙령이 너무 급하게 내려진 게 문제였지. 실행할 날을 불과 여덟 달 앞두고 급하게 명령을 한 거야. 여기 이 책의 내용을 봐."

나는 아빠가 손가락으로 짚은 부분을 들여다보았다. 아빠는 책을 보면서 계속 설명했다.

"이탈리아, 에스파냐, 포르투갈 등 독실한 가톨릭 국가들은 즉각 교황의 명령에 따랐지만, 벨기에와 프랑스, 네덜란드는 12월까지 버텼어. 같은 독일 지역이라도 오랫동안 버틴 곳이 많았는데, 프랑크푸르트에서는 군중들이 폭동까지 일으켰단다. 기독교는 날짜마다 그에 해당하는 성인들을 정해 놓았는데 갑자기 열흘을 없애면 그 기간에 있는 성인들의 분노를 사서 천국에 가지 못할 것이라는 두려움이 폭동을 일으키게 했지. 뿐만 아니라 교황과 수학자들이 작당해서 사람들의 일생에서 열흘을 훔쳐간 것이라고 생각하기도 했어. 사실 그 시간은 영원히 사라지는 게 아니라 달력의 날짜만 없앤 것일 뿐인데 그걸 이해하지 못한 거야."

영원히 사라진 열흘. 서머타임 때처럼 한 시간도 아니고 열흘이 갑자기 없어지면 나라도 억울할 것 같았다. 아무리 그게 아니라고 설명해도 말이다.

"폭동까지 일으키진 않았지만 다른 유럽에서도 계속 저항했어. 러시아 정교회는 20세기까지 예전에 쓰던 율리우스력을 썼을 정도지. 여하튼 편지에 나온 플랑드르가 있는 벨기에 지역에서는 그때쯤 칙령을 받아들이기로 했어. 1582년 12월 21일에서 바로 1583년 1월 1일로 건너뛰었지. 당연히 12월 25일은 없는 거야. 1582년의 플랑드르에서는 크리스마스가 없었다는 뜻이야."

아빠는 흥분한 목소리로 말했다.

"있지도 않은 날짜에 편지를 보냈다면, 플랑드르의 사정을 잘 모르는 사람이 쓴 가짜 편지일 수 있는 거지. 아니 적어도 이탈리아와 플랑드르에 있는 사람이 쓴 편지는 아닌 거야."

아빠와 달리 마르셀의 표정은 신중했다.

"잠깐, 이 편지는 영어로 되어 있잖아요. 그것을 잊으면 안 되지요. 그리고 당시에 왜 굳이 있지도 않은 시간을 뻔히 표시하여 편지를 썼느냐 하는 것을 알기 전에는 우리가 수수께끼를 완벽하게 푼 것은 아니에요."

마르셀은 아빠를 바라보며 말했다. 아빠는 잠시 생각에 잠겼다가 약간 자신 없다는 듯 질문으로 대답을 대신했다.

"만약 이 편지가 영국에서 보내온 것이라면 어떨까요?"

생각할 사이도 없이 마르셀이 나지막한 목소리로 말했다.

"저도 그럴 것이라 생각하고는 있습니다. 아까 찾은 책에 봤더니 당시뿐만 아니라 그뒤 2백 년 동안 영국은 교황에 굴복할 수 없다는 이유로 계속 율리우스력을 쓰고 있었지요. 결국 그레고리력을 받아들이기는 했지만 말입니다."

아빠는 차분하게 마르셀의 이야기를 들으며 머릿속으로 퍼즐을 맞추고 있었다. 마르셀은 계속 이야기를 이어 나갔다.

"영국에서 12월 22일은 그레고리력으로 따지면 1월 1일에 해당하는 날이지요. 새해 1월 1일에는 새로운 것을 시행하기 좋은 날입니다. 이탈리아 귀족에게 새해 인사를 보내는 것 같지만 편지는 전혀 다른 지령일 가능성이 큽니다. 결국 이 편지는 영국인이 보냈을 확률이 큽니다."

나는 아까 아빠에게 했던 말을 마르셀에게 다시 했다.

"백작이 자기 조상이 스파이였는지 아닌지 확인하려고 이 수수께끼를 낸 것일까요?"

마르셀은 고민스러운 얼굴로 말했다.

"그것을 확실히 알아보려면 이 편지에 언급된 사람을 만나야겠어."

"누구요?"

"내 추측이 맞는다면 플랑드르에 있는 삼나무 문장을 쓰는 귀족이 관련되어 있는 듯해. 어쩌면 헬몬트(Helmont) 백작 가문에서는 편지에 일부러 서명을 하지 않은 사람을 알고 있을 수도 있지."

"그 사람을 어떻게 만나지요?"

마르셀은 걱정스러운 눈빛으로 말하는 나를 보며 빙긋이 웃었다.

"내가 미술품을 거래하면서 알고 있는 분이니 직접 벨기에로 가서 만나 보기로 하자."

마르셀은 수첩에서 연락처를 찾아 바로 벨기에 백작의 비서와 통화를 했다. 전화를 끊은 마르셀의 목소리가 아주 밝아졌다.

"모레, 마침 자신의 문화재단 관련 큰 파티를 개최한대. 우리를 추가 초청자 명단에 넣어 주겠다고 그랬어."

멀리 아시아에서 온 손님까지 데리고 간다고 하니 헬몬트 백작도 좋아할 것이라고 비서가 말했다며 마르셀은 미소를 지었다. 내가 혹시나 싶어 물어봤더니 마르셀은 백작 비서에게 우리 방문의 목적을 말하지 않았다고 했다. 헬몬트 백작을 만나서 일이 잘될지 걱정을 하자 마르셀은 이렇게 말했다.

"귀족은 우리가 고민을 한다고 더 통제를 잘할 수 있는 상대가 아니야. 어떻게든 자기가 유리한 방향으로 결정을 내리지. 우리가 물어보는 것이 헬몬트 백작이 추구하는 방향에 맞기만을 바랄 뿐이야."

　나는 루첼로 백작을 떠올리며 마르셀의 말이 맞다고 생각했다. 걱정을 해도 소용이 없다면 걱정하기를 중단하는 편이 낫다. 하지만 그것이 생각처럼 쉽지는 않았다. 걱정이란 불쑥불쑥 솟아오르는 법이다. 아빠도 마찬가지인 듯했다. 로마 공항에 내릴 때만 해도 아빠와 나는 벨기에까지 가게 될 것이라고 생각하지 못했다. 특히나 계획을 미리 세우고 일정을 꼼꼼히 정하는 아빠는 전혀 예상치 못한 일로 바뀐 일정 때문에 상당히 긴장한 듯 볼이 상기되어 있었다. 마르셀은 그런 아빠와 다르게 여유로운 자세를 잃지 않으면서도 일을 착착 진행시켰다. 마르셀은 일단 재단 직원에게 전화를 걸어 휴가를 내도 문제가 없는지 확인했다. 그리고 일주일 동안 휴가를 냈다. 마르셀은 베네치아의 로베르니 남작에게도 일주일 안으로 만나보고 싶다는 요청을 보냈다. 원래 호텔에서 미술 행사 진행을 할 때 자주 연계했다는 여행사 직원에게 의뢰해서 벨기에로 가는 비행기를 예약하고 플랑드르에 묵을 호텔까지 예약했다. 이렇게 마르셀은 당장에 닥친 일들을 대수롭지 않게 처리하고 있었다. 예기치 못한 상황인데도 당황하거나 허둥대는 기색을 조금도 보이지 않다니…… 익히 연습한 음악의 템포에 맞춰 춤을 추는 것처럼 일을 처리하는 마르셀의 모습이 인상적이었다. 아빠가 긴장감 속에서 시간에 욱여넣듯이 일을 처리하는 모습과 대조적이었다. 우리와 함께 시에나로 돌아온 마르셀은 느긋하게 저녁 시간을 보냈다.

　마르셀은 순간순간이 가져다주는 요소요소를 세심하게 경험하고,

관찰하고, 의미를 곰곰이 떠올리는 것 같았다. 그는 내가 갈증이 나서 호텔에 설치된 자판기에서 탄산음료를 익숙하게 빼는 모습도 놓치지 않았다.

"너도 다른 애들처럼 패스트푸드를 좋아하나 보구나. 내게 말했으면 주스를 시켜 줬을 텐데."

"이게 더 맛있어요."

"간편하니까 더 맛있게 느껴지는 거겠지."

"뭐라도 전 상관없어요."

마르셀은 천천히 고개를 저었다.

"아니, 같은 맛이라도 기다려서 먹어야 한다면 좀 다르게 느껴질 수 있어. 엄마처럼 너도 속도를 중시하는구나."

시간에 대한 입장이라면 나는 엄마와 상당히 다르다고 생각하고 있었다. 그런데 마르셀은 나와 엄마가 비슷하다고 말했다. 그게 의외라는 생각이 들어서 나도 모르게 눈을 동그랗게 뜨게 되었다. 마르셀은 엄마와 처음 레스토랑에 갔던 이야기를 해주었다.

"음식을 기다리면서도 여유 있게 이야기를 나누고 즐길 수 있는데 자꾸 음식을 재촉하더구나."

아빠가 끼어들었다.

"그건 수지만 그런 것이 아니에요. 빨리빨리병은 나와 규린을 포함해서 거의 모든 한국인들이 갖고 있는 특성이지요. 요즘은 슬로푸드 운동이니 뭐니 해서 천천히 만들고 천천히 먹는 것이 유행처럼 번지고 있지만, 그런 유행을 따르는 사람인데도 음식을 먹기 위해 기다리는 건 싫다며 일찌감치 식당에 도착해서 자리를 잡는답니다. 한국인은 자신도 모르게 남보다 더 빠르게 혹은 이왕이면 빨리빨리 일을 처리해야 직성이 풀리는 병에 걸려 있다고요."

마르셀은 이해가 안 된다는 표정으로 말했다.

"그러니까 결국 즐기는 것은 음식 자체가 아니라, 속도감 있게 자신이 원하는 것을 성취하는 그 기분이 되는 거지요."

"그게 뭐가 나쁜가요?"

아빠가 되묻자 마르셀은 입을 떡하니 벌렸다. 그리고 나를 쳐다보았다. 나는 그런 마르셀을 신기하게 쳐다보았다. 나 역시 이왕이면 원하는 것을 빨리 얻는 것이 나쁘다는 생각을 하지는 않고 있었다. 원하는 것을 나중에 얻기 위해서 현실의 모든 것을 포기하듯이 사는 것은 절대 반대지만, 이왕 같은 값이면 빨리 얻을 수 있다는 것이 나쁜 일은 아니기 때문이다. 마르셀은 '호오' 하고 반쯤 휘파람 같은 한숨 소리를 내고는 다시 뭔가 말하려 했다. 두 손을 이쪽 저쪽으로 모아 가며 애써서 생각을 피력하려다가 다시 입을 닫았다. 마르셀의 눈빛은, 이런 이야기를 언젠가 엄마에게도 했고, 결국 설득에 실패한 적이 있었음을 말하는 듯했다. 마르셀의 얼굴에 부드러운 미소가 번졌지만, 그 미소의 끝은 왠지 씁쓸했다.

마르셀은 내일부터는 일정이 빡빡하게 진행될 테니 그만 쉬자고 말했다. 아빠는 그러자고 대답하고는 마르셀과 헤어져 방으로 들어왔지만 곧장 자지는 않았다. 아빠는 애초 계획과 딴판으로 흘러가는 이 상황을 마음 편히 두고 볼 수가 없었다. 굳이 올해에 나를 데리고 엄마의 소원을 들어주겠다며 유럽에 온 것도 엄마와의 약속을 지키기 위해서라기보다는, 아빠가 세운 계획대로 일을 진행시키고 말겠다는 의지 때문이었다. 원하는 것을 예상한 기한보다 더 일찍 얻지 못하면 아빠는 실패한 것과 마찬가지라고 말할 때가 많았다. 아빠의 팀장 승진도 계획보다 고작 1년이 늦었지만, 아빠에게는 실패였다. 다른 동료들에 비하면 1년 정도 빨리 승진한 것인데도, 비교대상을 보통 사람들로 설정한다는 사실이 아빠에게는 모욕이라도 되는 듯 민감한 반응을 보였다. 이번 여행이 잘 끝나서 엄마의 그림을 찾게 되어도, 미리 끊어 놓은 비행기표 날짜에 맞추어 일이 해결되지 못하면 아빠는 이번 일을 실패로 평가할 것이다. 이제야 마르셀이 왜 우리를 보며 고개를 가로저었는지 조금은 이해가 되었다.

탁자에 앉아서 이것저것 메모를 하는 아빠를 물끄러미 지켜보았다. 아빠는 분주하게 머리를 회전시킬 뿐만 아니라 손으로 바삐 글씨와 도표 따위를 그리고 있었다. 아빠는 어려운 수학 문제를 앞둔 경시대회 참가생 같았다. 남보다 더 재빨리 풀어서 성취감을 만끽할 기회. 그런 아빠를 보면서 사생대회에서 자기 그림 옆에 놓인 또 다른 멋진 그림에 감동하기보다는 질투의 눈길을 보내며 트집을 잡던 어느 아이의 모습이 떠올랐다. 나는 그런 아이들을 만나기 싫어서 사생대회에 나가지 않기로 마음먹기도 했다. 그런데 지금 눈앞에 있는 아빠와 사생대회의 그 아이가 겹쳐 보이는 것이었다.

아빠는 엄마의 그림을 찾기 위한 여행을 준비하면서 여러 경우의 수를 가정해 계획을 세우고는 반드시 성공할 거라며 자신했다. 그런데 이탈리아에 도착한 지 며칠 만에 아빠의 계획이 별로 소용이 없음을 확인하게 되었는데도, 다른 계획을 더욱 철저하게 세워야 한다고 억지를 부리고 있었다. 아니 이제부터라도 처음 생각했던 방향대로 일을 진행시키려 안간힘을 쓰고 있었다.

어쩌면 아빠의 인생 계획에 엄마의 죽음 같은 것은 없었을 터이니, 그것에서도 큰 충격을 받았을 것이다. 나와 부둥켜안고 울었던 아빠가 엄마의 49제가 끝나고 또 몇 개월이 지나자 놀랍게도 빠르게 예전의 상태로 되돌아가는 모습에 처음에는 다행이라고 여기며 안도했다. 그러다가 아무 일도 없었던 듯 너무나도 예전과 똑같아진 모습은 나를 혼란스럽게 만들었다. 아빠는 엄마를 정말 사랑하기는 한 것일까……. 아빠가 차분하게 일하는 모습을 보면 무섭기까지 했다. 어쩌면 미국에서 본 엄마의 모습도 아빠와 비슷했다. 엄마는 큐레이터로 미국 생활을 하면서 때때로 곁에 내가 함께 있다는 사실을 잊고 지내는 듯했다. 엄마 아빠 모두 나와 함께 보다 더 행복하게 지내고 싶어서 더욱 열심히 일에 매달린다고 하면서, 당장에 나와 보내는 시간에 대해서는 손가락 사이로 빠져나가는 모래처럼 내버려 두고 있었다. 그랬던 엄마도 돌아가시기 전에는 생각을 바꿨건만, 그런 엄마를 보고서도 아빠는 변하지 않았다.

아빠는 엄마가 떠난 후 늘 입버릇처럼 말한 '마흔다섯 살 되기 전 계획'을 더 충실히, 아니 엄마 때문에 늦어진 몫까지 만회할 기세로 일에 매달렸다. 집에 와서도 아빠는 일을 했다. 아빠는 미리 태엽을 감아 놓은 대로 움직이는 기계 같았다. 지금도 그래 보였다. 나는 밤늦게까지 불을 밝힌 채 여러 가능성을 고민하는 아빠의 모습을 보며 지금 마르셀은 어떻게 시간을 보낼까 상상하다가 잠이 들었다.

다음 날 아침 마르셀은 모닝콜을 해왔다. 그는 나에게 산책을 하겠냐고 물었다. 마르셀은 어차피 벨기에에 들어가면 많은 일들이 있을 테니 지금은 몸과 마음을 충전시켜 놓아야 한다고 말했다. 그런 마르셀의 태도는 나에게 낯설었다. 자연 그의 행동과 말 하나하나를 주의 깊게 살피게 되었다. 아빠는 헬몬트 백작을 만나서도 아무런 정보를 구하지 못하게 될 경우를 대비한 전략까지 구상하느라 호텔방에서 분주했다. 그런 아빠를 뒤로 하고 나는 마르셀과 함께 산책에 나섰다. 처음에는 서먹하게 걸음을 뗐다. 마르셀은 아빠가 평소에도 나를 팽개쳐두고 일을 하는 경우가 많은지 물어보았다. 나는 아빠의 특징을 드러내는 몇 가지 사례를 들려주었다. 마르셀은 가끔 입을 쩝쩝 다시면서 이야기를 들었다. 엄마가 선택한 아빠에게 실망하는 눈치였다. 한편 아빠와 자신을 비교하는 듯해 보이기도 했다. 나는 화제를 전환하기 위해 마르셀에게 물었다.

"아저씨도 엄마처럼 시간에 대해서 관심이 많나요?"

"한때는 나도 수지와 함께 시간에 대해서 공부했지."

"왜 하필 시간이에요? 다른 주제를 선택할 수도 있었을 텐데요."

"맞아. 시간은 머리로 생각하고 공부하려 들면 복잡한 것이 되어 버려. 나이가 든 지금은 별로 공부하지 않아도 저절로 알게 되는 게 있어. 경험이 쌓이고 쌓여 그것에 대해서 가슴으로 생각하는 법을 알게 되어서라고 할까?"

가슴으로 생각하는 법이라는 말이 흥미로웠다. 마르셀은 가슴으로 생각한다는 것은 판단을 하지 않고 느껴지는 그대로를 받아들여 그 의미를 생각하는 것이라고 했다. 나는 그것은 그냥 느끼는 것이 아니냐고 반문했다.

"그냥 느끼는 것은 생각하는 과정이 없어. 가슴으로 생각하는 건, 지금 느껴지는 것과 연관된 과거의 경험도 떠올리고 미래도 상상해 보되, 지금 그 느낌에 집중하는 거야. 지금 규린이와 산책하면서 느끼는 감정을 예전에 느끼게 했던 사람을 생각하고, 미래에 규린이는 이것을 어떻게 기억할 것인가를 생각해 보면 현재의 느낌을 더 풍성하게 만들 수 있어서 좋아."

마르셀의 설명을 들으니 정말 그럴 수도 있겠다 싶었다. 엄마는 다양한 문화권의 시간관을 공부하며 그 의미를 찾으려 노력했는데, 가슴으로 생각하는 사람이 찾은 시간의 비밀은 무엇인지 궁금해졌다.

"아저씨는 시간이 뭐라고 생각하세요?"

"시간은 강물이야."

마르셀의 대답은 의외로 싱거웠다. 이미 다른 사람에게서 여러 번 들어 본 그런 말이었다. 내가 좀더 설명을 구하듯 쳐다보자 마르셀도 발걸음을 멈추고 나를 보면서 말을 이었다.

"단, 시간은 투명한 강물이 아니야. 지금 막 손을 담그면 그것도 제대로 볼 수 없을 정도로 뿌옇게 흐린 강물이지. 내 의지로 강물에 몸을 담근 기억은 없는데 내 몸은 이미 강물 속에 들어 있어. 앞뒤를 바라보니 굽이굽이 산자락에 가려져 있어, 어디로부터 와서 어디로 나아갈지 가늠하지 못한 채 그냥 지금 흘러가고 있다는 것만 알 뿐이야. 그게 바로 시간이야. 시간이 강물과 닮은 점은, 다 말라비틀어진 최후의 순간에야 바닥에 있던 것을 드러낸다는 거지. 마지막 허락된 시간에 숨을 내쉴 때 인생에서 가장 중요한 것들이 떠올라. 그때 눈물로 소중한 것들을 적신다 한들, 그것들에 다시 생기를 불어넣지는 못해. 결국 드러난 바닥과 함께 그것들은 바람에 의해 사방으로 흩어지게 되지."

나는 엄마의 마지막 모습이 떠올랐다. 나는 혼잣말처럼 말했다.

"엄마도 시간에 대해서 아저씨처럼 생각했더라면 진작 행복해졌을 텐데……."

마르셀은 안타까운 눈빛으로 나를 보았다. 그리고 다시 걷기 시작했다. 나도 천천히 그를 따랐다. 내가 마르셀을 채 따라잡지 못했을 때 그는 옆을 돌아보지도 않고 말했다.

"뿌연 강물의 상태를 일찍 파악하고 헤엄을 잘 치게 된 사람이라고 해도 여기저기 부딪히게 마련이야. 그러지 못한 사람은 말할 것도 없고. 그럴 때 사람들은 깜짝 놀라 머리를 들어 주변을 살피지. 그러곤 뭘 좀 깨달은 듯 숨을 고르고 다시 머리를 물속에 넣고 헤엄을 쳐. 그러다 또 부딪히면 다시 고개를 들어서 내밀겠지. 그때는 부딪히지 않기를 바라는 것이 아니라, 왜 내가 이런 강물에서 헤엄을 치고 있는지 따져 보게 돼. 뿌연 강물 속에서는 강물이 탁하다는 사실에 제아무리 주의를 기울여도, 혹은 반대로 완전히 무시한다고 해도 상황을 개선할 수가 없지. 전혀 다른 방식을 찾아야 해. 그것이 뿌연 강물 속에서 행복해지는 방법이란다."

"어떻게요?"

"뿌연 강물을 벗어날 수 없다는 것을 체념하는 거지."

마르셀의 말이 이해되지 않았다. 시간을 두고 이해해 보려고 했으나 끝내 나는 다시 물었다.

"포기하면 우울하잖아요?"

"헤엄치는 것을 포기하는 것이 아니라, 강물 자체가 뿌옇다는 사실을 인정하는 거야. 그러면 부딪히는 사건에 대해서는 담대해지고, 부딪히지 않는 시간에 대해서는 감사하게 되지. 그 감사한 시간이 바로 행복이야. 물론 같이 헤엄칠 사람을 만나고 물고기를 얻는 것도 행복이지만 그런 일은 쉽사리 일어나지 않아. 일어난다고 해도 영원히 지속되는 것이 아니라서, 후에라도 자기가 얻은 것을 잃게 될 때 반드시 상실감에 몸부림치게 된단다."

마르셀이 말하는 사람과 고기가 무엇인지 알 수 있을 것 같았다. 나는 이번 기회에 마르셀에게 궁금했던 것을 모조리 물어볼 기세로 질문을 시작했다.

"프랑스에서 어떻게 이탈리아까지 오게 되었어요?"

마르셀은 미소를 머금은 채 대답했다.

"수지도 나에게 그런 질문을 한 적이 있었어."

시간여행을 떠나 지금 과거에 도착한 사람처럼 마르셀의 눈이 그윽하게 바뀌었다. 그는 나를 보는 것이 아니라 마치 예전에 엄마를 보며 대답하는 것처럼 말했다.

"우연히."

"어떻게 우연히요?"

내 질문에 마르셀은 눈을 지그시 감으며 미소를 지었다. 이 질문까지도 예전에 엄마가 했던 그대로라는 것이 표정에 배어나왔다. 어쩌면 마르셀이 내게 하는 답은 그때 엄마에게 했던 답과 똑같을 것이라는 생각이 들었다.

"그냥 말 그대로 생각하지도 못한 일들이 겹쳐서 이탈리아에, 그리고 지금까지 오게 되었지."

내가 채근하자 마르셀은 자신의 과거 이야기를 시작했다. 중구난방으로 이야기를 해서 처음에는 이해하기가 쉽지 않았다. 마르셀은 왜 재단의 매니저가 되었는지부터 이야기했는데, 어느덧 젊은 시절 왜 르네상스의 발상지인 피렌체에 와서 대학을 다니게 되었는지, 왜 하필 르네상스 미술에 관심이 생겼는지, 왜 귀족들과 파티를 즐기던 청년이 미술에 관심을 갖게 되었는지, 왜 아버지와 갈등이 생겼는지, 왜 술집을 드나들게 되었는지, 왜 엄마의 죽음이 그렇게 충격이었는지, 왜 소극적인 청소년기를 보내게 되었는지, 왜 여름에도 두꺼운 옷을 두세 겹 입어야 했으며 외출을 잘 못할 정도로 아팠는지, 유명한 외과 의사의 아들로 태어난 것이 왜 그에게는 불행이었는지, 머릿속에서 생각이 떠오르는 대로 이야기하는 통에 그의 과거는 뒤죽박죽으로 느껴졌다.

대개 어른들은 자신의 과거를 이야기할 때 밝은 면과 어두운 면을 대비시켜 말하곤 한다. 뼈아픈 실수나 실패가 있었기에 성공이 더욱 빛난다는 식이다. 그런데 마르셀의 이야기는 달랐다. 뭐랄까, 사람들이 보편적으로 생각하는 기준에 따라 인생을 평가하는 것 같지 않았다. 그래서인지 엎치락뒤치락하는 마르셀의 이야기는 복잡하기는 했지만, 그저 한 방향으로만 내달리는 이야기를 들을 때보다 확실히 재미있기는 했다. 마르셀도 자기 이야기를 하면서 재미있어 하는 것이 보였다. 중년 아저씨인 마르셀에게서 소년 같은 모습을 발견했다. 지금 그 소년은 시간의 조각을 블록처럼 쌓고 조립하여 무얼 만들었는지 신이 나서 설명하고 있었다.

세심하면서도 느긋한 성격, 침착하고 여유롭게 일을 처리하는 모습, 그러면서도 상황을 충분히 즐기는 아이 같은 면모까지 갖춘 마르셀. 문득 궁금한 것이 생겼다. 추위를 잘 타고, 특별한 세제로 세탁한 옷을 입어야 할 정도로 민감한 피부를 가졌으며, 천식을 앓는 데다가 극도로 내성적이던 소년이 여행을 즐기고 많은 친구들을 사귀는 사람으로 변하게 한 힘은 무엇이었을까? 본인은 그저 기막힌 우연이라고 말하지만, 그것을 말 그대로 받아들이기는 힘들었다. 나는 그림을 그리기 전 캐릭터를 분석하듯이 마르셀이 하는 말과 행동을 유심히 관찰했다. 마르셀은 유독 과거에 집착하고 있다는 생각이 들었다. 처음에는 나를 만나게 되자 엄마를 그리워해서 그런 것이라고 생각했는데 그게 아니었다. 그가 르네상스 미술을 좋아하게 된 것도 그랬다.

"르네상스(Renaissance)라는 말은 재생을 뜻하는 프랑스어야. 예술의 역사에서는 잃어버린 고대의 예술을 새 시대에 재현한다는 취지로 15세기 이후 유럽을 뒤흔든 문화운동을 말하지. 원래 르네상스라는 말은 재활을 의미하는 이탈리아어 리나시멘토(rinascimento)에서 유래했어. 두 단어 모두 의미는 같아. 과거의 것을 부활시키고 재생하는 것으로 미래를 만든다는 것. 정말 멋지지 않니?"

나는 그것이 왜 멋지다는 것인지 이해가 되지 않아, 조심스럽게 물어보았다. 마르셀은 이렇게 대답했다.

"사람들은 흔히 과거란 시간은 우리가 확실히 가지고 있는 것이라고 착각하기 쉬워. 분명히 우리가 누린 적이 있고, 분명히 가진 적이 있었기 때문이겠지. 하지만 잘 생각해 봐. 과거의 시간은 언제든 쓸 수 있게 차곡차곡 쌓여 있지 않아. 과거는 지나가 버렸을 뿐 두 번 다시 경험할 수 없는 시간이야. 잃어버린 시간이라고."

나는 아빠와 섬머타임을 이야기하다가 사라진 시간에 대해서 느꼈던 묘한 기분을 떠올렸다.

"그 잃어버린 시간을 다시 회복시킬 수 있는 길을 르네상스 시대의 사람들은 찾은 거야. 사람들은 누구나 자신이 가보지 못한 길에 대한 아쉬움을 갖고 있지. 르네상스인들도 그랬어. 그들은 기나긴 중세의 천년을 뚫고 나와서 두 가지 선택을 할 수 있었어. 그냥 앞으로 나아가는 것과 그렇지 않고 뒤로 돌아가 다시 시작하는 것. 그들은 미처 가보지 못한 길을 가는 것으로, 즉 고대의 시간을 재생시키는 것으로 그들의 미래인 근대를 새롭게 만들려고 했지. 나는 그렇게 잃어버린 시간의 조각을 찾아내어 재조립하려 했다는 것이 참으로 멋진 선택이라고 생각했어."

내가 멀뚱멀뚱 바라보자, 마르셀은 내가 여전히 왜 멋진 선택인지 이해하지 못한다고 생각했는지, 고대부터 근대로 이어지는 유럽의 역사에 대해서 간단히 말해 주었다.

"고대의 유럽인들은 원시 상태에서 벗어나 문화와 문명을 누리게 해 준 이성의 힘을 믿었고, 그 이성을 더더욱 발전시키려고 노력했어. 그리스와 로마에서 철학이 발전하고, 여러 과목을 가르치는 교육기관이 세워지고, 다양한 사회제도가 생겨난 것을 예로 들 수 있지. 그러나 이성의 힘을 키워도 현실은 행복으로 넘쳐나기보다는 전쟁과 갈등으로 힘들어지기만 했어. 사람들은 희망을 갖고자 다른 것에 매달리기 시작했는데 그것이 바로 종교였어. 인간의 이성이 아니라 신의 힘으로 존재와 세상을 구원할 수 있다고 믿었어. 모든 것을 신을 중심으로 생각했지만 그 시대 역시 인간에게 불행을 안겨 주었어. 행복을 찾겠다고 나선 수천 년에 걸친 노력이 실패로 끝나 버렸다고 자포자기할 수도 있었던 바로 그 순간 바로 르네상스가 시작된 거야."

나는 내가 알고 있는 단편적인 지식을 동원하여 마르셀의 이야기를 이해해 보려고 노력했다.

"그때 유럽인들은 완전히 새로운 길을 선택하지 않았어. 이성의 힘으로 새로운 세상을 만들 수 있다고 믿었던 고대인들의 출발점에 다시 선 거야. 동일한 출발선상에 섰다고는 하지만 고대인의 실수까지 되풀이해서는 안 되겠지. 유럽에서 르네상스 이후에 인간 이성의 절대성이 그 어느 때보다 강조된 데는 이러한 배경이 있는 거야. 아마 유럽인들은 그것이야말로 잃어버린 시간이 일깨워 준 교훈이라고 생각했던 것 같아."

마르셀은 따스한 미소를 지으며 나를 보았다. 그는 차분한 목소리로 말했다.

"르네상스인들의 이야기를 보면서 현재의 나도 고대로부터 근대까지 살았던 사람들과 마찬가지로 간절한 희망을 갖고 있음을 확인하게 되었단다. '내가 잃어버린 시간은 어떻게 재생할 수 있을까'라는 물음이 바로 그것이었어. 사람들의 삶을 표현하는 것이 예술이라면, 그런 질문에 답할 수 있어야 새로운 예술의 방향도 올바르다고 할 수 있지 않겠니? 그렇게 생각하고 패기 있게 달려들었지. 그러다 보니 이탈리아에 자주 오게 되었어."

"왜 하필 이탈리아에요?"

"유럽은 과거의 삶의 흔적이 잘 보존되어 있는 곳이지. 그중에서도 이탈리아는 도시들이 저마다 서로 다른 시대를 하나씩 품고 있어서 그 흔적을 관찰하기 참 좋아. 마치 잃어버린 시간에 타임머신을 타고 간 듯한 기분이야. 그 옛날 그 공간을 향유한 사람들은 사라지고 없지만, 그들의 생각과 희망과 이야기를 고스란히 품고 있는 이탈리아의 곳곳을 여행하는 것을 좋아하게 되었지. 고대의 로마, 중세의 시에나, 근대의 피렌체 식으로 돌아다니던 나는 피렌체 호텔에서 그 동안의 아이디어를 정리하다가 드디어 결론을 내렸지."

"그게 뭔데요?"

"내가 하나의 역사라면 나 자신의 시간을 어떻게 재생하는 것이 올바른 것일까? 소년기의 마르셀, 청소년기의 마르셀, 청년기의 마르셀, 그리고 아직은 직접 경험하지 않은 노년기의 마르셀의 입장에서도 생각해 보았어. 어떤 선택을 하는 것이 내 시간의 가치를 잃어버리지 않고 지키는 것이 될까?"

나는 조심스럽게 물었다.

"그래서요?"

"결론이라기보다는 새로운 방향으로 생각을 틀게 되었다는 표현이 더 맞을 거야. 잃어버린 시간을 재생한다는 건 과거를 완벽하게 똑같이 되풀이하는 걸까? 난 그건 너무 억지스럽고 고통스러운 재생의 방식이라고 생각했어. 지나간 시간을 되찾겠답시고 노력하는 데 현재의 시간은 희생될 것이고, 시간이 지나게 되면 그 현재는 다시 과거가 되어 재생해야 할 시간이 되고 마니까. 그래서 선택이니 계획이니 설계니 하는 그럴싸해 보이는 말에 짓눌리지 말자. 한 번이라도 시간의 흐름 속에서 만나게 될 무수한 우연성에 나 자신을 맡겨 보자고 했지. 그것이 무모하게 느껴지더라도 말이야. 바로 그때 수지를 만났지."

마르셀의 입에서 엄마의 이름이 나오자 얼굴에 찬물을 끼얹은 것처럼 정신이 번쩍 들었다. 나는 호흡을 가다듬고 마르셀에게 물었다.

"두 분은 어떻게 친해지게 되었어요?"

"우리 둘 모두 르네상스 화가인 카라바조를 워낙 좋아해서 처음부터 이야기를 많이 나누게 되었어. 한데, 관심사가 같았지만 이야기는 격한 토론이 되기 일쑤였어. 난 카라바조가 고대 신화나 성경 속 인물들을 그리면서도 그림 속에 당대의 문제적 현실이나 가치에 대한 자기 생각을 절묘하게 피력했다고 생각하고 있었어. 수지의 생각은 나와 달랐어. 카라바조가 불멸의 대가로서 그의 위치를 확고히 하고자 일부러 엄숙한 가치만을 담아서 그렸다고 평가했지. 난 수지가 그렇게 생각하는 이유가 궁금해서 많은 얘기를 나누다 보니, 또 다른 공통 관심사가 있다는 것도 알게 되었어. 바로 시간에 관한 것이었어. 어느덧 우리는 시간이라는 참으로 그리기 힘든 주제에 서로 먼저 답을 내려고 낑낑대게 되었어."

나는 조심스럽게 마르셀에게 물었다.

"두 사람 사이에 그런 경쟁심만 있었나요?"

마르셀은 미소를 지으며 대답했다.

"그러기에는 수지가 너무 사랑스러웠지."

마르셀은 내 얼굴을 부담스러울 만큼 뜯어보며 말했다. 내 얼굴에서 엄마를 보려고 더욱 노력하는 것 같았다. 나는 용기를 내어 물어보았다.

"그런데 왜 헤어지셨어요?"

마르셀은 쓸쓸한 표정으로 대답했다.

"빨리 성공하고 싶은 수지가 보기에 나는 대책이 없는 사람이었어. 당시 수지는 이곳에서 오로지 알지 못할 미래에 대한 기대에만 의지해 근근이 참아내는 형국이었어. 그런 수지에게 나는 과거에 더 충실한 비현실적인 사람처럼 보였을 거야. 사실 그때 내 눈엔 그런 수지가 오히려 비현실적으로 보였어."

마르셀은 고개를 가로저으며 말했다.

"수지에게도 그런 생각을 숨기지 않았어. 미래가 어떻게 될지 불확실한데, 현재 분명히 싫은 일을 억지로 참고 해나가는 태도야말로 비현실적인 거라고. 수지도 자기 생각을 굽히지 않았지. 그런 식으로 점점 다투는 일이 자주 생겼어. 결국 수지는 다시 그때로 돌아간다면 절대 가지 않아야 하는 길로 들어선 거야."

내가 꼬마아이였을 때 엄마가 개미와 베짱이 동화를 읽어 주면서 했던 말이 떠올랐다.

"지금 당장 즐거움이 되는 일만 하고 고통을 주는 일은 피하는, 그런 사람이 되어선 안 돼. 이야기 속 개미처럼 사람은 미래를 준비할 줄 알아야 해."

지금 생각해 보니, 엄마의 생각은 한결같았다. 베짱이처럼 되지 않으려면 눈앞에 놓인 달콤한 유혹을 멀리하고, 고통이나 어려움도 피하지 않아야 한다. 공부도 행복한 미래를 가져다주는 것이니 힘들지만 참고 반드시 해야 하는 것이다. 미국에 가는 것도, 그리고 유언으로 그림을 찾아 달라는 것도 엄마뿐만 아니라 내 미래를 위한 것이라고 엄마는 말했다. 엄마는 미래를 준비하며 참았지만, 그 미래를 즐기기 전에 죽을 수도 있다는 것은 준비하지 못했다. 엄마가 불쌍하다는 생각이 들면서도 화가 났다. 혀를 찼다가 나도 모르게 큰 한숨을 길게 내쉬었다. 그러곤 다시 거친 숨을 몰아쉬었다. 마르셀은 내 굳은 표정을 살피며 말했다.

"끝이 안 좋았지만 그래도 우리의 행복했던 시간까지 부정할 수는 없어. 그 시간은 우리 가슴속에 소중하게 남아 있지. 어쩌면 그래서 가족에게도 말하지 않은 것일 수 있어. 그렇다고 오해는 하지 말아. 과거에는 연인이었지만 우린 서로에게 도움이 되는 친구로 남으려고 노력했어. 나는 미국에 있는 친구에게 수지의 일자리를 부탁하기도 했고,

수지는 내게 좋은 미국 화가를 소개해 주기도 했지. 수지가 다시 유럽에 올 수 있도록 초청하기도 했고 말야."

이번에는 마르셀이 혀를 끌끌 찼다.

"초상화를 그리면 수입이 안정되어 생활에 여유가 생길 테니, 수지가 시간에 대한 문제에 집중할 수 있는 좋은 기회라고 생각해서 초청한 거였어. 하지만 수지는 수입이 늘고 초상화가로 인정을 받는데도 통 만족해하는 기색이 없었어. 뭐가 그리 급한지, 삶의 가속도만 더 높이더군. 그러다 보면 누구나 그 속도를 못 이겨 몸이 먼저 망가지게 되지. 응급실에도 몇 번 실려 갔다고 해. 그러고도 수지는 악착같이 매달렸어."

마르셀이 말하는 엄마의 모습은 미국에서도 내가 봤던 모습이었다. 하지만 그후에 마르셀이 전한 엄마의 모습은 충격이었다.

"시간이 더 지나자 이번에는 마음이 버티지 못하더군. 그만큼 노력했으면 되었지, 여전히 앞으로 갈 길이 멀다고만 했지. 그러더니 늘상 입버릇처럼 얘기하던 '좀더 나은 미래'는 포기했는지, 언제부터인가 매사에 즉흥적으로 응하면서 살아가는 거야."

마르셀이 들려주는 그때의 엄마는 베짱이였다. 그런 면이 엄마에게 있었으리라고는 생각하지 못했다. 이탈리아로 떠나기 전에는 엄격한 개미였고, 한국에 다시 돌아왔을 때는 날개가 꺾인 베짱이처럼 비참했기 때문이다.

"비록 즉흥적이긴 했지만 처음엔 수지가 태도를 바꿨다는 사실이 무척 반가웠단다. 하지만 곧 내 판단이 틀렸다는 걸 알게 되었지. 수지는 조금도 행복해 보이지 않았거든."

"엄마가 왜 그랬을까요?"

"돌연 미래가 불안하게 느껴지거나, 결국 허무한 결말 외에 다른 것을 기대하지 못한다면, 사람들은 어떻게 행동할까? 내일 세상이 멸망한다면 한 그루의 사과나무를 심기보다는 지금 당장 후회 없이 즐기려는 사람들이 훨씬 많을 거야. 예전의 수지는 사과나무를 심을 사람 중의 하나였어. 미래에 대한 희망 속에서 의미와 보람을 찾던 사람이었으니까."

나는 마르셀이 인용한 명언을 처음 들었을 때를 떠올렸다. 내일 이후 소용이 없다는 것을 알면서도 그 일을 왜 한다는 것인지 이해가 되지 않았다. 그것은 지금도 마찬가지였다. 만약 누군가 엄마의 그림을 고가에 매입해 소장한다 해도 결국엔 잊혀질 터인데, 그런 사실을 알고서도 엄마는 그림을 열심히 그렸을까…….

"그런 수지가 손에서 희망을 놓고 현실에 병적으로 집착하는 것을 보고 뭔가 문제가 생겼으리란 짐작을 했지. 걱정이 있으면 털어놓으라고 해봤지만 자기는 이런 제 자신이 좋다고만 하더군. 그렇지만 내가 루첼로 백작에게 소개시켜 준다고 하자 갑자기 눈빛이 바뀌었어. 지금 생각해 보면, 병이 난 사실을 혼자서 감추고 있었던 거야. 되는 대로 살고 싶었겠지. 그러다 내 제안을 듣고 죽기 전에 의미 있는 작품을 그려야겠다고 다시 결심했던 것 같아. 하긴 이렇게 말하는 게 무슨 소용이겠니? 이제야 모든 걸 이해하게 되었으니."

나는 입을 닫고 생각에 잠긴 채 계속해서 걸음을 옮겼다.

'엄마가 병을 알았다면 왜 바로 한국으로 돌아오지 않은 것일까? 불치병이니 돌아와 봤자 소용이 없어서? 뭘 해도 결론은 바꿀 수 없으니 포기한 것일까?'

아니었다. 엄마가 마지막에 투병을 하며 보인 모습을 보면 포기와는 거리가 멀었다.

'마르셀의 말이 맞다면 왜 아빠와 나에게 빨리 알리지 않았을까? 아냐, 결국 우리가 알았어도 엄마의 병은 고치지 못했잖아. 엄마는 죽기 전 조금이라도 더 자유롭게 주어진 시간을 쓰고 싶었던 걸까?'

이게 결론이라고 생각했지만 몇 걸음을 더 내딛자 다른 생각에 멈추게 되었다.

'아니, 그런데 엄마는 아까운 생명의 시간을 써 가며 왜 백작의 요구를 들어주고 있었던 거지?'

나는 기억을 총동원하여 퍼즐을 맞추듯이 엄마의 시간을 재구성했다. 마르셀의 이야기를 들었을 때처럼 이미 굳어 버린 과거인데도 지금 구성하는 대로 사건의 의미가 변했다. 머리가 아팠다. 머리를 잡고 힘겹게 숨을 몰아쉬자 마르셀은 나를 카페로 안내했다. 노천 카페는 방금 전 비척거리며 걸었던 길도 편안한 마음으로 내다볼 수 있도록 아늑한 테라스를 갖추고 있었다. 기분이 조금씩 풀렸다. 마르셀은 나를 위해 상큼한 오렌지주스를, 자신을 위해서는 홍차와 마들렌 과자를 주문했다. 그는 나에게 마들렌 과자를 권했다. 나는 처음 먹어 보는 과자 맛을 음미했다. 마르셀은 과거의 한 순간을 기억하며 생생하게 그때를 느끼며 잃어버린 시간을 되찾고 있는 것처럼 보였다. 한참 후에 내 시선을 느낀 마르셀은 최면에서 빠져나온 사람처럼 말했다.

"내가 마들렌 과자를 홍차에 찍어 먹으며 한없는 기쁨을 느끼는 이유는 예전에 레오니 아주머니가 주던 마들렌 과자를 떠올렸기 때문이야. 이렇듯 사람에게 현재는 과거와 연결될 수 있는 고리를 찾을 때만 열려서 의미를 보여 주는 보석함과 같은 것이 아닐까 해."

나는 주스를 마시면서 엄마와 미국에서 살 때 아침을 함께 맞이하며 이야기를 나누던 나날들을 떠올렸다. 그런 연후에는 저장되어 있었는지도 몰랐던 엄마와의 추억들이 하나둘 풀려 나오기 시작했다. 엄마의 마음을 맞추기 위한 퍼즐은 대부분 헝클어진 상태였지만, 몇몇 퍼즐 조각에 그려진 그림을 알아본 순간 그것을 맘껏 가지고 노는 기분은 이루 말할 수 없이 좋았다. 마르셀과 나는 각자 생각에 잠겨 말을 나누지 않았지만 행복한 시간을 나누고 있었다. 그리고 어제 함께한 시간에서 얻은 것보다 더 많이 친해졌다.

플랜더스의
사람들

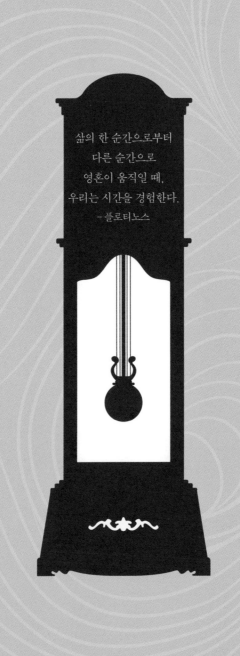

삶의 한 순간으로부터
다른 순간으로
영혼이 움직일 때,
우리는 시간을 경험한다.
- 플로티노스

피렌체 공항으로 이동하는 차 안의 분위기는 자못 비장했다. 앞으로 약 1시간을 이렇게 가는 것은 싫었다. 나는 얼어붙은 호수의 수면 위로 돌 하나를 툭 던지는 심정으로 마르셀에게 말을 건넸다.

"벨기에의 백작님은 어떤 분이에요?"

"으음, 귀족이라고 하면 으레 점잖을 것이라고 생각하지만, 너무 많은 기대는 하지 말길 바라. 그리고 그 사람이 루첼로 백작을 헐뜯어도 너무 당황해하지 말고."

마르셀은 담담하게 말했다. 나는 다시 물었다.

"그 사람은 왜 루첼로 백작을 싫어해요?"

"오래된 집안 감정 때문이겠지. 귀족은 과거로부터 신분이든 재산이든 물려받은 것을 지키며 사는 사람이니까, 감정까지도 옛날 사람들에 맞추려 하는 것이지. 딱히 지금의 루첼로 집안 사람과 무슨 일이 있어서 사이가 나쁜 것은 아닐 거야."

"자신이 태어나기도 전의 과거에 얽매여 현재에도 미워하고 있다니 참 바보 같은 일이네요. 만약 두 백작 사이에 아들과 딸이 있었다면 '로미오와 줄리엣'을 찍었겠어요. 시대가 어떤 시대인데……."

아빠가 내 말에 한마디를 덧붙였다.

"시대가 바뀌어도 바뀌지 않는 것이 있지. 나라 사이에도 해묵은 전쟁이나 사건 때문에 앙금이 남아 다투고, 같은 나라라고 해도 지역끼리 감정이 좋지 않아 예민하게 굴기도 하니까."

"그러니까 과거에 붙들리지 않고 편견을 갖지 않으면 되잖아요."

내가 답답하다는 투로 말했다. 이번에는 마르셀이 대답했다.

"과거 덕분에 현재의 자신이 있다고 생각하도록 충실히 교육을 받았거나, 과거로부터 물려받은 것에 큰 가치를 두는 사람들이 있게 마련이야. 물론 그와는 정반대로 생각하는 사람들도 있고. 이 후자들 중에는 더러 배신자라고 비난받더라도 현재 이익만 된다면 과거의 적과도 능히 손을 잡는 축들이 있지."

"귀족 신분이거나 유산을 많이 받은 사람들은 의지만 있다면 좋은 일만 하면서 살 수도 있을 것 같은데요. 적을 만드는 것보다는 친구가 많은 것이 더 좋잖아요."

"네 말대로 그들은 일단 자신이 성공했고 행복하다고 생각해. 그런데 그 성공과 행복이 어디에서 왔는지도 똑똑히 알고 있지. 즉 자기가 노력해서 얻은 것보다 훨씬 많은 것이 과거로부터 왔다는 것, 그래서 그 성공과 행복을 유지하기 위해 전통을 이어 갈 계획도 철저히 세우지. 재단을 설립하거나 각종 사회활동을 열심히 하면서 가문을 대외적으로 알리는 일도 그 계획 중 일부란다. 종종 가문의 전통을 지키려다가 타인의 명예나 부를 깎아내리는 일이 더러 생기기도 해."

아빠는 마르셀의 말을 받아 한국에도 족보를 따지면서 다른 집안을 근본이 없다고 무시하는 사람들이 있으며, 가문의 전통을 운운하며 두 집안이 다투는 경우도 왕왕 있다고 말해 주었다. 마르셀은 웃음기 섞인 목소리로 말했다.

"루첼로 백작도 벨기에 백작이 뿌리가 없다고 얕잡아 봐요. 벨기에 백작도 루첼로 백작을 몬테크리스토 백작 친구라고 놀리지요."

"잠깐만요. 몬테크리스토 백작이라면 아주 멋진 사람 아닌가요?"

아빠가 의외라는 표정으로 물었다. 나도 읽은 적이 있다. 프랑스 작가 알렉상드르 뒤마가 쓴 소설. 마르셀은 왜 그게 헐뜯는 말인지 아빠에게 설명해 주었다.

"몬테크리스토 백작은 원래 에드몽 당테스라는 이름의 젊은 프랑스 선원이었잖아요. 친구들의 모함에 빠져 감옥에 갇혔는데, 거기서 파리아 신부라는 은인을 만나지요. 그에게서 배움을 얻어 폭넓은 학식과 덕망을 갖추게 되었을 뿐만 아니라, 신부로부터 엄청난 비밀을 듣게 되지요. 바로 몬테크리스토라는 섬에 피렌체 최고 부자의 엄청난 재산이 감춰져 있다는 사실을요. 에드몽은 신부가 죽자 그의 시체 자루에 몸을 숨겨 탈옥에 성공했지요. 그러곤 그 보물섬으로 가서 재산을 찾아낸 다음, 이름을 몬테크리스토로 바꾸고 이탈리아의 명망 높은 귀족으로 살아가지요. 지금도 이탈리아 귀족 중에는 돈으로 지위를 산 경우가 많아서 무시당하는 일이 많아요. 그런 사람을 놀릴 때 몬테크리스토 백작에 빗대는 거지요."

나는 그래도 몬테크리스토 백작은 멋진 인물이라고 말했다. 루첼로 백작은 오히려 그렇게 불리는 데 감사해야 할 정도로 말이다. 마르셀은 내 말을 듣고 왜 그렇게 생각하느냐고 물었다.

"사랑을 잃게 한 사람들에 대한 복수를 위해 모든 것을 불태우는 남자는 그 결과가 실패라고 해도 멋지지 않나요?"

마르셀은 잠시 침묵에 잠겼다가 무겁게 입을 열었다.

"아무리 과거에 행복한 순간이 많았다고 해도, 지나치게 거기에만 사로잡혀 산다면 어떨까? 지금 기억 속에 떠올리는 과거의 행복이 그때 그대로 재현될까? 아니겠지. 따라서 최고로 행복했던 그때를 완벽하게 느낄 수 없다는 사실 때문에 우울함만 가중될 뿐이야. 과거가 행복하면 행복할수록 잃어버린 시간에 대한 상실감은 더욱 커지게 되지. 그 상실감을 채우려고 더욱 과거에 집착할 수밖에 없고, 그럼 또다시 상실감을 느낄 테고, 그렇게 해서 악순환에 빠지게 되는 거란다."

쓸쓸한 느낌을 주는 마르셀의 말을 들으며 나는 수긍할 수 있었다. 엄마와의 좋은 추억을 떠올리는 순간은 참 좋지만 그 기억이 끝나면 갑자기 마음이 서늘해지곤 했었다. 마르셀도 그런 순간을 느껴 보았던 것 같다. 마르셀의 말을 끝으로 차 안의 공기는 무거워졌다.

조그마한 피렌체 공항에서 조그마한 비행기를 타고 하늘로 오를 때에도 그 무거움은 사라지지 않았다. 그 무거움은 한참 후 비행기 위에서 벨기에의 안트베르펜(Antwerpen) 도시를 내려다보았을 때에야 가시기 시작했다. 드나드는 배와 컨테이너가 잔뜩 쌓인 항구, 커다란 현대식 건물이 내려다보이는 한편, 동화에나 나올 법한 조그만 옛날 집들과 오래된 성당 등이 펼쳐진 풍경에 나는 과거도 현재도 아닌 꿈 속의 시간으로 들어온 느낌이 들었다.

안트베르펜 공항에도 어울리지 않는 두 가지 모습이 어우러져 있었다. 공항에서 처음 우리를 맞이한 것은 엄청난 크기의 다이아몬드 사진이었다. 마르셀은 안트베르펜이 유럽에서 독일의 함부르크와 함께 가장 큰 항구 도시 중 하나이며, 세계 다이아몬드 원석의 80퍼센트를 가공해서 거래하는 도시로서 부자들이 많다고 일러 주었다. 우리가 만나는 헬몬트 백작은 대대로 해운업과 다이아몬드 보석상을 겸해서 얻은 엄청난 부를 바탕으로 예술계까지 장악하고 있다는 설명도 덧붙였다. 그러면서 마르셀은 공항 곳곳을 채우고 있는, 신성한 분위기를 자아내는 그림들을 가리켰다. 현대식 공항에, 더구나 다이아몬드 사진들과는 어울리지 않는 그림들이었다.

마르셀은 안트베르펜이 유럽 바로크 시대의 최고 화가였던 루벤스의 고향이라고 했다. 도심지는 공항과 멀지 않은 곳에 있었다. 차를 타고 도시로 들어가자마자 보석상들이 즐비하게 나타났다. 그리고 매일 꽃시장이 열린다는 광장의 중심에는 루벤스의 동상이 있었다. 마르셀은 루벤스가 이탈리아에서 르네상스 미술을 배우고 돌아와 평생 이 도시에서 살며 그림을 그렸다고 했다. 차는 대성당 앞을 지나갔다. 마르셀은 성당 안에도 루벤스의 그림들이 있다고 알려 주었다. 아빠가 한마디 거들었다.

"동화『플랜더스의 개』에서 주인공 넬로가 마지막까지 보고 싶어했던 그림이 바로 루벤스의 '성모 승천'인데, 바로 저 성당 안에 있단다."

마르셀은 나를 슬쩍 쳐다보면서 잠깐 들렀다 가고 싶냐고 물었다. 나는 아빠의 눈치를 살폈다. 아빠는 습관적으로 시계를 보며 말했다.

"파티가 몇 시에 시작하죠?"

"저녁 7시입니다. 호텔에 짐을 풀고서도 충분하답니다."

아빠는 나를 보며 말했다.

"뭐, 잠깐이라면 괜찮겠지."

마르셀은 차를 돌렸다. 대성당의 이름은 파리에 있는 성당과 같은 '노트르담'이었다. 하지만 나는 파리의 종치기였던 콰지모도보다 플랜더스의 우유 배달부인 넬로를 떠올리며 성당 안으로 발걸음을 옮겼다. 물감을 살 돈도, 도화지를 살 돈도 없었지만 그림을 좋아했던 넬로. 그 소년은 그림그리기를 무척 좋아했다. 나처럼, 그리고 엄마처럼. 책에서 읽은 장면 중에 가장 화가 났던 대목이 떠올랐다. 넬로에게는 할아버지와 파트라슈와 아로아가 있었지만, 가난 때문에 마냥 행복하지는 않았다. 편찮으신 할아버지 대신 넬로가 우유 배달을 시작할 때도 넬로는 그림을 생각했다. 돈을 벌어서 제일 먼저 성당에 있는 루벤스의 그림을 보겠다고 결심했다. 나는 이 부분을 읽으며 화가 났다. 사람들의 영혼을 보호해야 할 성당이 돈을 받고 그림을 보여 주다니! 더구나 어린아이에게까지! 거기에 자신들이 돌봐야 마땅한 가난한 아이한테 돈을 받으려 했으니 말이다.

할아버지가 돌아가시고 혼자 남은 넬로는 파트라슈와 단둘이 남아 마지막 희망이었던 미술대회 입상일을 기다렸다. 하지만 넬로의 이름은 그 어디에도 없었다. 이미 추위 속에서 사흘이나 굶주린 넬로는 그토록 보고 싶던 루벤스의 그림 앞으로 겨우 기어갔다. 그리고 그림 속 예수님을 본 것을 마지막으로 파트라슈를 안고 눈을 감았다. 얼음보다 차갑게 넬로를 대했던 마을 사람들은 그 모습을 보고 모두 눈물을 흘렸다. 그리고 상황을 그렇게 만든 장본인이었던 아로아의 아버지는 후회하며 넬로 옆에 미술대회의 상장을 놓아 주었다. 화가가 넬로의 그림이 얼마나 훌륭했는지 이야기하는 장면에서 나는 슬픔과 동시에 분노를 느꼈다. 그럴 거면 왜 정직하게 심사를 해서 넬로에게 희망을 주지 않았던 것일까? 왜 가난하다고 아로아의 친구가 되는 것을 막고 화재의 주범으로 누명을 씌웠던 것일까?

성당 끝 천장에 그려진 루벤스의 그림까지 걸어가면서 나는 넬로가 그 추위에 살아남아 몬테크리스토 백작처럼 복수를 했다면 책을 덮을 때 마음이 조금은 후련했을까 하는 생각도 해보았다. 하지만 곧 고개를 가로저었다. 몬테크리스토 백작은 복수에 성공했지만 행복한 느낌은 없었으니까. 그리고 넬로가 바란 것은 자기를 무시하는 사람들에 대한 복수가 아니라, 소박하게 루벤스의 그림을 보는 것, 그리고 자신의 그림으로 미술대회에서 인정받는 것이었다.

동화를 생각하면서 넬로가 그토록 보고 싶어한 그림을 보게 된다는 기대를 가졌던 탓일까? 직접 와서 본 루벤스의 그림은 분명히 잘 그린 작품이기는 했지만 넬로가 목숨을 바치면서까지 볼 만큼 훌륭한 작품 같지는 않았다. 어린 넬로가 우유 배달을 하느라 허리가 끊어질 듯한 고통을 참으면서도 내내 떠올렸던 그림이었는데…… 차라리 이 그림을 직접 보지 않았다면 이야기 속 넬로의 감동이 내게도 고스란히 남았을 텐데…… 성당을 빠져나오며 내가 실망한 기색이 역력하자 아빠는 괜한 시간을 썼다며 차라리 호텔에서 쉬면서 다른 준비를 할 걸 그랬다고 말했다. 마르셀은 툴툴거리는 아빠를 물끄러미 쳐다보며 말했다.

"결과가 이렇게 될지는 아까는 몰랐던 것이지요. 우리는 시간이 내미는 여러 가능성 중의 하나를 시험해 본 것이고, 그중 하나를 갖게 된 것입니다. 혹시 다음에 비슷한 상황이 주어지면 그때 다른 가능성을 시험해 보겠다고 생각하는 것이 자기의 선택을 후회하는 것보다 더 현명하지 않을까요?"

"그래도 손해를 덜 보려면 미리미리 정확하게 계산을 해야 하는 거지요. 더구나 우리가 여기 온 목적은 엄연히 관광이 아닌데……."

"수지는 자신의 그림을 찾아서 규린이 고쳐 주기를 바랐다고 하지 않았나요? 아직 그림을 찾지 못했으니, 길게 생각하면 규린이 루벤스를 직접 보는 것도 수지의 소원을 이뤄 주는 데 도움이 될 수 있어요."

아빠는 뭐라고 대꾸를 하려고 하다가 참았다. 마르셀의 기분을 상하게 하면 저녁의 만남도 어긋나겠다고 판단한 표정이 역력했다. 우리 셋은 그후 아무 말도 없었다.

호텔에 도착한 아빠는 어서 빨리 엄마의 그림을 되찾기 위해서는 허투루 시간을 쓰지 말고 오로지 엄마의 그림과 수수께끼에만 집중해야 한다고 말했다. 나는 문득 엄마의 그림을 찾는 것이 어떤 의미가 있는 것인지 생각하게 되었다. 엄마는 초상화가로 남을 수 없다며 루첼로 백작에게 가서 시간의 그림을 그렸다. 그렇지만 백작한테서도 제대로 인정받지 못했다. 엄마는 우리와의 행복도 버리고 멀리 이탈리아로 와서 고생했지만, 그 결과는 미국에서와 마찬가지였다. 존경하는 카라바조의 뒤를 잇는 것은 고사하고 엄마가 화가인지 아는 사람도 이 세상에는 별로 없다. 엄마가 야심을 갖고 그린 그림이 무엇인지는 가족과 가까운 친구들조차 아예 모르고 있다. 차디찬 겨울밤 성당으로 기어들어가 죽을 때까지 철저히 외면당한 넬로처럼, 엄마는 최선을 다해 그린 그림 한 점에 대한 미련을 못 버리고 있는 것이었다. 상황이 이러한데, 엄마의 그림을 찾으면 엄마의 소원이 정말 해피엔딩으로 마무리될 수 있을까?

나는 넬로가 죽은 다음의 마지막 장면을 떠올렸다. 넬로의 얼굴은 어느새 엄마의 얼굴로 바뀌었다. 설령 엄마의 그림을 본 사람들이 뒤늦게 멋지다고 입을 모아 말한다고 해도 엄마가 시간을 그리느라 고통을 받았다는 사실은 변하지 않는다. 그렇다면 죽은 엄마에게 그 그림은 어떤 의미를 갖는 것일까? 한풀이? 죽은 사람은 더 이상 감정을 느낄 수 없고 엄마의 고통도 없었던 것이 되지 않는데, 정말 엄마의 한이 풀릴까? 살아 있는 우리가 엄마의 소원을 들어주지 못했을 때 직면할 죄책감에서 벗어나기 위한 것은 아닐까? 아로아 아버지와 마을 사람들이 뒤늦게 넬로에게 상장을 바친 것처럼.

'나는 대체 유럽에서 무얼 하고 있는 걸까? 시간 낭비만 하는 것은 아닐까? 아니 정말 엄마의 그림을 찾았지만 마치 루벤스의 그림을 보고 실망한 것처럼 되고 말면 어떡하지?'

차라리 엄마의 그림을 상상만 하던 편이 더 나은 상황이 벌어진다면 세상 사람들처럼 엄마를 인정하지 않는 꼴이 되어 버린다. 내가 속시끄럽게 하는 것들과 드잡이를 하는 사이에 아빠는 분주하게 백작에게 질문할 목록을 챙겼다. 우선순위별로 차례대로 썼다. 플랑드르 지역에서는 네덜란드어의 한 계통인 플라망어를 사용하지만 대도시에서는 일반적으로 영어가 통용된다는 것을 알고 있는 아빠는 영어로 질문을 준비했다. 아빠는 나를 상대로 해서 질문을 연습했다. 5분 동안 만나게 될 경우, 10분을 붙잡아 놓을 수 있는 경우, 다른 사람이 간섭을 하는 경우 등 상황별로 준비를 하고 있었다. 갑자기 호텔 방의 전화기가 울렸다. 마르셀이었다.

"파티복을 골라야 하니 준비가 되면 로비로 내려오세요."

귀족들과 유명인사들의 파티이니 모임의 성격에 맞춰 격식 있는 옷차림을 갖춰야 했다. 이것은 준비를 철저히 한다고 했던 아빠도 생각하지 못한 부분이었다. 우리가 질문 연습을 하고 있는 사이에 마르셀은 호텔에 부탁해서 파티복 대여소를 알아보고 있었다. 아빠와 나는 소지품만 챙겨서 로비로 곧장 내려갔다.

호텔에서 걸어갈 만한 거리에 파티복 대여소가 있었다. 회전문처럼 된 동그란 대형 옷걸이에 걸린 드레스들이 천천히 돌아가고 있었다. 노트르담 성당을 나온 뒤로 하던 생각 때문에 기분이 좋지 않았다. 그런데 드레스를 구경하면서 서서히 마음이 풀리기 시작했다. 난생 처음 구경하는 멋진 드레스들이 회전 초밥집의 접시들처럼 눈앞에서 지나가고 있었다. 내가 좋아하는 생선초밥이 담긴 접시가 돌아오길 기다리는 심정으로, 내 맘에 꼭 드는 드레스를 고르고 싶었다. 그렇게 지금 상황에 집중하고 몰두하는 사이 조금 전까지 머릿속을 가득 채웠던 심란한 마음과 걱정은 차츰 사그라지기 시작했다. 덕분에 나는 30

분 전의 내가 아니었다. 내가 마르셀과 웃으며 대화하자 아빠는 뚱한 표정을 지었다. 나는 그것을 알면서도 내가 드레스를 바꿔 입을 때마다 감탄하는 여직원들과 마르셀 덕분에 입이 귀에 걸리는 것을 어쩔 수 없었다.

아빠는 검은색 턱시도를 선택했고, 나는 윤기가 나는 하늘색 천에 투명한 망사 주름 장식과 물방울무늬 리본이 달린 드레스를 선택했다. 여름이지만 저녁에는 쌀쌀하다고 해서 아주 옅은 보라색 숄도 챙겼다. 거울을 봐도 내 모습 같지가 않았다. 나는 휴대전화 카메라로 내 모습을 찍어 달라고 마르셀에게 부탁했다. 마르셀은 행복한 미소를 지으며 사진을 찍어 주었고, 아빠는 손목시계를 놔두고 일부러 고개를 돌려 실내의 벽시계를 쳐다보았다. 결국에는 마르셀이 정한 시간에 마르셀이 안내하는 대로 차를 타고 백작의 집으로 떠날 것이지만 아빠는 기다리는 내내 시계를 수시로 보며 내게 눈치를 주었다.

파티장인 헬몬트 백작의 저택에 도착했다. 진입로 좌우에 펼쳐진 높다란 삼나무 무리를 지나면 꽃이 만발한 동그란 정원과 만나게 되어 있었다. 그리고 저택으로 올라가는 계단 앞에는 분수가 있었다. 특히 커다란 건물임에도 불구하고 지붕의 생김새가 마치 쉬폰케이크 장식처럼 부드러워서 위압적으로 보이지 않게 한 것이 인상적이었다. 백작의 이름은 얀 밥티스타 반 헬몬트(Jan Baptista van Helmont) 6세였다. 마르셀의 소개에 따르면 벨기에에서 가장 유명한 의학자이자 화학자였던 조상의 이름을 6대째 그대로 사용하고 있다고 했다. 그 과학자가 누구인지 몰라 내가 궁금해하자 마르셀이 '가스'라는 용어를 처음으로 사용한 인물이라고 귀띔해 주었다.

　마르셀은, 벨기에 사람들은 자존심이 강하니 그들이 자랑스러워할 만한 화제로 대화를 시작하면 쉽게 친해질 수 있다고 조언했다. 그러더니 벨기에가 세계 최초로 한 것들이 좋겠다면서 몇 가지를 가르쳐 주었다. 메뉴판은 벨기에 귀족들이 음식 순서를 미리 보기 위해서 세계 최초로 만들었다. 와플과 감자튀김도 벨기에가 원조다. 마르셀은 벨기에 만화가 피에르 컬리포드(Pierre Culliford)가 만든 캐릭터 '슈트롬프'와 스티븐 스필버그 감독의 애니메이션 영화로도 탄생한 『틴틴』이라는 책도 언급했다. 내가 슈트롬프가 무엇이냐고 물었더니 흔히 영어로 '스머프'라고 알려진 파란 요정들이란다. 나는 차라리 내가 잘 아는 동화 『플랜더스의 개』에 대해서 얘기하겠다고 나서자, 마르셀이 손을 저으며 말했다.

　"그 동화를 아는 벨기에 사람은 거의 없어. 나도 수지가 얘기해 주지 않았으면 몰랐을 거야. 그 작품은 벨기에 작가가 아니라 영국 작가가 쓴 거니까. 그리고 주인공 넬로와 할아버지 말고는 벨기에 사람들이 긍정적으로 그려져 있지 않아. 넬로도 막연한 미래의 꿈을 좇느라 현실에 부적응한 인물로 그려지고 있어서 웬만하면 말하지 않은 게 좋아."

　넬로에 대한 벨기에 사람들의 시각에 나는 깜짝 놀랐다. 미래를 무모하게 좇다가 현실에 부적응해서 불행을 자초한 인물이 아니라, 마을 사람들의 편견에 의해 피해를 본 불쌍한 아이라고만 생각해 왔기 때문이다.

"현실을 중시하는 벨기에 사람들에게 넬로의 행동은 그렇게 보이기 충분하지. 정답은 없어. 시간에 대한 태도가 삶을 바라보는 시각도 결정하니까, 서로 관점이 다른 것일 뿐 틀린 것은 아니야. 시간관이 다르면 서로의 관점을 인정하기가 힘들지만, 유연하게 생각하면 이해하지 못할 일도 아니야. 나에게도 쉬운 일은 아니지만 그렇게 생각해."

마르셀은 흘깃 아빠를 쳐다보며 말했다. 우리는 저택 안으로 더 들어갔다. 사람들이 많아서 혼잡했다. 갑자기 마르셀이 팔꿈치로 내 어깨를 툭 쳤다. 그리고 오른손으로 한 사람을 가리키며 말했다.

"저 사람이 백작이야."

백작은 귀빈들을 차례대로 맞이하며 인사를 나누고 있었다. 벨기에가 유럽의 주요 국가와 국경을 마주하고 있는 나라여서인지 참석자들은 그야말로 전 유럽적이었다. 이따금 아시아인도 눈에 띄었다. 언어는 유럽의 모든 언어와 영어가 마구 뒤섞여 들려왔다. 음식도 유럽의 온갖 특산물을 모아 놓은 것 같았다. 눈길을 끄는 것은 맥주가 마련된 것이었다. 나는 귀족의 파티라면 포도주와 샴페인만 있을 거라고 생각했다. 하지만 마르셀은 벨기에에서는 천여 종의 맥주가 생산된다며 최고 수준의 갖가지 맥주가 파티장에 마련되어 있으니 한번 먹어 볼 만하다고 했다. 하지만 아빠의 눈치 때문에 나는 주스를 포도주처럼 홀짝거리기만 했다.

피렌체 대학 도서관에서 아빠에게 벨기에의 역사를 들을 때는 여러 나라들이 발을 걸치고 있어 유럽의 전쟁터가 될 수밖에 없었던 불운의 땅이라고 생각했다. 그런데 막상 와서 보니 문화적 다양성이 생활

곳곳에 스며들어 있어 놀라웠다. 유럽연합(EU)의 본부가 벨기에에 위치한 이유도 이 때문일 것이다. 파티에 참석한 사람들은 갖가지 주제를 가지고 서로 이야기를 나누고 있었다. 백작 주변의 사람들과 인사를 나누면서 순서를 기다렸다. 어느덧 분위기에 익숙해지면서 긴장이 풀리기 시작했다. 드디어 백작과 인사를 나누었다. 백작은 마르셀을 반갑게 맞이했다. 그리고 인사 끝에 약간 능글맞은 미소를 지으며 말했다.

"아직도 내 제안은 유효하니, 그 고집불통에게서 정이 떨어지거든 내게 오도록 하게나."

마르셀은 앞날은 아무도 알 수 없으나, 만약 그렇게 되면 꼭 제일 먼저 고려해 보겠다고 대답했다. 마르셀은 아빠와 나를 백작에게 소개해 주었다.

"제가 예전에 뛰어난 초상화가로 소개해 드렸던 수지의 남편과 딸입니다."

백작은 잠시 기억을 더듬더니 반갑게 우리를 맞이했다. 그리고 아빠가 뭐라고 질문을 하기도 전에 마르셀은 백작에게 엄마의 죽음과 우리의 방문 목적을 밝혔다. 백작은 안타까운 표정을 지으며 말했다.

"아, 일이 그렇게 되었군. 이 꼬마 아가씨에게 그 영감탱이가 귀족의 명예도 모르고 또 못된 짓을 하고 있군. 내가 도움이 되었으면 좋겠는데 말이야."

아빠는 백작에게 편지를 건넸다. 편지를 읽어 본 백작의 안색이 바뀌었다.

"이 수수께끼를 풀면 수지의 소원, 아니 여기 엄마의 그림을 찾으려는 제 딸의 소원을 이룰 수 있습니다."

백작은 나를 잠시 쳐다보았다. 나는 솔직히 내 소원이 무엇인지 알 수 없었다. 엄마의 그림을 찾고 싶어 이탈리아로 왔지만, 벨기에까지 온 지금은 솔직히 엄마의 그림을 찾아서 무엇을 할지 몰랐다. 답답했다. 어쩔 줄 몰라 눈물이 솟구쳤다. 내 눈동자가 심하게 흔들리는 것을 나도 느낄 수 있었다. 나는 고개를 숙였다. 그 모습을 본 백작은 혀를 끌끌 찼다. 내 속마음을 모르는 백작은 약간 흥분된 어조로 말했다.

"그 인간은 이런 문서 쪼가리로 뭘 하겠다고 멀리 온 손님까지 끌어들이겠다는 건지, 내 참."

백작은 옆에 있는 비서에게 일정을 확인한 후 내일 오전에 만나서 편지에 대한 이야기를 나누자고 말했다. 마르셀이 말한 것처럼 루첼로 백작의 험담을 하기는 했지만 점잖지 못하다는 생각은 들지 않았다. 마르셀은 손님이 많아서 인상 관리를 하는 탓에 그런 것이라고 나중에 말해 주었지만 어쨌든 예상한 것보다 나았다. 아니면 워낙 루첼로 백작에게 실망해서 헬몬트 백작이 상대적으로 나아 보인 것일 수도 있다. 백작은 우리에게 작별 인사를 하자마자 다른 손님에게 환영 인사를 했다. 아빠는 서둘러 준비했던 질문을 했다.

"공작새가 무엇을 상징하는 것인가요?"

백작은 못 들었는지 아빠의 질문에 대답하지 않았다. 마르셀은 아빠의 팔을 세게 잡아끌었다. 비서도 원래 아빠가 섰던 자리 쪽으로 위치를 바꿨다. 마르셀은 정원 쪽으로 아빠를 데리고 갔다. 나도 서둘러

뒤따랐지만, 드레스에 맞게 굽이 높은 구두를 신은 것은 처음이라서 빨리 따라잡을 수 없었다. 정원 계단을 내려갔을 때 두 사람은 언쟁을 벌이고 있었다.

"이미 내일 이야기하자는 약속을 받았는데 왜 서두른 거죠? 지난번 루첼로 백작 빌라 앞에서 뛰어들었을 때도 수습하느라 힘들었는데, 또 일을 망치고 싶나요?"

"백작이 정말 비밀을 알고 있는지 미리 확인해 보고 싶었어요."

"만약 비밀을 모르고 있다면 내일 만나지 않으려고요?"

"미리 안다면 그때는 그에 맞게 계획을 또 짤 수 있지요."

"수지의 그림을 찾으려는 마음이 절실하다는 것은 알지만, 그럴수록 여유를 가져야지요. 여유를 갖지 못하면 실수할 확률만 더 커집니다."

"제3자이니까 그렇게 말할 수 있는 겁니다."

"제3자요? 여기까지 당신을 안내한 제가 제3자인가요?"

마르셀은 강한 눈빛으로 아빠를 쳐다보았다. 아빠 역시 만만치 않는 눈빛으로 쏘아보며 말했다.

"그럼 당신이 당사자인가요? 대체 수지와 어떤 사이라는 거죠?"

마르셀은 나를 쳐다보았다. 나는 아빠를 만나기 전 엄마의 연인이었다는 말을 마르셀이 하지 않았으면 좋겠다고 생각했다. 아빠는 그런 것을 잘 참을 수 있는 성격이 아니었다. 더구나 엄마가 숨겼던 것에 더 화를 낼 것이 뻔했다. 마르셀은 내 눈빛에서 그것을 읽었는지 한숨을 길게 쉬고 나서 이렇게 말했다.

"처음에 저는 마지막 순간까지 놓지 않았던 수지의 그림이 무엇일지 정말 궁금했습니다. 그래서 여러분을 돕기 시작했습니다. 딸에게 직접 찾으라고 특별히 부탁한 것이었다면 그만한 가치가 있을 것이라 생각했지요. 수지를 아끼는 옛 동료이자 그림을 아끼는 사람으로서 저는 어떻게든 도움을 주는 것이 도리라고 생각했습니다. 그런데……."

마르셀은 나를 보고 나서 잠시 뜸을 들였다가 이야기를 계속했다.

"그런데 규린과 이야기를 나누다 보니까, 저는 예전의 제 모습을 많이 생각하게 되었습니다. 저는 규린보다 네 살 정도 많았을 때 엄마가 돌아가셨는데도 큰 충격을 받았습니다. 엄마가 돌아가신 다음에 어떻게 살아야 할지 모르고 방황하던 때, 만약 수지처럼 제 엄마가 어떤 의미 있는 물건을 찾으라고 부탁했다면 어찌했을지 생각해 보았습니다."

"그래서요?"

"삶의 끝에서는 누구나 진지한 가치들에 더 무게를 둬서 생각하게 되어 있지요. 그리고 그것은 남겨진 사람들의 삶에도 큰 영향을 주기 마련이지요. 그런 물건이 있다면 저는 꼭 찾았을 겁니다. 엄마와 저, 모두를 위해서요. 지금 저는 여러분을 돕는 한편, 기억과 상상을 통해 예전의 시간으로 돌아가 저의 조각났던 시간들을 다시 회복시키고 있습니다. 내 엄마는 내게 무엇을 남기고 싶어했을까, 어떤 말을 더 해주고 싶었을까 지금도 계속 이야기를 나누고 있습니다."

나는 마르셀의 입장이 이해가 되어 고개를 끄덕였지만 아빠는 그러지 못했다.

"당신의 호기심이나 과거에 대한 치유를 위해서 저와 규린의 시간이 낭비되어서는 안 되지요. 수지는 당신이 아니라 우리를 위해서 그림을 찾으라는 미션을 남겼어요. 그 점을 잊지 마세요. 우리가 찾으라고 한 것입니다."

"하지만 수지가 여러분에게 루첼로 백작처럼 일방통행으로 다른 사람의 시간까지 좌지우지하면서 그림을 찾으라고 하지는 않았겠지요. 상대방이 사정을 듣고 약속을 정했으면 자신이 아무리 급해도 받아들여야 합니다."

루첼로와 자신을 비교하는 말에 아빠는 화가 머리끝까지 치밀어 오른 목소리로 대답했다.

"그러니까 당신은 제3자라는 거예요. 당사자인데 그게 어떻게 가능합니까?"

"이것은 당사자이냐 아니냐의 문제가 아니라, 삶에 대한 기본 태도의 문제입니다. 아까도 말했듯이 저는 규린과 마찬가지 입장으로 수지의 그림을 찾으려 노력하고 있습니다. 하지만 당신같이 시간에 벌벌 떨면서는 아니지요. 그래도 저는 원하는 것을 얻고 있습니다. 모르시겠어요? 당장 원하는 것을 다 한꺼번에 얻지 못했다고 큰 문제가 생기는 것은 아니에요. 조금 답답하고 불편할 수는 있지만 좀 길게 놓고 보면 그 정도는 별것 아닙니다."

나는 마르셀이 왜 아빠를 답답하게 느끼는지 이해가 되었다. 하지만 나는 이렇게 행동하는 아빠도 이해가 되었다. 마르셀은 낮에 본 노트르담 성당 같은 건축물을 지을 때 백 년을 두고 짓는 유럽에서 태어나고 자랐다. 뭐든 빨리빨리 처리하는 걸 선호하는 한국에서 자란 아

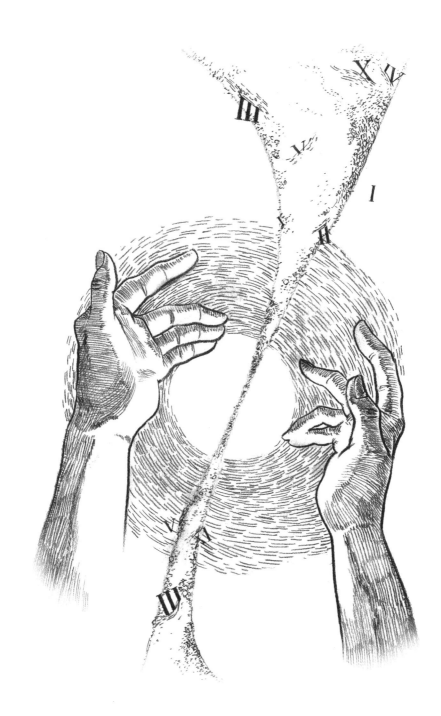

빠를 잘 이해하지 못하는 건 당연하다. 성당을 짓는 백 년 동안 일주일 혹은 한 달, 심지어 일 년 정도 공사가 늦춰지는 것은 심각한 문제가 아니다. 본래 원하던 대로 지어지는 게 중요하다. 하지만 몇 개월 안에 건물을 완성해야 하는 사람에게는 일주일이 아니라 며칠만 늦어져도 그것은 곧 실패와 연결된다. 언젠가 아빠는 내게 이렇게 말했다.

"힐러리 경보다 조금 후에 에베레스트를 오른 사람은 아무도 기억하지 않아. 전화기를 발명한 벨보다 몇 시간 뒤에 특허를 신청한 사람도 아무도 기억하지 않지. 늘 긴장하며 성공을 1초라도 더 앞당기기 위해 산 사람만 인정하는 것이 바로 세상이야."

씩씩거리는 아빠와 다르게 마르셀은 흥분을 가라앉히기 시작했다. 마르셀은 어조를 바꿔 아빠에게 말했다.

"꽉 막힌 도로에서는 경적을 아무리 울려 대도 상황이 나아지지 않습니다. 스트레스만 서로 올리는 것이지요. 이왕 늦는 것이라면 시간의 압박감에서 벗어나는 것이 현명한 일이에요."

아빠는 고개를 강하게 가로저었다. 아빠는 교통 체증에 걸리지 않도록 미리 예상하고 움직이지 않은 자신을 탓하며 차에서 반성할 사람이었다. 그리고 다음에는 훨씬 일찍 출발해서 미리 도착하고, 다른 일까지 해내면서 자신이 문제를 해결했다고 생각할 사람이었다.

"그런 말은 시간관리를 못하는 패배자들을 위로하기 위해서 만든 말일 뿐이지요."

아빠의 대답을 들은 마르셀은 긴 한숨을 쉬었다.

"시간관리의 승리자는 대체 어떤 사람들이지요? 일이 천천히 돌아가면 오히려 스트레스를 받고, 가만히 있는 시간을 즐기지 못하고, 마감 기한을 미리 걱정하며, 지레 나쁜 일이 일어날 것을 염려해서 사전에 대안을 만들어 두지 못하면 안절부절못하고, 고작 자기가 만든 걱정에서 벗어나려는 행동을 대단한 문제를 해결하는 것이라고 착각하면서 언제나 종종거리는 사람들인가요? 그렇게 알 수 없는 미래를 통제하기 위해 현재의 시간을 쥐어짜며 시간이 늘 자신에게 돌진해 오는 듯한 압박감을 느끼는 사람들이 진정한 승리자란 말인가요? 일만 알고 휴식을 모르는 사람은 브레이크 없는 자동차처럼 위험천만할 뿐입니다. 뛰어가는 사람은 넘어지기 쉬우니 찬찬히 길을 가는 것이 더 좋습니다. 그게 승리자의 모습이 아닐까요?"

마르셀은 손가락으로 허공에 숫자를 써 가며 말했다.

"1시간을 낭비하더라도 우리에게는 23시간이라는 시간이 남아 있고, 하루를 낭비해도 364일이 남아 있습니다. 자신이 끝까지 문제를 해결해야겠다는 의지만 있다면, 그리고 자기 자신을 믿고 있다면 시간을 조금 낭비했다고 해서 영영 실패할 것처럼 자신을 몰아붙이지는 않겠지요. 분주함은, 생산적이지도 못하고 성공하지도 못한 사람들이 곧잘 쓰는 가면이에요. 나는 최선을 다했다는 걸 보여 주는 데 그보다 나은 게 없기 때문이죠. 아프리카의 격언처럼 서두르는 것에는 영혼이 깃들지 않는 법입니다. 영혼이 깃들지 않는데 어떤 가치가 있겠습니까? 가치가 없는데 어떻게 만족할 수 있고, 다른 사람의 인정을 기대할 수 있겠습니까? 분주함에는 끝없이 자신을 내모는 채찍만 있을 뿐이에요."

아빠는 마르셀의 말을 듣자마자 반격했다.

"그것이야말로 거짓말입니다. 세상에서 성공한 사람들을 보세요. 모두 바쁘게 움직여 성공한 사람입니다."

"성공한 사람 누구요? 경제잡지 「포브스」를 창간한 억만장자 말콤 포브스도 성공하는 방법은 '충분히' 열심히 하는 것이지만, 실패하는 방법은 '너무' 열심히 하는 것이라고 했습니다. 지금 사람들은 다들 너무 열심히 하고 있어요. 방향도 모르고, 영혼도 없이. 모든 일을 '더 빨리' 처리할수록 '모든 목적을 달성할 수 있다'는 착각을 하며 밀어붙이고 있지요. 그러나 세상에는 나만 있는 게 아니죠. 내가 계획한 대로 신속하게 처리하려 해도 다른 사람이 따라 주지 않으면 일은 틀어집니다. 뭔지 모르고 어떤 일을 하기보다는 바보 같은 일을 하지 않는 것이 현명한 법입니다."

경영 컨설턴트인 아빠는 미술재단 관계자인 마르셀의 입에서 자신이 잘 아는 경제계 인사의 이름이 나오자 말문이 막혔다. 유명한 외과의사의 아들로 태어나 갖은 경험을 한 끝에 미대생이 된 마르셀의 이력을 모르는 아빠로서는 더더욱 그랬을 것이다. 나는 마르셀과 대화를 나눌 때 그가 엄마와 함께 시간에 대한 공부를 함께했다는 사실을 떠올렸다. 엄마는 아빠와 같은 시간관을 가졌기에 결국 마르셀과 헤어졌지만, 마르셀은 혼자 계속 시간에 대해서 고민하며 공부했다고 했다. 엄마처럼 그림을 그리기 위해서가 아니라, 살면서 겪게 될 문제들에 대한 답을 찾기 위해서 말이다. 삶의 기본 조건으로 주어지는 것이 자신이 태어난 공간과 시간이기 때문에 어쩔 수 없이 시간에 대해서 고민한다는 마르셀의 말과, 시간은 곧 돈이기 때문에 잘 관리하려고 고민한다는 아빠의 말이 내 머릿속에 나란히 놓였다. 순간, 아빠가 마르셀보다 훨씬 작아 보이는 것이 싫어서 고개를 가로저었다.

아빠는 모든 일이 기한 내에 끝날 것인지 신경을 곤두세웠다. 정확히 말하면 기한보다 일찍 끝낼수록 능력을 인정받는 셈이니 항상 빨리 끝내려고 노력했다. 다른 사람들이 여가를 즐길 때에도 여전히 할 일이 많다는 것을 자랑처럼 여겼다. 그만큼 자기가 중요해서 일이 몰리는 것이라며 퇴근 후에도 남은 일거리를 집까지 가져오곤 했다. 우리가 미국에서 살 때 잠깐 휴가를 내서 타고 오는 비행기 안에서 내내 시차적응 겸 컴퓨터로 일하는 것을 세련된 모습이라고 자랑하기도 했다. 심지어 미국에서는 한국의 현지시간을 감안하여 인터넷에 접속해 일을 처리하기도 했다.

한국에서 살 때도 아빠는 시간에 민감했다. 음식점에서는 너무 많이 기다릴 것 같으면 불평을 하거나 아예 다른 곳으로 자리를 옮겨 버렸다. 그래서 예약하지 않은 장소에는 아예 나가지 않는 것으로 시간 관리를 했다. 그렇게 관리에 철저한 아빠는, 내가 아빠와 휴일에 얼마나 놀고 싶어하는지 그 마음을 어루만져 주는 관리는 하지 못했다. 만약 당시에 내가 카이로스 신화를 알았다면, 나를 충격적인 모습의 카이로스 여신으로 번안한 그림을 그려서 아빠에게 줬을 것이다. 나의 열네 살은 다시 오지 않을 것이고, 그 열네 살로 아빠도 다시 돌아갈 수 없음을 일깨워 주기 위해.

그렇게 일 년이 흘렀다. 엄마가 병들어 한국에 돌아오자 아빠가 미래를 위한다며 최선을 다해 벌였던 사업은 고스란히 짐이 되어 병간호에 낼 시간조차 없게 만들었다. 병원을 지키는 것은 내 몫이 되었고 내 생활 리듬부터 단번에 조각났다. 내 마음처럼. 아빠가 커다란 손해를 보고 계약을 파기하며 일을 수습했지만, 아빠가 주도적으로 병수발을 들게 된 것은 그로부터 4개월 후 엄마의 병이 이미 급속도로 진행되어 손을 쓸 수 없게 된 다음이었다. 아빠는 그때나 지금이나 여러 위인의 말을 들어 가며 모름지기 시간은 효율적으로 쓰는 것이라고 열을 올리고 있다.

"벤저민 프랭클린이 말했지요. 시간은 우리에게 주어진 기회이므로 인생을 제대로 살기 위해서는 우리 스스로 시간을 만들어 나가는 방법을 배워야만 한다고 말이에요. 우리가 정말 인생을 사랑한다면 시간을 소중하게 여기게 될 것이라고도 했지요."

"그래서 플랭클린은 행복했나요?"

"그럼요. 그의 자서전은 그가 시간을 어떻게 사용해서 성공과 행복을 성취했는지 보여 주는 사례들로 가득 차 있습니다."

"그런데 왜 그의 자서전이 아니라 그 시대에 직접 그를 관찰한 다른 사람들의 책에서는 그의 성공과 행복을 부러워하는 내용이 없는 것이지요? 동시대 인물인 마크 트웨인은 『유쾌하게 사는 법(Helpful Hints for Good Living)』이라는 책에서 노골적으로 플랭크린을 조롱한 것으로 알고 있는데요."

아빠는 고개를 갸웃거렸다. 마르셀은 그 모습을 보며 목소리에 힘을 넣어서 말했다.

"플랭클린은 외교관으로 파리에 와서 살며 섬머타임을 최초로 제안해서 우리의 생활을 바꿨기에, 프랑스인들은 그에 대해서 비교적 잘 알고 있습니다."

아빠가 알지 못하는 내용이 나오면 아빠는 기가 확 죽었다. 모든 것을 알고 모든 것에 대비하지 않으면 큰일이 나는 것처럼 생각했고, 실제로 큰일이 난 것처럼 행동했다. 잠시 침묵 속에서 팽팽한 긴장이 돌았다. 시간이 갈수록 숨소리마저 잦아들었다. 그런데 이번에는 갑자기 아빠가 입을 열었다. 가만 있다가는 이런 식으로 말싸움이 계속 이어질 게 뻔했다.

"이제 그만하세요! 내일 백작도 만나야 하는데 이렇게 다투기만 할 거예요?"

두 사람은 입을 다물고 서로를 쏘아보았다. 두 사람 모두 내게 미안하다고 했지만, 정작 서로에게는 사과의 말을 건네지 않았다. 아이들 같은 두 사람의 모습에 화가 났다. 나는 두 사람을 놔두고 무작정 정원을 향해 뛰었다. 신발이 불편해서 아예 손에 들고 뛰었다. 정원에는 많은 사람들이 산책을 즐기고 있었다. 중간에 어떤 사람과 부딪혔지만, 나는 반사적으로 영어로 미안하다는 말을 성의 없이 남기며 뒤도 돌아보지 않고 정원 끝까지 달려갔다. 연못이 눈앞에 펼쳐졌다. 더 이상 갈 곳이 없었다. 연못 가의 조그만 방갈로들 한켠에 비어 있는 자리에 앉아서 가쁜 숨을 몰아쉬었다.

달은 고고하게 하늘에 떠 있었다. 마르셀의 말대로 백작에게 약속을 받아낸 것을 축하하면서 저 달을 보며 함께 웃을 수도 있었다. 아빠 때문에 그럴 기회를 망쳤다고 생각하니 속상했다. 또 그런 아빠를 쉴 새 없이 공격한 마르셀도 미웠다. 그리고 평소에는 미스터 상식맨으로 갖은 잘난 척을 하면서 마르셀에게 속수무책으로 당하는 아빠도 미웠다. 사람들은 모두 나를 위해서 열심히 엄마의 그림을 찾는 것을 도와주겠다고 하는데, 이제 엄마의 그림을 보게 될 일이 두렵게 된 나 자신도 미웠다. 달을 한 번 보고 눈을 감았다. 다시 한 번 보고 눈을 감고 그렇게 반복할수록 달이 흐릿해졌다. 내 뺨에 눈물이 흘렀다. 나는 두 손으로 뺨을 감싸고 고개를 숙였다. 그렇게 시간이 얼어버린 듯, 한 곳에 혼자 내버려진 듯한 기분으로 가만히 있었다. 그런데 내 어깨를 조심스럽게 만지는 손이 느껴졌다. 아빠인지, 마르셀인지 모르지만 아무도 보고 싶지도 않았다. 영어로 톡 쏘아붙였다.

"가요. 그냥 내버려둬요."

상대방의 머뭇거리는 기색이 느껴졌다. 그러나 상대방은 조심스럽게 말을 건넸다.

"그럴 수 없어요."

모르는 남자의 목소리였다. 나는 낯선 사람에게 우는 얼굴을 보이고 싶지 않았다. 그대로 고개를 숙인 채로 말했다.

"귀찮게 하지 말고 그냥 가세요. 제발."

"그럴 수 없어요."

나는 퉁명스럽게 물었다.

"왜요?"

"제 집에 오신 손님이 혼자 울고 계신데, 모른 척할 수 없지요."

나는 놀라 고개를 들어 상대방을 쳐다보았다. 젊은 남자였다. 갈색 머리카락이 달에 비쳐 비단처럼 윤기 있어 보였다.

"저는 이 집의 막내 아들인 해리입니다."

그는 조심스럽게 손수건을 건넸다. 손수건에는 이름의 알파벳 머리 글자와 가문의 문장이 수놓여 있었다. 손수건에서는 좋은 냄새가 났다. 남자는 나에게 도와줄 일이 있으면 말하라고 했다. 나는 그런 것은 없다며 고맙다고 했다. 그런데 왜 울고 있냐고 물었다. 말하자면 복잡하다고 하자 더 이상 물어보지 않겠다고 했다. 하지만 그는 내가 편안하게 웃는 모습을 꼭 봐야 자리를 뜰 수 있겠다고 말했다. 나는 억지 미소를 지었다. 아빠에게 강한 척하고 싶을 때마다 보였던 그 미소를. 남자는 내 미소를 찬찬히 보고 나서 진짜 미소가 보고 싶다고 말했다. 나는 속마음을 들킨 것 같아 나도 모르게 손으로 가슴을 감쌌다. 그 모습에 오히려 남자가 당황했다. 남자는 다시 조심스럽게 또박또박 말했다.

"진실한 미소를 보고 싶어요."

나는 다시 미소를 지었지만 여전히 부자연스러운 것은 어쩔 수 없었다. 그대로 고개를 숙였다. 남자가 부드럽게 말했다.

"기분 전환을 위해 함께 춤을 출까요?"

"저는 한 번도 이런 곳에서 춤을 춰 본 적이 없는데요?"

"그럼 지금부터 하면 되겠네요. 뭐든지 처음은 있는 법이니까."

"하지만 아무런 준비가 안 된 걸요."

"준비가 안 되었다고 하지 않는다면 새롭게 할 수 있는 일은 영원히 아무것도 없을 거예요."

"그래도 전 이런 분위기에, 이런 옷을 입고 추는 춤을 몰라요. 요즘 아이들 춤 말고는."

"잘 되었네요. 저는 그런 춤 빼고는 웬만큼 아니까, 서로 가르쳐 주기로 해요."

남자는 나에게 이름을 물어보았다. 규린이라고 말하자 예쁜 이름이라고 말해 주었다.

"아시아 사람들의 이름에는 뜻이 담겨 있다고 하던데 무슨 뜻이지요?"

"한자로는 은하수에 가까운 뜻이지만 아빠는 별마을이라는 한글을 먼저 생각하고 지은 이름이래요. 혼자 빛나지 말고 다른 별들과 함께 빛나서 많은 사람들도 밝게 비추라고요."

"참 멋진 아버님을 두셨군요. 규린의 이름에 비해 제 이름은 성의 없이 지어졌어요. 외할아버지의 이름을 그대로 물려받은 것이니까."

나는 그제야 내가 지금 백작의 아들과 이야기를 나누고 있다는 것을 깨달았다. 나는 귀족에게는 그 자제에게도 존칭을 써야 한다고 했던 엄마의 말을 떠올렸다. 그래서 말끝에 "유어 엑설런시(Your Excellency)."를 붙였더니 해리는 바로 손사래를 쳤다.

"그냥 편하게 해리라고 불러요. 저는 그게 더 편해요."

"하지만……."

"세상에서 가장 유명한 이름이잖아요. 편하게 불러요."

해리는 뜬금없이 내게 물었다.

"『해리 포터』를 읽은 적이 있나요?"

나는 책과 영화로 봤다고 했다. 해리는 해리 포터라는 인물을 어떻게 생각하느냐고 물었다. 나는, 처음에는 부모님이 없어서 많이 외롭고 힘들었지만 마법학교에 가면서 좋은 친구들을 사귀고 자신의 진가를 발휘하게 되면서 행복을 찾은 아이여서 부럽다고 말했다. 해리는 고개를 끄덕이며 내 이야기를 들었지만, 그의 쓸쓸한 미소를 보니 왠지 속마음을 숨기는 듯했다. 나는 해리에게 같은 질문을 던졌다. 해리는 미소를 지으며 자기도 나와 같이 생각한다고 했다. 나는 해리에게 말했다.

"그런 미소 말고 진짜 미소를 보고 싶어요. 솔직히 말해 주세요."

내 말에 잠시 얼어붙었던 해리는 정말 환한 미소를 지었다. 그리고 말했다.

"해리 포터는 아주 불쌍한 아이입니다. 마법학교에서 더 불행한 시간을 보냈지요. 남다른 노력도 들이지 않았는데 부모 덕분에 이미 유명해져서 어딜 가나 사람들의 관심을 받아요. 그런 아이의 입장에서 생각해 보세요. 사람들을 만나 자기를 소개할 때마다 숨이 턱턱 막혔을 거예요. 이름만 말해도 '네가 대단한 능력을 가진 바로 그 해리 포터냐?', '네가 우리를 지켜 줄 바로 그 사람이냐?'라고 호들갑을 떠니까요. 앞으로 뭐가 될지 스스로는 모르는데, 사람들은 모든 것이 다 정해진 것처럼 말하는 것에 무척 혼란스러웠을 거예요."

나는 소설 초반부의 해리 포터를 떠올렸다. 결과적으로 당당하게 변한 해리 포터 때문에 잊고 있었던 그의 불안한 모습이 새록새록 떠올랐다.

"다른 길이 있었다면 분명 도망치고 싶었겠지요. 하지만 그 명성을 스스로 증명할 때까지 결코 행복할 수 없는 숙명을 안고 태어났다는 것도 잘 알고 있었어요. 해리는 겸손하고 성실한 아이였지만, 자기를 싫어하는 사람들의 말처럼, 훌륭한 부모가 이룬 업적에 비해서 초라한 성과를 얻어 결국 아무것도 아닌 아이로 낙인찍힐까 봐 불안했지요. 그런 불안감은 꽤 오래도록 지속되었을 거예요. 전 그런 해리 포터를 동정합니다."

나는 해리를 쳐다보았다. 문득 그게 해리의 이야기일 수도 있겠구나 싶었다. 나도 해리를 동정했다. 소설 속 해리와 지금 나와 함께 있는 해리 모두.

해리는 밝은 조명이 있는 야외 무도회장으로 나를 안내했다. 젊은 사람과 나이 든 사람 모두 격식을 갖춰 춤을 추고 있었다. 영화에서 봤던 한 장면 속으로 들어간 기분이 들었다. 다리가 후들거렸다. 해리는 내 손을 잡고 자기 쪽으로 나를 더 당겨서 중심을 잡게 해주었다. 내 심장은 터질 것 같았다. 해리는 다른 사람들이 춤추는 모습을 가리키면서 규칙을 설명해 주었다. 춤은 같은 패턴이 반복되고 있었다. 나는 손으로 궤적을 그려 보였다. 해리는 고개를 끄덕였다. 그리고 나를 무리 속으로 이끌었다. 마치 처음 수영을 배울 때 물속에 들어가는 것처럼 나는 몸을 오르르 떨면서 그의 손에 이끌려 안으로 들어갔다. 나이 든 노부부도 출 수 있을 정도의 느린 왈츠여서 다행이었다. 해리의 발을 밟고 정강이를 걷어차기도 하면서 한 곡을 겨우 끝냈다. 해리에게 너무 미안하다는 말을 했다. 그러자 해리는 정강이를 감싸 쥐고 엄살을 부리며 내게 동양무술 유단자냐고 농담을 건넸다. 그리고 나에게 춤을 배울 차례에 복수를 해주겠다며 웃었다. 그러고는 약속대로 춤을 가르쳐 달라고 졸랐다.

　나는 무도회장 뒤편 조금 어두운 곳으로 가자고 했다. 드레스를 입고 요즘 유행하는 춤을 추게 되리라고는 꿈에도 생각하지 못했다. 해리는 팔짱을 끼고 내 시범을 기다리고 있었다. 나는 가장 자신이 있는 춤을 골랐다. 친구들과 수학여행 장기자랑 때 연습해 본 팝송의 안무여서 가장 몸에 익은 것이었다. 나는 속으로 '원 투 쓰리 포'를 외친 후 춤을 추기 시작했다. 해리가 손뼉으로 박자를 맞추며 노래를 부르기 시작했다. 춤을 추며 슬쩍 고개를 숙여 나를 보니 옷에 달린 주름 장식이 역동적으로 움직이면서 실제보다 더 잘 추는 것처럼 보였다.

　춤과 노래가 절정에 이른 순간, 갑자기 해리가 돌아가는 줄넘기 속으로 휙 뛰어들듯 내 옆으로 다가왔다. 이런 춤을 못 춘다는 건 거짓말이었다. 해리는 내 춤을 따라하고 있었다. 나도 모르게 몸이 멈추었고, 나는 해리의 춤을 구경하기 시작했다. 해리가 그랬던 것처럼 이번에는 내가 박수를 치며 리듬을 맞춰 주었다. 해리는 정해진 안무가 아니라 느껴지는 대로 춤을 추고 있다. 귀족은 다양한 예체능 활동을 기본적으로 배운다는 엄마와 마르셀의 말이 맞더라도, 해리의 춤 실력은 취미 수준을 넘어섰다. 그는 하고 싶은 말을 몸으로 표현하는 프로 춤꾼에 가까웠다. 나는 박수로 리듬을 맞추는 것도 잊어버렸다. 박자가 엉기자 해리는 여유 있게 춤을 마무리했다. 해리는 숨을 몰아쉬면서도 애써 미소를 지었다.

"내게 춤을 배울 때 복수하겠다는 것이 이거였군요? 전 다른 것을 상상했는데."

"상대방이 생각 못하는 의외의 일격을 가해야 그게 복수지요."

"귀족들은 다 이렇게 복수하는 법을 배우나요?"

나는 일부러 뽀로통한 표정을 지어 보였다. 해리는 껄껄 웃었다. 그리고 나에게 춤 말고 무엇을 또 잘하는지 물었다. 나는 잠시 뜸을 들였다가 대답했다.

"잘 그리지는 못하지만, 뭐든지 그리는 것을 좋아해요."

"잘 그려도 그림을 좋아하지는 않는 사람보다 훨씬 훌륭하네요. 그럼 언제 그림을 보여 줄 수 있나요? 전 그림을 못 그려서 잘 그리는 사람이 부러워요."

"이러고서 또 그림을 잘 그리는 모습을 보여 주는 것으로 복수하려고요?"

해리는 자기가 완전히 신뢰를 잃었다며, 이번에는 정말이라고 말했다. 해리는 생각하는 것을 모두 정지된 그림 속에 표현하는 일은 너무 어려운 일이라고 했다. 나는 그림 안에도 충분히 역동적인 이야기를 담을 수 있다고 말했다. 엄마가 좋아했던 카라바조의 그림을 예로 들기도 하고, 예전에 엄마에게 들었던 내용을 이야기하기도 했다.

"한 순간을 포착해서 그린 것 같지만, 카라바조의 그림 속 빛과 어둠을 각각 따로 보면 그 속에 서로 다른 시간이 흐르고 있다는 것을 알 수 있어요. 피카소가 여러 각도에서 본 사람의 얼굴을 하나로 합쳐서 입체적으로 표현한 것처럼, 카라바조는 자기가 표현하려는 주제와 관련된 여러 시간의 흐름을 빛과 어둠으로 나누어 처리했어요. 그래서 카라바조의 그림은 어느 곳을 집중해서 보느냐에 따라 다른 느낌을 주어요."

해리는 내 이야기를 잠자코 들었다. 한참 이야기를 했더니 목이 너무 말랐다. 해리는 무도회장 옆으로 나를 데리고 나왔다. 해리는 내게 샴페인을 권했다. 나는 나도 모르게 주변을 살폈다. 해리는 일행을 찾느냐고 물었다. 나는 머뭇거리다가 대답했다.

"아직 학생이어서 술을 마실 수 없어요."

내가 한국 나이를 말하자 해리는 고개를 갸웃거렸다. 해리에게 몇 살인지 묻자 18살이라고 대답했다. 영화 '해리 포터'의 주인공들이 몇 년 사이 훌쩍 성장해 버려 어른이 되었다고 느꼈던 것처럼, 해리는 나보다 고작 두 살이 많았지만 어른 같아 보였다. 어떻게 18살이 술을 마시느냐고 물었다. 벨기에나 네덜란드에서는 16살이 넘으면 술을 파는 카페에도 갈 수 있고 알코올이 든 술을 살 수도 있다고 했다. 해리는 나에게 샴페인 잔을 다시 권했다. 내가 계속 주변의 눈치를 살피자 해리는 부모님은 어디에 계시냐고 물었다. 나는 아빠와 마르셀과 함께 왔다고 대답했다. 그리고 몇 번 더 질문과 대답이 오고 가면서 해리는 지금까지 있었던 일을 모두 알게 되었다. 해리는 내 이야기를 귀기울여 듣고 무척 흥미로워했다. 특히 루첼로 백작의 편지에 관심을 보이면서 답을 찾으려고 머리를 쥐어짰다. 어찌나 골몰했는지 뚫어지게 지켜보는 내 시선도 감지하지 못했다. 그러더니 갑자기 표정을 바꾸며 물었다.

"아, 혹시 내게 무슨 말을 했나요?"

나는 아무 말도 하지 않았다고 했다. 해리는, 털어놓기 어려운 이야기를 해주었으니 자기의 비밀도 얘기해 주겠다며, 먼저 내게 아무에게도 말하지 않겠다는 약속을 받아냈다. 해리는 4남매의 막내였는데 백작이 재혼 후에 뒤늦게 얻은 아들이었다. 처음에 나이 차이가 많이 나서 다른 남매들과 잘 어울리지 못했는데 성장하면서 다른 문제들이 불거졌다.

"열여섯 살이 되면서 상속 지분 문제로 남매들과 사이가 어색해졌어요. 이런 파티가 열릴 때면 난 더욱 혼자가 되었어요. 주로 아버지, 어머니, 나이 많은 형과 누나와 친분관계에 있는 사람들이 오기 때문이죠. 하릴없이 정원을 산책하던 중에 저 말고도 혼자 있는 사람을 발견했어요. 그런데 그 사람이 울고 있는 거예요. 그 모습을 보고 도저히 지나칠 수 없었어요."

그 말을 듣자 나는 왠지 해리와 운명적으로 만나게 된 것 같았다. 해리의 이야기에 빠진 사이 익숙한 목소리가 뒤에서 들려왔다. 아빠는 한국어로 엄하게 말했다.

"너 여기서 뭐하니?"

해리가 경계의 눈빛으로 아빠를 쳐다보았다. 나는 멋쩍은 표정을 지으며 아빠에게 미안하다고 말했다. 아빠는 한참 동안 걱정하며 찾았는데 웃음을 지으며 낯선 남자와 수다를 떨고 있던 내 모습을 보고 황망한 표정을 감추지 못했다. 아빠는 거친 숨을 몰아쉬면서 마르셀에게 문자를 보냈다. 마르셀은 바로 아빠에게 전화를 했다. 아빠는 내게 아예 전화를 바꿔 주었다. 나는 마르셀에게도 미안하다고 말했다. 마르셀은 자기야말로 미안하다며 전화를 끊었다. 아빠는 나와 해리를 곱지 않은 시선으로 쳐다보았다. 해리는 아빠와 나를 번갈아 보면서 곤란한 표정을 지었다.

잠시 후 마르셀이 나타났다. 마르셀과 아빠는 방금 전 다툰 사람들답지 않게 나를 찾아 헤매며 고생한 이야기를 사이좋게 주고받았다. 그리고 태연하게 서 있는 나를 보면서 둘은 약속이라도 한 것처럼 헛헛 웃음을 지었다. 나는 그 틈을 노려 마르셀과 아빠의 사이로 들어가 팔짱을 끼었다. 그리고 해리에게 두 분을 소개했다. 마르셀과 아빠는 해리가 백작의 아들이라는 사실에 깜짝 놀랐다. 우리 네 사람은 자연스럽게 이런저런 대화를 나누기 시작했다. 잠시 후 마르셀이 내 눈치를 살피더니 아빠와 따로 더 할 이야기가 있다며 해리에게 나를 부탁했다. 아빠는 10시에 분수대 앞에서 보자고 했다. 나는 해리와 이야기를 더 나누게 되어 기뻤다. 우리는 허물없이 편하게 이야기를 이어 갔다.

10시가 되어 분수대 앞에서 아빠와 마르셀을 다시 만났다. 이제 해리와 헤어질 때가 된 것이다. 문득 해리가 달을 바라보았다. 그게 무슨 신호라도 된 듯 나머지 세 사람도 달을 올려다보았다. 서로에게 작별을 고해야 하는 아쉬움을 그렇게 달래려는 듯했다. 해리를 남겨둔 채 우리는 차에 올라탔다. 아빠가 오늘 어땠냐고 물었다.

"좋았어요."

"그 애와는 무슨 이야기를 나눴니?"

해리와 정말 많은 이야기를 나눴는데, 막상 선명하게 기억이 나는 건 하나도 없었다. 그래서 나는 이렇게 대답할 수밖에 없었다.

"그냥 이런저런 이야기."

"이런저런 이야기라고?"

"친구들과 수다를 떠는 것과 같은 이야기이지 뭐."

아빠가 꼬치꼬치 캐물을까 봐 살짝 신경이 곤두섰지만 이내 마음이 풀렸다. 해리와 나눈 이야기들이 실타래가 풀리듯 술술 생각이 났기 때문이다. 다른 사람에게 옮기면 의미 없이 들릴 법한 시시콜콜한 이야기들. 그렇지만 나에게는 하나도 빠짐없이 모두 소중했다. 비밀을 나누고 마음을 나눈 이야기들이었으니까. 나는 호텔 방에 누워 침대 시트를 얼굴까지 덮고 자는 척하며 나만의 세계에 빠져들었다. 오늘 있었던 일, 벌어졌으면 좋았을 일, 했던 말, 했으면 좋았을 말 따위를 죄다 생각하느라 늦게 잠이 들어 버렸다.

공작새를 찾아서

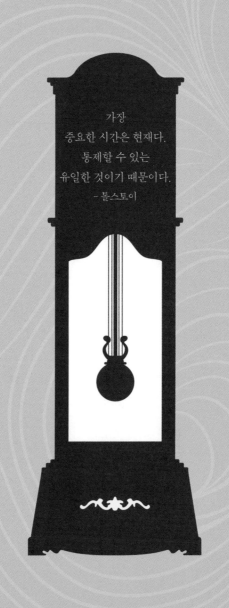

가장
중요한 시간은 현재다.
통제할 수 있는
유일한 것이기 때문이다.
- 톨스토이

아빠는 나를 조심스럽게 깨웠다. 몸이 천근만근이었다. 대충 모자를 눌러 쓰고 통통 부은 발을 질질 끌면서 엘리베이터를 타고 2층에 있는 뷔페식 식당으로 내려갔다. 마르셀은 벌써 자리에 앉아 있었다. 내가 움직이는 것이 부자연스러울 정도로 아파하자 아빠가 대신 음식을 담아 오겠다며 자리에서 일어났다. 나는 마르셀에게 해리에 대해서 물었다. 마르셀은 해리에 대해서 아는 것이 없었다. 하지만 해리의 친엄마인 백작 부인에 대해서는 알고 있었다.

"한마디로 야망이 대단한 여자라고들 하지."

마르셀은 부인이 가문도 좋고 미모도 갖춘 여성이라고 했다. 부인은 초혼임에도 나이 차이가 많이 나는 백작을 선택했다. 그런 까닭에 부인을 두고 입방아를 찧는 사람이 많다고 했다. 마르셀은 부인이 여러 협회와 재단을 통해 다양한 대외활동을 한다는 사실도 말해 주었다. 이야기를 들으면서 야망에 찬 백작 부인을 상상해 보고, 어제 본 해리의 모습도 떠올려 보았다. 하지만 모자 사이에서 공통점을 찾을 수는 없었다. 두 사람은 닮은 구석이 없는 것일까? 대단한 엄마의 빛에 가려 아들은 외롭고 초라해 보였다. 그래도 어린 해리는 엄마의 손을 어떻게든 잡아 보려고 했을 테지. 그런데 손을 내밀다 서늘한 바람만 쥐게 된 아이. 나는 거기서 어릴 적 내 모습도 발견했다. 부모님은 더 나은 미래를 향해 내달리고, 나는 손을 내민 채 현재에 내팽개쳐져 있었다. 사람은 누군가와 공통점을 발견할 때 급속히 가까워지는 걸까?

아빠는 양 손에 들린 쟁반 중 하나를 내 앞에 놓았다. 나는 스크램블드에그를 한 스푼 입에 넣고 계속 오물거리다가 주스를 한 모금 들이켰다. 다른 음식을 끼적거리다가 머리가 복잡해서 자리에서 일어났다. 아빠는 뒤에서 잔소리를 했지만 나는 입맛이 없다고 말하고는 그대로 방으로 돌아왔다. 나는 침대에 벌렁 누워 다리를 올려놓았다. 밤새 높은 구두를 신어 부은 발은 내 발 같지가 않았다. 아니 내 모든 것이 하루 사이에 많이 달라진 기분이 들었다. 해리를 생각하면 따뜻하면서도 간질거리면서도 묵직하면서도 계속 줄달음치려 하는 것이 가슴 한가운데서 온몸으로 뻗쳐나갔다. 시간이 갈수록 그 느낌은 강하게 너울거렸다. 처음 느껴 보는 감정이었다.

방에 돌아온 아빠는 내게 아직도 화가 났느냐고 물었다. 나는 아니라고 했다. 사실이었다. 모든 것을 알아야 하고, 모든 것을 통제하고, 모든 것에 대비하려 하는 아빠를 대하는 것이 요 며칠 사이 더 불편하게 느껴지기는 했다. 하지만 그것은 분노와는 다른 감정이었다. 안타까움에 더 가까웠다. 계속 채근하는 아빠에게 나는 피곤해서 그런 것이라며 둘러댔다. 아빠는 내 다리를 보더니 바지에 운동화를 신고 가라고 했다. 나는 내 모습을 머릿속으로 그려 보았다. 어제 입은 드레스 차림과는 너무 다른 모습이었다. 나는 청바지 입고 백작을 만나면 예의가 아닐 것이라며 스커트를 입고 차 안에서 구두로 갈아 신겠다고 말했다. 말은 이렇게 했지만 나는 백작이 아니라, 해리를 다시 볼 수 있다는 것에 더 신경이 쓰였다.

나는 한참동안 뜨거운 물로 샤워를 했다. 굳었던 몸이 조금은 풀리는 것 같았다. 다음 차례로 아빠가 씻는 사이에 옷을 갈아입고 로비에 내려와 화장을 했다. 한국에 있을 때에도 다른 친구들처럼 아빠 몰래 하던 옅은 화장을 용기를 내서 약간 진하게 해보았다. 마르셀이 로비로 내려왔다. 마르셀은 내게 멋져 보인다고 말해 주었다. 힘이 났다. 문득 나는 아빠가 마르셀과 같은 부분이 많았으면 좋겠다는 생각을 했다. 근면하고 능력 있고 딸의 휴대전화 사용료까지 챙기는 알뜰하고 경제적인 사람보다는 여유롭고 낭만적인 사람. 만약 아빠가 그랬다면 엄마는 애초에 아빠를 선택했을까? 엄마는 마르셀이 아니라 아빠를 선택했다. 국제결혼은 아예 생각도 하지 않은 외할머니는 가장 좋은 조건의 사윗감을 직접 골라 선을 보게 해서 내가 태어나게 되었다는 것을 자랑처럼 말씀하셨다.

엄마와 아빠는 성격도 잘 맞았다. 미래를 위해서 열심히 사는 것도 똑같았다. 다른 것이 있다면 아빠는 많은 가능성을 생각하면서 미래를 준비했고, 엄마는 한 가지만 생각하며 앞으로 돌진했다는 것이다. 나는 그런 엄마와 아빠가 항상 서로의 생각대로 내 시간을 좌우하는 것이 싫었다. 그러나 결국 따라야만 하는 것도 알고 있었다. 엄마의 결정에 따라 미국으로 가고, 한국에 남고, 지금은 아빠의 결정으로 유럽에 오게 되었다. 만약 내가 미국에 가기 싫다고 그랬다면, 내가 엄마와 떨어지기 싫다며 유럽에 같이 왔다면, 어떻게 되었을까 궁금해졌다. 그 궁금한 시간이 어쩌면 나이가 든 마르셀이 말하는 '가지 않은 길' 일까? 그리고 한창 자라고 있는 나에게는 앞으로 '갈 수도 있는 길'이 더 많아지지 않을까? 내가 그 길을 간다면? 그러면 내가 가야 했던 길은 갈 수도 있었던 길이 되고, 언젠가 가지 않은 길이 되어 여전히 아쉬움을 남기게 될까?

　내가 이런 생각에 빠져 있는 사이에 아빠가 짐을 챙겨서 내려왔다. 아빠는 내 얼굴을 쳐다보며 화장을 했느냐고 물었다. 나는 얼굴이 부어서 보기 흉해 비비크림만 좀 발랐다고 말했다. 아빠는 무심코 고개를 끄덕이며 밖으로 나갔다. 아빠의 잔소리를 기대하고 있었는데 무사히 넘어가서 다행이었다. 헬몬트 백작의 저택을 향하는 차 안에서 나는 마음속 두 목소리를 번갈아 들었다. 마르셀과 비교하면서 아빠를 원망하는 목소리와 그런 아빠를 이해해 보려는 목소리. 두 목소리가 벌이는 싸움의 결판이 나지 않은 채 저택에 도착했다. 어젯밤 사람들로 분주했던 공간은 전혀 다른 모습으로 변해 있었다. 자연광을 받고 서 있는 건물은 어둠 속에서 조명을 받을 때보다 작아 보였다. 대신 정원은 다채로운 꽃들이 내뿜는 색으로 밤보다 더 아름답게 빛나고 있었다. 현관에 집사가 나와서 우리를 맞이했다. 우리는 백작의 서재로 안내를 받았다. 백작의 서재에는 책도 많았지만 진귀한 해상시계와 지도가 눈길을 잡아끌었다. 백작은 반갑게 우리를 맞았다. 해리는 없었다. 조금 실망하며 자리에 앉았다. 백작은 하인들이 내다준 다과를 권하며 편지를 건네받아 나지막하게 읽기 시작했다. 이따금 자신의 생각을 섞기도 했다.

"루첼로에게, 새해를 잘 맞이하고 계신지요? 지난번 충고는 매우 유용하였습니다. 여기에서 우리는 루첼로가 이 편지를 보낸 사람에게 어떤 도움을 주었다는 것을 알 수 있지요. 그리고 다음 내용을 보면…… 나폴리에 잠시 머물던 우리의 공작새라는 말이 나오는데 '우리'라는 말에서 한 패로 일을 벌이는 사람임을 알 수 있습니다. 그렇다면 나폴리에 있던 공작새는 누구일까요?"

아빠는 편지에 가장 많이 등장하는 것이 공작새라면서 그것을 알면 수수께끼를 풀 수 있다고 했다. 백작은 빙글빙글 웃으며 말했다.

"서양 회화에 숨겨진 상징의 비밀을 밝히는 도상학에도 정통한 마르셀이 설마 공작새가 뜻하는 바를 몰라서 여러분을 여기까지 모시고 오지는 않았을 텐데요?"

마르셀은 예의바른 몸짓으로 고개를 약간 숙였다가 올린 다음 눈빛을 반짝거리며 대답했다.

"공작새는 그리스 신화에 나오는 제우스의 아내, 헤라 여신의 상징이지요. 회화에서 공작새는 영원한 생명력, 젊음과 아름다움, 부귀와 명예, 이상적인 여성, 뛰어난 작품, 재물 등을 상징할 때 씁니다. 저는 공작새가 그런 일반적인 상징이 아니라 이 편지에서는 어떤 구체적인 인물을 뜻한다고 생각합니다. 특히 편지를 보면 플랑드르의 삼나무 숲이라고 했으니 그 인물은 백작님 가문과 관련이 되겠지요. 대대로 교역이 활발해 보석상도 많았던 안트베르펜을 떠올리게 하는 보석함이라는 표현도 들어가 있습니다. 그래서 당시 백작님의 가문과 깊은 관련이 있던 다른 나라 왕족의 여성이 바로 공작새일 거라고 추측했습니다."

"그래, 그렇다면 자네가 생각하는 그 주인공은 누구이지?"

"저는 모릅니다. 역사책에는 그런 것까지 나와 있지 않았습니다. 대대로 내려오는 가문의 비밀까지 가장 많이 알고 계시는 백작님이라면 추리가 가능하리라고 판단해서 찾아뵙게 된 것이랍니다."

"우리 가문의 역사가 얼마인데, 그런 이야기까지 내가 알고 있겠는가? 시시콜콜한 이야기까지 다 전설로 이어져 책으로 냈다면 아마 벨기에 전체를 꽉꽉 채우고도 남았을 것이네. 우리 가문에 머물렀던 손님이나 서신을 왕래하던 분들의 목록이 기록되어 전한다면 자네들의 궁금증을 확실히 해결할 수 있겠지. 하지만 그런 게 남아 있을 리 없지 않는가?"

"그것이 만약 왕족과 혼인을 뜻하는 것이라면 가문의 족보에 남아 있으리라 생각했습니다. 1582년 즈음에 결혼한 분이 있다면요."

백작은 호탕한 웃음을 지으며 말했다.

"하하하. 루첼로 백작이 이래서 당신들을 내게 보낸 것이야. 혹시 공작새가 당시 영국 왕의 심복이었던 먼로 공작의 상징이라는 얘기도 하던가? 영국, 플랑드르, 이탈리아의 세 가문이 각각 서로를 도와 왕이 되기로 했다는 말도 안 되는 말을 했겠군. 그리고 먼로 공작과 우리 가문이 작당해서 배신을 했다고도 하던가? 공작새가 우리 가문의 상징인 삼나무와 함께 어우러져 있어 움직일 수 없는 증거라고 여기겠지만 어떤 바보가 이렇게 다 표시 나게 편지에다 쓰겠나?"

마르셀은 절대로 루첼로 백작의 사주를 받아서 온 것은 아니라고 말했다. 백작은 차갑게 웃음을 거두며 그것은 자기도 알고 있다고 했다.

"루첼로 백작은 이미 승부가 끝난 체스를 다른 말을 동원해서 다시 두려고 하고 있어. 자네들처럼 사정을 모르는 사람들을 이용해서 빼앗긴 나폴리 성을 되찾을 아이디어를 얻으려고 머리를 쓰는 것이라고."

아빠는 그게 무슨 말이냐고 백작에게 물었다.

"루첼로 가문은 대대로 자기들의 성을 잃어버린 것이 우리 가문 때문이라며 귀족 사회에 헛소문을 퍼뜨렸어. 루첼로 백작의 아버지는 소송을 걸기까지 했지. 수백 년 전부터 현재까지 남겨진 갖가지 문서를 증거로 제시했는데, 이 편지의 원본도 그중 하나였어. 이미 법정에서 우리 가문이 이탈리아 귀족과 왕족을 움직여 나폴리 성을 강탈하는 모임에 참가한 혐의가 없다고 판명이 났어. 우리는 활발하게 해상업을 한 집안이지만 그때나 지금이나 나폴리 지역 이권을 하나도 받은 것이 없다고. 오해받을 행동은 아예 하지도 않았다는 사실을 알고 있으면서도 계속 문제를 일으키려는 것을 보면 루첼로 백작은 그냥 고집쟁이가 아니라 정신이 이상한 사람인 것 같아. 우리야말로 불미스러운 일에 명예가 더럽혀진 피해자라고."

백작은 황금 박차의 전투(the Battle of the Golden Spurs)부터 이야기를 시작했다. 마르셀의 말대로 귀족은 과거에 대한 집착이 대단해서 웬만한 역사가보다 더 세밀하게 과거를 기억하고 있는 듯했다. 백작의 말에 따르면 기 드 당피에르(Gui de Dampierre) 백작이 통치하던 1300년에는 수공업자들이 프랑스 왕가의 간섭에 맞서 반란을 일으킬 정도로 플랑드르의 힘이 강했다. 당피에르 백작 편에 가담한 수공업자와 노동자들은 백작령의 상징인 사자 휘장 아래 모였으므로 사자갈퀴파로 불렸다. 그래서 검은 사자 문양은 지금도 플랑드르의 상징이다. 한편 당시 프랑스 편에 가담해서 프랑스 왕가의 상징인 백합 휘장 아래 결집한 플랑드르의 도시 귀족과 부유한 상인들이 있었는데 그들은 백합파라고 불렸다.

"현재 벨기에 남부의 왈롱 지방은 프랑스의 전통적인 상징인 붉은 수탉을 사용하는 등 프랑스와의 유대를 한껏 자랑하고 있지만, 우리 가문은 삼나무 상징을 계속 고집하는 것만 봐도 얼마나 중립 노선을 지키기 위해 노력하고 있는지 알 수 있을 것이야. 우습게도 중립을 지키다 보니 양편 모두에게서 갖은 오해와 모함을 받게 되었지. 강하고 풍요로웠던 플랑드르가 내리막길을 걷기 시작한 건 영국과 프랑스 사이의 백년전쟁에 휘말리고 흑사병이 휩쓸면서였어. 수단을 가리지 않고 플랑드르의 영유권을 차지하려는 군주와 국가들에 의해 몇 년 사이에 친구와 적이 계속 바뀌는 복잡한 역사가 시작되었지."

백작은 벨기에의 부르고뉴(Bourgogne) 공작 가문의 상속녀들이 다른 왕족, 귀족들과 결혼을 하게 됨에 따라 복잡해지기 시작한 벨기에의 역사를 이야기해 주었다. 이런 경우에도 사랑에는 국경이 없는 셈이다. 국경을 뛰어넘어 음모를 꾸미고 결탁하는 귀족과 왕족의 이야기는 듣기만 해도 머리가 어지러울 정도였다.

"그런데 1582년이면, 카를 5세의 통치가 1555년으로 끝나고 에스파냐가 벨기에를 통치하기 시작한 지도 30년이나 지난 시점이었지.

그리고 1713년까지 에스파냐가 통치를 지속했을 만큼 권력이 확고하던 때여서 중립을 지키던 우리 가문도 새삼스럽게 음모에 휘말릴 일이 없었다네. 그런데도 루첼로 가문은 우리 가문을 가만 놔두지 않았어. 루첼로 가문이 영국의 앞잡이가 되어서 은밀하게 이탈리아 공국을 멸망시키려 했다는 누명을 씌운 배후세력으로, 우리 가문을 지목한 것이지. 글쎄, 얼토당토않게 우리 가문을 기회주의자로 몰아가지 않았겠나."

마르셀은 잠시 주저를 하다가 입을 열었다.

"하지만 백작님, 이 편지가 오간 시점보다 1년 전인 1581년은 플랑드르 북부가 네덜란드로 독립하고, 남부는 오스트리아가 통치하며 떨어져 나가기 시작한 때이기도 합니다. 에스파냐의 통치는 그 후로도 계속되기는 했지만, 플랑드르 자체만 놓고 보면 오히려 긴박한 순간이 많았던 시기가 아닌가요?"

1580년대에 대해서 백작과 마르셀은 많은 이야기를 했다. 아빠는 내게 한국말로 귓속말을 했다.

"그때는 조선이 나라를 잃었을 때나 광복 이후의 한반도처럼 아주 복잡해서, 외세를 등에 업고 사리사욕을 챙기려는 자들의 비밀스러운 거래도 활발했을 거야. 외국은 또 그들대로 잇속을 챙기려고 앞뒤 안 가리고 음모를 꾸몄을 것이고."

내가 이해하기에 너무 복잡한 이야기이기도 했지만 이해하고 싶지도 않았다. 머리를 깨끗이 비우고 숫제 백작의 얼굴만 쳐다보고 있자니 이상한 점이 눈에 띄기 시작했다. 헬몬트 백작이 우리를 맞이하는 태도가 호의적이어서 루첼로 백작과는 달리 처음부터 호감이 느껴졌다. 그래서 그의 말도 믿을 만하겠거니 여기던 참이었다. 그런데 그의 눈동자가 너무 빨리 움직이는 데다가, 마르셀이 질문을 던지자 크게 요동치기까지 하는 모습을 보자, 백작이 뭔가를 숨기고 있다는 생각이 들었다. 내가 저 모습을 그림으로 그렸다면 백작은 꿍꿍이가 가득한 노인이 되었을 것이다.

우리가 귓속말하는 모습을 본 백작은 자리를 박차고 일어났다.

"그래, 당신들은 족보를 모조리 보여 줘야만 내 말을 믿겠는가? 여기 꼬마 아가씨의 딱한 사연을 듣고 선의로 도와주려 한 나를 오히려 곤란하게 만들어야 직성이 풀리겠나?"

백작의 기세에 눌려 아빠와 나는 어쩔 줄 몰라 잠자코 있었다. 귀족을 상대한 경험이 많은 마르셀만 재빨리 정중하게 사과를 하고는 이어서 간청을 했다.

"항상 한없이 넓은 마음으로 사람들을 헤아리는 분답게 오해 없이 도와주십시오."

백작의 큰 소리에 집사가 들어왔다. 백작은 집사에게 무엇을 지시했다. 마르셀은 백작이 1500년대의 족보를 가져오라고 했다고 나지막하게 말했다. 집사가 가져온 오래된 족보는 보기만 해도 계속 재채기가 나와서 나는 가까이 가지 못했다. 아빠와 마르셀은 집사가 가져온 장갑을 끼고 백작이 가리키는 부분을 펼쳐 내용을 살폈다. 1583년 앞뒤로 5년간 혼인을 한 사람은 상속자가 아니었으며 상대방은 왕족도 아니었다. 헬몬트 백작은 족보를 확인하고 스스로도 안심하는 기색이었다. 그리고 쐐기를 박듯 한마디 덧붙였다. 이 편지 때문에 자신의 가문도 위기를 겪었지만 그동안 대내외적으로 행한 선행 덕분에 위기를 모면할 수 있었다고. 오히려 그렇지 못한 루첼로 가문의 부덕함을 은근히 꼬집는 말이었다. 백작은 짐짓 헛기침을 크게 했다. 아빠는 백작에게 조심스럽게 물었다.

"그렇다면 백작님은 이 편지의 내용이 무엇이라고 생각하시는지요?"

백작은 편지를 집어던졌다.

"진실이라고는 한 글자도 적혀 있지 않은 편지지. 이것은 내 명예와 목숨을 걸고 말하는 것이라네."

마르셀은 그렇다면 누가 이런 편지를 작성한 것 같냐고 물었다. 백작은 루첼로 가문과 자신의 가문을 이간질시켜 이득을 볼 수 있는 당시 여러 유럽 가문 중의 하나일 것이라고 말했다. 하지만 당시에 권력 다툼을 하던 가문들이 너무 많아서 어떤 가문을 지목하는 건 불가능하다고 했다. 아빠가 더 따져 물었지만 백작은 입을 닫았다. 백작은 시계를 보고 일어나며 말했다.

"내가 말해 줄 수 있는 것은 이 편지는 확실한 가짜라는 것이야. 그게 진실이네."

나는 어제 백작이 흔쾌히 약속을 한 것은 파티에 참석한 사람들의 이목 때문이라는 것을 그제야 알아챘다. 그는 내가 엄마의 그림을 찾는 데는 관심이 없었다. 체면이나 생각하는 겉과 속이 다른 사람이라는 생각에 역겨웠다. 그런 사람이 해리의 아빠라는 것이 믿기지 않았다. 자기와 다른 아빠에게 해리는 얼마나 상처를 받을까? 집사의 안내를 받으며 저택을 나올 때까지 혹시나 싶어 둘러보았지만 해리는 보이지 않았다. 백작과의 약속 시간을 분명히 내가 알려주었고, 함께 보자고 약속했던 해리의 표정까지 다 기억이 났다.

'좋은 느낌은 나만의 착각이었을까? 하긴 뭐가 부족해서 해리가 나를 특별히 생각하겠어?'

우리의 만남이 필연이라고 잠시나마 생각했던 마음은 파도 앞의 모래성처럼 부서져 내렸다. 나는 터벅터벅 아빠와 마르셀의 뒤를 따랐다. 마르셀이 수소문해서 미리 인터뷰 일정을 잡은 지역 역사가들도 별 도움이 되지 못했다. 저녁에 호텔로 돌아와서 우리는 플랑드르에서 더 단서를 찾을지를 상의했다. 이미 약속한 날이 3일밖에 남아 있지 않았다. 더 낭비할 시간이 없다고 판단한 아빠는 마지막 희망을 갖고 베네치아로 떠나는 것이 좋겠다고 했다. 마르셀도 동의했다. 나도 딱히 다른 대안이 없으니 좋다고 말했다. 다음 날 아침 우리는 모두 무거운 발걸음으로 베네치아의 로베르니 남작을 만나기 위해 공항에 도착했다. 대형 모니터에서는 안트베르펜의 자랑인 다이아몬드 광고가 연신 반복해서 나왔다. "다이아몬드는 영원히"라는 글자 아래 서로 손을 잡고 있는 남녀 모습이 신경에 거슬렸다.

'정말 저 두 사람은 영원히 손을 마주 잡고 있을 수 있을까? 다이아몬드처럼 눈을 반짝이며 좋은 시간을 나눴던 기억도 그 사람과 사이가 좋을 때까지만 지속되는 것 아닌가. 그럼 결국 '다이아몬드만 영원히'네. 그래서 광고 문구를 '다이아몬드처럼 영원히'라고 쓰지 않은

것이겠지.'

나는 씁쓸하게 웃었다. 이륙하기 전 아빠는 플랑드르까지 왔지만 루첼로 백작이 싫어하는 헬몬트 백작이 이 문서가 가짜라고 한 증언 밖에 얻은 것이 없다며 언성을 높였다. 나는 맞장구칠 힘조차 없어 해초처럼 축 처졌다. 머리가 아파 비상약을 달라고 해서 먹었더니 졸음이 밀려왔다. 잠에서 깨자 베네치아였다. 비행기 안에서 깨어 있었다고 해도 뾰족한 수를 찾아냈을 것 같지도 않은데, 여기까지 오면서 잠으로 때워 버린 몇 시간이 아쉽기만 했다.

공항에서 간단하게 식사를 한 다음에 차를 달렸다. 베네치아 항구에 도착했더니 이번에는 수상택시를 타고 섬으로 들어가야 했다. 택시가 앞으로 나가면서 좌우에 이는 물보라가 투명한 유리창 안으로 넘어 들어올까 봐 신경이 쓰였다. 사진에서 볼 때는 물이 맑은 줄 알았는데 누렇고 탁한 데다 좋지 않은 냄새까지 풍겼다. 여러 섬을 잇는 다리 아래를 돌아 운하를 달려 수상 저택에 도착했다. 마르셀이 현관 벨을 누르자 어떤 사람이 나왔다. 그 사람은 우리에게 잠시 기다리라고 했다. 밖에서 본 남작의 집은 모든 것이 대리석이었다. 사자 동상과 바닥, 건물 벽 모두. 집 안으로 들어가자 루첼로 백작의 집과 비슷한 나무로 장식되어 있었다. 거실의 큰 탁자 끝에 할아버지 한 분이 서 있었다. 로베르니 남작이었다. 잘생기지는 않았지만, 온몸에서 풍기는 위엄에 우리는 압도당하고 있었다. 남작은 마르셀에게 반가움이 물씬 묻어나는 인사를 나눈 후, 점잖게 동양식으로 우리의 인사를 받았다.

"반가워요. 로베르니 남작이라고 합니다."

아빠와 나는 순서대로 각자 소개를 했다. 내 소개를 마치자 남작이 말했다.

"정말로 수지를 많이 닮았군요. 규린을 보니 마치 수지를 보는 듯 해요."

남작은 미소를 머금은 채 나를 내려다보았다. 그러다 뭔가 갑자기 생각났다는 듯 미소를 지으며 말했다.

"아, 저 그림도 수지가 그린 것이란다."

남작은 열두 개의 바퀴살을 가진 수레바퀴 그림을 가리켰다. 아빠가 말했다.

"칼라차크라군."

나는 아빠에게 물어보았다.

"칼라차크라가 뭐예요?"

아빠는 칼라차크라가 시간(kala)과 바퀴(chakra)가 합해진 말로 '영원한 시간의 수레바퀴'라는 뜻을 지니고 있다고 설명했다. 꼬리를 물고 있는 뱀, 우로보로스처럼 시간은 순환적이라는 동양의 관념을 상징한 그림인 것이다. 그 사이 마르셀은 아빠에게 건네받은 종이를 남작에게 보여 주며 여기에 온 이유를 설명했다. 그리고 헬몬트 백작의 반응도 전했다. 남작은 혀를 차며 말했다.

"또 똑같은 이야기. 시간이 언젠가는 진실을 드러내 준다고 하지만 이 편지에 대해서만큼은 아니야. 누가 사실을 말하는 것인지는 오직 신만이 아시겠지."

아빠는 남작에게 이 편지를 본 적이 있느냐고 물었다.

"내가 주선해서 10년 전쯤에 두 가문 간의 화해를 시도했던 적도 있었어. 맞아. 세상은 밀레니엄이라고 시끄럽고, 루첼로 백작이 예순 살이 되던 해였어. 나는 루첼로 가문의 대가 끊기게 되었으니 영영 돌이킬 수 없는 상황이 되기 전에 앙금은 없애고 떠나야 하지 않겠느냐고 두 가문을 설득했지. 그런데 힘겹게 만든 자리에서도 루첼로 백작은 이 편지를 헬몬트 백작에게 내보이면서 이제는 진실을 말하라고 다그쳤지. 그때 나도 이 편지의 존재를 알았다네. 신기한 것은 교류가 없었던 헬몬트 백작도 이 편지를 알고 있었다는 거야. 몇 십 년간 친구였던 나도 처음 봤는데 말이야."

나는 뭔가 중요한 비밀이 편지에 숨어 있을 것이라는 생각을 했다. 그 순간 아빠도 남작에게 질문을 했다.

"그랬군요. 그런데 왜 이 편지가 두 백작에게는 그렇게 중요한 거지요?"

"그때 오간 이야기를 통해 나도 알게 된 사실을 말해 주지. 자, 이 편지가 쓰인 때인 16세기 말 나폴리에서부터 이야기는 시작이 돼."

우리는 숨소리마저 죽이며 남작의 이야기를 들었다.

"당시 나폴리는 유럽에서 손꼽히는 항구 도시였어. 많은 배가 드나들었지. 그중에는 나폴리 관광에 나선 영국 귀족의 배도 있었고, 상선도 있었지. 영국 귀족들은 관광과 사업 때문에 나폴리에 드나들면서 이 도시의 풍요로움을 탐내게 되었어. 영국 왕도 이탈리아를 다녀온 귀족들의 말을 듣고 욕심이 생겼지. 하지만 당시 영국은 주로 프랑스와 대립하고 경쟁하느라, 적들이 즐비한 지중해를 가로질러 힘으로 나폴리를 뺏기는 힘들었어. 그래서 공주 중 하나를 나폴리 최대 영주였던 루첼로 가문과 결혼시키려 했지."

"이권을 노린 정략결혼이군요?"

정략결혼에서는 결혼 당사자의 삶이 어떻게 되건 개의치 않고 두 집안의 이득만 고려된다. 남작은 이야기를 계속했다.

"그러나 아쉬울 것이 없었던 루첼로 가문은 시큰둥하게 반응했지. 자존심이 상한 영국 왕은 복수를 꿈꿨어. 하지만 적들로 가득한 지중해를 가로질러 전쟁을 벌일 만큼 무모하진 않았어. 대신 음모를 꾸몄지."

남작의 목소리가 낮아졌다. 나도 모르게 몸을 앞으로 숙여 귀기울였다.

"공주와 결혼을 해주겠다는 약속을 하면 지참금으로 미리 시에나 성을 바치겠다고 루첼로 가문에게 비밀스러운 제안을 한 거야. 당시 시에나 성은 편지에 나온 것처럼 귀족들끼리 알력 싸움을 하느라 공중에 붕 뜬 상태였지. 르네상스의 중심지인 피렌체에서 멀지 않고 중세 최대 도시였던 시에나는 당시 권세를 자랑하고 싶었던 루첼로 가문이 탐낼 만한 곳이었어."

나는 내가 본 시에나의 매력을 떠올리며 저절로 고개가 끄덕여졌다.

"그게 문제였어. 루첼로 가문이 새로 생긴 별장에서 여유를 만끽하는 사이에, 나폴리와 로마를 중심으로 루첼로 가문이 시에나 성을 영국의 도움으로 차지했다는 소문이 떠돌기 시작했어. 소문은 눈덩이처럼 커져서 루첼로 가문이 영국의 앞잡이 노릇을 한 대가로 다른 성들까지 차지한 다음에는 결국 이탈리아 땅을 영국 귀족에게 나눠 주게 될 거라고 했지. 루첼로 가문의 경쟁자였던 소렌토로의 만치니 백작은 밀항한 영국인을 잡아 그로부터 루첼로 가문과 내통한 첩자라는 자백을 받아내기도 했어. 그제야 루첼로 가문은 영국의 음모에 걸려든 것임을 알아차렸어. 그렇지만 모든 것이 비밀리에 진행되어 자신의 주장이 사실이라는 걸 증명할 길이 없었지. 곧이어 나폴리 항의 운영 이권을 갖기 위해 달려든 유럽 귀족들에 의해 사건의 아귀가 맞춰지고 결국 루첼로 가문은 반역자로 몰려 나폴리 성을 빼앗기게 되었지. 그때 이 문서가 결정적인 역할을 했다고 해. 편지를 보게나."

남작은 다른 것은 모두 비유적인데 유독 지명만은 그대로 사용하여 귀족들이 흥분하도록 만든 것이라고 했다.

"당시 이탈리아 귀족들은 멀리 있는 영국의 말이 아니라 왕래가 잦은 프랑스어나 독일어를 주로 사용했어. 편지는 상대방을 배려해서 쓰는 법인데 당시에는 잘 쓰지 않던 영어로 쓰였다? 더구나 비밀리에 일을 진행하던 영국의 유명인사라면 자신이 드러나도록 이탈리아 백작에게 영어로 편지를 쓰고 거기다 영국식 날짜까지 적었겠는가? 굳이 언급하지 않아도 되는, 루첼로 가문과 친분이 깊은 가문의 상징까지 넣어서? 이상하지 않나? 음모를 꾸민 사람이 두 가문을 목표로 했다는 말이 되지."

나는 천천히 고개를 끄덕였다. 헬몬트 백작이 자신도 피해자라고 한 말이 이제야 이해가 되었다. 남작은 우리를 한번 죽 훑어본 다음, 지금까지와는 다른 음색으로 말하기 시작했다.

"그런데 루첼로 백작의 이야기는 달라. 당시 플랑드르는 루벤스가 이탈리아에서 회화를 배워 갔을 정도로 이탈리아와 문화적으로나 경제적으로 많은 교류를 했어. 그 교류의 핵심적인 역할을 바로 루첼로 가문과 헬몬트 가문이 했지. 그런데 헬몬트 가문은 루첼로 가문처럼 성을 빼앗기거나 어떤 제재를 받지 않았어. 두 가문이 누명을 썼다고 똑같이 주장했는데 한 가문은 계속 자기 영지에서 승승장구하고, 다른 가문은 시칠리아로 쫓겨 갔다가 수백 년 후에야 겨우 별장 하나만 지킬 수 있었다면 이상하지 않겠나? 더구나 그 가문이 치명적인 결과를 불러온 제안을 받아들이라고 부추긴 친구였다면 말이야."

아빠는 자리에서 일어나 거실을 걸으면서 생각했다. 아이디어를 찾으려고 할 때 아빠가 취하는 행동이다. 그와 다르게 마르셀은 턱을 괴고 앉아 조용히 생각에 잠겼다. 나는 팔짱을 끼고 천장을 올려다보며 편지에 숨은 진실이 무엇일지 생각했다. 헬몬트 백작의 이야기를 들으면 그 말이 맞는 것 같은데, 루첼로 백작의 이야기를 들으면 뭔가 이상한 점이 많았다. 너무 친해서 비밀을 나눴는데, 그것 때문에 더 믿지 못하는 사이가 되었다는 것이 유일한 공통점이었다. 당시 사람들이 살아서 돌아와 솔직하게 이야기해 주지 않는 한 진실은 영영 알 수 없을 것 같았다. 그런데 마르셀이 침묵을 깼다.

"헬몬트 백작은 나폴리에 진출하지 않았지만 자기 사업권은 아주 잘 지켰잖아요? 어제 들은 얘기대로라면 네덜란드, 에스파냐와 더 긴밀히 교류하게 되었어요. 나중에 영국과 전쟁을 벌이기도 했던 그 두 나라와 적극적으로 교류를 했는데도 영국이 간섭하지 않았던 데는, 이미 헬몬트 가문과 영국이 밀약을 맺었기 때문은 아닐까요?"

"그게 바로 루첼로 백작이 주장하는 내용이라네. 플랑드르 아래를 포기하는 대신 주변을 더 공고히 할 수 있는 밀약을 체결했다는 거야."

"정말 그랬다면 헬몬트 백작은 과거가 부끄러워서가 아니라 비밀을 끝까지 간직하는 것이 유리하기 때문에 절대로 진실을 말하지 않을 것입니다."

나는 잠자코 생각했다. 헬몬트 백작 가문이 정말 영국과 밀약을 맺었거나 음모를 꾸몄다면 오히려 영국의 간섭은 신경 쓰지 않고 다른 나라들과 자유롭게 교류를 할 수도 있었을 거라는 데 생각이 미쳤다. 어제 백작이 다양한 나라와 교류를 하면서 중립을 지킨 자신의 가문을 자랑했던 사실도 떠올랐다. 그처럼 많은 음모와 밀약 덕분에 가문을 유지했던 게 사실이라면 헬몬트 가문 역시 역겹기는 마찬가지였다. 이때까지 생각에 잠겼던 아빠가 끼어들었다.

"일을 같이 꾸몄다면 헬몬트 가문이 굳이 위험을 자초하게 자기 가문의 문장을 드러냈을까요?"

"루첼로 백작이 헬몬트 가문을 간악하다고까지 말하는 게 바로 그 때문이라네. 위험이 있어 보이도록 만든 것 자체가 고도의 은폐 전략이었다는 것이지. 실질적으로 헬몬트 가문이 손해를 본 것은 조금도 없고 말이야."

"대단한 부와 명성을 소유한 헬몬트 가문이 굳이 그렇게까지 할 필요가 있었을까요?"

아빠의 질문에 남작이 대답을 하기 전에 마르셀이 말했다.

"사람의 욕심이란 한계가 없으니까요. 귀족이 가난해서 열심히 사업을 하는 것은 아닙니다. 더 많이, 더 크게, 더 오래 특권을 누려야 하는 것이지요. 시시각각 변했던 플랑드르 정세의 특성상 영원한 적도, 영원한 친구도 없다는 것을 누구보다도 잘 알고 있던 헬몬트 가문이었으니, 자기 가문의 발전을 위해서는 사람의 마음보다 더 확실한 보장이 필요하다고 생각했을 것입니다. 그래서 가장 좋은 먹이감을 적들에게 바치는 대신에 가문의 이익을 보장받았을 수도 있지요."

남작은 불편한 표정으로 헛기침을 크게 했다. 마르셀은 깜짝 놀라며 남작에게 재빨리 사과했다.

"모든 귀족이 그렇다는 것은 절대 아닙니다. 일부 귀족들이 그렇다는 것이지요. 남작님이 정말 그런 분이라면 제가 감히 면전에서 이렇게 말할 수 있겠습니까? 그리고 어떻게 남작님과 백작님이 후원해 주시는 돈을 받아서 미술품 보존 사업을 감히 진행할 수 있겠습니까?"

남작은 물색없는 미소를 지으며 말했다.

"진실은 오직 자네만 알겠지. 시간이 가면서 자네가 보여 주는 행동으로 진실은 저절로 드러날 테니 최종 판단은 그때로 미루고, 지금은 자네의 말을 믿고 사과를 받아들이겠네."

그때 마르셀의 휴대전화기가 울렸다. 남작은 곤란해하는 마르셀에게 어서 받으라고 하면서 자리에서 일어났다. 상대방이 누구인지 확인한 마르셀은 통화를 하기 위해 급하게 밖으로 나갔다. 한편 아빠는 일어서려는 남작에게 꼭 봐야 할 것이 있다며 붙잡았다. 아빠는 여행용 가방 속에 넣어 온 부엉이시계를 꺼냈다. 시계를 쳐다보는 남작의 눈이 불같이 빛났다. 아빠는 루첼로 백작이 엄마에게 줘서 얻은 시계이고, 딸인 나도 많이 좋아하는 시계라고 말했다. 묵묵히 듣고 있던 남작은 자리에서 일어나 이탈리아어로 화를 내기 시작했다. 여태까지 점잖았던 것과는 사뭇 다른 모습이었다. 다혈질이라는 이탈리아인 특유의 모습이었다.

"다 생각이 있어 준 선물을 내 허락도 받지 않고 어린아이처럼 남에게 주다니!"

남작은 우리가 당황하는 모습을 본 다음에야 화를 누그러뜨렸다.

"미안하네. 몇 년 전 일인데도 마음이 여전히 편하지 않아서…….
용서하시오."

아빠는 고개를 숙이며 말했다.

"저희들이야말로 죄송합니다. 이 귀한 시계를 망가뜨려서요."

"망가뜨리다니?"

아빠는 시계가 멈춘 것과 어떻게든 고치려 했으나 그럴 수 없었다는 이야기를 했다. 남작은 미소를 머금은 채 듣고 나서 이렇게 말했다.

"이 시계는 고장 난 것이 아니라오. 일부러 그렇게 만든 것이지."

우리는 어안이 벙벙해서 서로를 쳐다보았다. 남작은 백작의 50세 생일 기념으로 부엉이시계를 주문 제작했다고 했다. 100년의 반인 50년, 시간에 대해 남다른 의미를 깨닫게 해주고 싶어 일부러 유명한 시계 제작자에게 맡겼다. 그리고 백작의 버릇대로 혹시나 복제를 할까 봐 내부가 보이지 않도록 밀봉까지 했다는 것이었다.

"백작은 뭐든지 복제하는 인간이었어. 자기가 수집한 미술품도 다 복제했지. 지구상에 있는 것은 모두 다 유한하다는 거야. 그러니 뭐든지 자기 집에만 들어오면 만일의 사태를 대비하기 위해 복제품을 만들어 놨어. 여하튼 나는 내 시계까지 복제당하는 것이 싫었어. 그래서 일부러 특수 장치를 해서 선물했지."

무엇이든 복제해 놨다니, 루첼로 백작은 아무래도 이상한 사람 같았다. 내 표정을 읽은 남작은 이렇게 말했다.

"하긴 이해할 수 없는 것은 아니야. 열 살 때 갑자기 부모님이 한꺼번에 돌아가셨으니 큰 충격을 받아 딴에는 뭔가 없어졌을 때의 상처를 대비한다며 그렇게 복제를 하는 것이지. 나이가 들어서도 꼭 열 살 꼬마처럼 말야."

나는 나의 열 살 때를 떠올렸다. 사람이 죽는다는 것은 알아도 부모님이 죽을 거라고는 생각하지 못할 때였다. 나도 모르게 아빠 얼굴을 쳐다보았다. 열 살에 아빠까지 없었다면…… 생각하기조차 끔찍했다. 나는 몸을 오르르 떨었다. 아빠가 남작에게 물었다.

"어쩌다 부모님이 한꺼번에 돌아가셨습니까?"

"두 분이 중국에서 경비행기를 타시다가 사고가 나서 그렇게 되셨지. 그때 파우스티노와 나는 한창 놀기 좋아하는 소년들이었어. 그의 양친이 중국으로 떠나실 때만 해도 우리는 몰래 파티를 벌일 수 있다는 생각에 들떠 있었지. 앞으로 어떤 일이 있을지 모르고……."

로베르니 남작은 아주 오래전 일을 회상하면서 어느덧 백작의 이름을 부르고 있었다. 두 사람은 둘도 없는 친구 사이였던 것이다.

"1948년 크리스마스 직전의 일이었어. 우리는 시에나 성에서 또래만 모아 놓고 신나는 크리스마스 파티를 열었지. 그런데 크리스마스

뒤, 보름이 지나도 파우스티노의 부모님으로부터 아무런 연락이 없는 거야. 이상하다 생각하고 있는데 끔찍한 소식이 도착했지. 그리고 슬퍼할 겨를도 없이 파우스티노는 백작의 칭호와 함께 부모님의 재산을 물려받았어."

영화에서 본 장면이 떠올랐다. 왕이 죽은 바로 그 자리에서 다음 상속자가 왕이 된 것을 축하받았다. 그 상황은 관객의 입장에서도 매우 충격적이었는데, 당사자인 어리디어린 왕자의 심정은 어땠을까.

"달라이라마는 같은 영혼이 다른 신체로 환생하여 삶을 이어 간다지만, 우리 귀족은 그런 식으로 유한한 시간을 이어 나가지. 부모가 죽고 이름과 재산을 물려받아 그 가문의 다음 시대를 열어 나가는 거야. 끊임없이 이어지는 직선처럼."

남작은 씁쓸한 미소를 지었다.

"그때 파우스티노의 부모님 연세가 쉰 살이 채 안 되었지. 지금 우리 나이보다도 훨씬 젊었을 때 돌아가신 거야. 그는 지구 반대편에서 부모님이 죽어가는 것도 모르고 신나게 놀았다는 것 때문에 괴로워했어."

"그거야 어쩔 수 없던 일이지요. 죄책감을 가질 일은 아닙니다."

아빠의 말에 백작은 고개를 강하게 내저었다.

"아니야, 그때 파우스티노는 이상한 경험을 했거든. 파티를 한참 즐기던 중에 갑자기 이유도 없이 눈물을 흘렸어. 내가 깜짝 놀라서 왜 그러냐니까 자기도 모른다고 했지. 어디 아픈가 싶어서 의사를 부르려고 무심코 시계를 봤는데 밤 11시 5분 정도 되었어. 파우스티노는 곧 눈물을 닦고 다시 파티를 즐겼지. 나중에 파우스티노는 바로 그때가 부모님이 돌아가신 시간이 틀림없다고 믿게 되었지. 그리고 그것도 모르고 노는 데 열중한 자신을 미워했어."

미움이라는 단어가 내 머리를 쿵하고 내려치는 것 같았다. 날이 갈수록 상태가 악화되는 엄마의 병을 아무리 해도 막지 못한다는 것이 너무 속상했다. 그런데 엄마를 보면 화가 났다. 아무것도 하지 못하는 무기력한 나에게 계속 뭔가를 해달라고 말하는 것 같아 숨이 막혔다. 그리고 나에게 미안해하며 후회스러운 넋두리와 당부의 말을 늘어놓는 것이 싫었다. 그것을 참지 못해 병원에서 벗어나 미술 학원으로 놀러 나갔다. 그리고 아빠에게 문자가 왔다. 빨리 병원으로 오라고. 나는 문자를 무시했다. 불안한 마음도 들었지만 설마 하면서. 아빠는 북받치는 목소리로 전화를 해서 엄마의 죽음을 알리면 내가 충격을 받을까 봐 문자를 보낸 것이었다. 내가 병실을 박차고 나와서 멋모르고 노는 중에 엄마가 돌아가셨다고 생각하니 더욱 슬펐고, 나 자신에게 화가 났다. 마지막 숨을 몰아쉬며 나를 찾았을 엄마의 모습을 생각하면 가슴 저 안쪽에서부터 뭔가가 돌돌 말리면서 한없이 커져 순식간에 내 몸을 찢고 나올 것 같은 기분이 들었다.

"파우스티노는 양친의 사망 소식을 듣고도 곧장 중국으로 갈 수 없었어. 비행기 공포증이 있었거든. 배를 타고 갈 수밖에 없었지. 그나마 이탈리아에서 출항하는 배를 찾지 못해 영국으로 가서 인도를 통해 중국으로 들어갔어. 가장 빠른 배를 탔는데도 인도까지 보름이 걸렸고, 다시 배를 구해 중국까지 들어가는 데 열흘이 넘게 걸렸어. 그러니까 부모님이 돌아가신 지 거의 한 달이 되어 중국에 갈 수 있었던 거야."

"그래서 부모님의 시신은 수습했나요?"

아빠의 질문에 남작은 한숨을 섞으며 말했다.

"아니, 애초에 비행기가 완전히 불타서 시신은 건질 수 없었지. 그냥 부모님이 돌아가신 곳에 가서 실컷 울고 싶었는지도 모르지. 결국 그러지도 못했지만."

"왜요?"

내가 안타까워하며 물었다.

"그때 중국 사정이 편하지 않았거든."

아빠가 끼어들었다.

"아, 1948년이라면 중국이 내전 중이었을 때군요. 그런데 백작의 부모님은 왜 하필 그처럼 위험한 때 중국에 가셨습니까? 아무리 모험가라고 해도 이해가 되지 않네요."

남작은 흠칫 놀라는 표정을 지었다.

"자네 말이 맞네. 우리도 그 점을 이상하게 생각했지. 그때는 이탈리아에서도 귀족제가 없어져 미래가 아주 불확실한 때였어. 거기에 헬몬트 백작 가문과의 소송도 걸려 있었고, 2차대전 이후에 지루하게 진행된 일부 귀족에 대한 전범 재판 문제도 있어서 이곳 일을 돌봐도 모자랄 판이었거든. 어쩌면 그만큼 급하게 찾아야 할 것이 중국에 있어서 간 것인지도 모르겠네."

"그게 무엇인데 아들에게도 알리지 않고 갔을까요?"

"알리지 않은 것은 아닐 거야. 단지 루첼로 백작이 가문의 비밀이라

말을 하지 않은 것이겠지. 귀족은 어느 집이나 자기들만 죽을 때까지 가져가는 비밀이 있다네. 출생의 비밀이나 암투, 사건, 사고 등. 그런 건 오직 그 집안 사람만 알지. 아주 가까운 친구라도 알 수가 없다네."

남작은 한숨을 길게 쉬었다. 그리고 눈앞에 있는 시계를 다시 쳐다보았다.

"불쌍한 친구지. 어린 나이에 혼자 남게 되어서 곧바로 어른이 되어야 했으니까. 지금도 백작은 사실 어른인 척하는 어린아이인지도 몰라. 죄책감 때문에 양친이 사망한 정확한 시간을 알아내고, 유품을 찾으려 매달리지. 실패한 소송을 뒤집어 보려는 것도 다 그 때문이야. 이해는 하지만 동의는 할 수 없지. 다른 식으로 살아도 그 죄책감을 풀고, 부모님의 유품도 수습하고, 복수가 필요하면 복수도 할 수 있는데 말이야."

남작의 시선이 머문 부엉이시계 속에 있는 여러 신들은 탈출할 수 없는 곳에 갇혀 있는 죄수처럼 보였다. 그 순간 '아' 하는 소리와 탄식의 한숨이 나도 모르게 내 입에서 흘러나왔다.

"부정적인 경험에만 집중하면 누구라도 순식간에 절망 안에 갇히게 돼. 그런데 파우스티노는 그 절망과 친해지는 것으로 자기에게 벌을 주며 죄책감을 덜어내려 하고 있어. 자기가 하지 못한 것과 자기에게 상처가 된 것들을 저장하는 박물관으로 자기 집을 사용하고 있어. 후회와 절망의 박물관이지. 그곳에선 모든 것이 과거에 의해 끔찍하게 왜곡되지. 산뜻한 변화, 행복한 미래 같은 건 기대할 수 없어. 누구에게나 현재는 매 순간 달라지고 있지만 그곳만은 예외지."

나는 루첼로 백작이 너무도 불쌍하게 느껴졌다. 남작도 안타까운 표정을 지었다. 아빠는 조심스럽게 남작에게 물었다.

"그래서 부엉이시계를 일부러 멈추게 하셨다고요? 정지된 시간 속에 살고 있다는 것을 깨우쳐 주려고요?"

"나는 시간에 대한 파우스티노의 질문이 애초부터 잘못되었다고 생각했어. 시간이란 무엇인가? 답하기 어려운 질문이지. 파우스티노는 이 질문에 대한 답이 될 만한 것이라면 모조리 수집하고 복제했지만 여전히 답을 찾지 못했잖은가. 게다가 과거의 죄책감을 덜어내고, 부모의 죽음에 얽힌 미스터리를 풀려는 태도로는 영영 답을 찾지 못할 거야. 이제부터라도 '시간이란 우리에게 어떤 의미를 갖는가'라고 고쳐 질문하고 이에 대해 고민해야 해. 난 이 얘길 해주고 싶었다네."

아빠는 '시간이란 무엇인가'가 아니라 '시간이란 우리에게 어떤 의미를 갖는가'라는 말을 음미하듯이 따라 했다. 남작은 약간 흥분된 어조로 말했다.

"정말 시간이 무엇인지 안다면 부모님이 돌아가신 정확한 시간을 아는 것이 얼마나 헛된 일이냐고 여러 번 이야기했었지. 그래도 소용없었어. 그래서 나는 그 친구가 탐낼 만한 물건을 만들어 그 속에 내 메시지를 넣고 싶었네. 늘 정확하게 시간을 알려 주던 시계에서 어느 날 시간이 사라지게 하는 거야. 그렇게 만드는 장치를 시계 속에 넣은 것일세. 내 의도를 간파해 주리라 기대했지. 머리가 아닌 가슴으로 말이야."

나는 남작의 말을 들으며 머리가 아닌 가슴으로 생각하라는 마르셀의 말을 떠올렸다. 마르셀과 남작이 신분을 뛰어넘어 친한 이유를 알 것 같았다. 남작은 부엉이시계를 가리키며 말했다.

"나는 이 시계의 이름을 네오 델 오롤로지오라고 지었지. 델 오롤로지오는 여기 베네치아에 있는 공공시계의 이름이야."

"왜 공공시계 이름을 이런 탁상시계에 붙이셨는지요?"

아빠는 그동안 궁금해하던 것을 물어보았다. 남작은 손가락으로 허공을 나누는 시늉을 했다.

"나는 20세기 말, 그러니까 1990년대 중반을 넘기면서 사람들이 죄다 밀레니엄을 생각하고 있다는 것에 놀랐다네. 인간은 의미를 부여하길 즐기지. 사실 날마다 돌아오는 하루란 시간에는 특별할 게 없어. 우리가 의미를 부여하기 나름이지. 어떤 날엔 1월 1일이라 이름붙여서 축하하고, 어떤 날은 한 해의 마지막 날로 약속하고 차분하게 하루를 보내곤 하지. 갖가지 기념일도 마찬가지야. 원래 시간의 가치는 동일한 거야. 아니 시간은 본래 가치를 가지고 있지 않아. 나는 그런 일이 얼마나 우스운지 알려주고 싶었어. 부모님이 돌아가신 날짜와 시간에 특별한 의미를 부여하는 것도 마찬가지라는 것을 알려 주고 싶었지. 그건 어느 날에 갖다 붙여도 상관없는 환상 같은 것이라고 말하고 싶었어."

"환상이라고요?"

"정확한 시간이라는 것은 환상이야. 하지만 그런 환상은 사람들의 마음을 빼앗고 있지. 수억 명의 사람들이 시계의 시침과 분침, 초침이 보여 주는 모습처럼 두 손을 들고 환영하면서 일제히 카운트다운을 외쳤던 밀레니엄도 얼마나 우스꽝스럽게 조작된 환상인 줄 아는가?"

"무슨 말씀이신지?"

남작은 손을 활짝 펴서 거실에 있는 다양한 문화 미술품을 빙 둘러 가리킨 후 말했다.

"세상의 여러 국가와 민족 들은 자신들의 역사를 일정한 시간틀에 맞춰 생각하기 위해 과거의 특정 시점을 기원으로 삼아 시간을 계산하지. 이런 해를 기원원년(紀元元年)이라고 해. 부처를 기원으로 하는 불기(佛紀)도 있지. 서기(西紀)는 예수의 탄생을 기점으로 하는 것이고, 그 외에도 이슬람력, 유대력, 힌두력, 마야력, 아스텍력 등이 모두 고유한 기원원년을 갖고 있어. 그렇지만 지금 많은 나라들이 사용하고 있는 것은 바로 서기야. 지금은 서력기원을 쓰는 나라가 많아서, 세상에는 다양한 시간 계산법이 있다는 사실을 망각하곤 해."

남작은 그러나 서기 계산 자체가 잘못되었다고 말했다. 서력기원을 생각해낸 사람은 6세기의 신학자인 디오니시우스 엑시구스였다. 그는 여러 자료를 검토한 후, 로마가 처음 세워진 때를 1년으로 해서 따지면 754년째 되는 해에 예수가 태어났다는 결론을 내렸다. 그리고 바로 그해를 서기 1년으로 정했다.

"그런데 예수는 실제로는 그 전에 태어났다고 해. 예수가 태어난 해를 기념하자고 서기 1년을 정했는데, 예수의 출생은 그보다 훨씬 앞서지. 현재 학자들이 연구한 바에 따르면 예수는 서기 1년이 아니라 기원전 4년 혹은 기원전 7년에 태어났다고 해. 우습지 않니? 교회나 성당에서 앞장서서 2000년 밀레니엄을 떠들썩하게 기념했는데 사실과 다르다니 말이야. 그때 사람들에겐 2000년이 중요했을 뿐이야. 다른 기원을 쓰더라도 전 세계가 일제히 축하해야 한다는 듯 야단법석이었지."

남작은 2000년 1월 1일은 율리우스력으로는 1999년 12월 19일이고, 유대력으로는 안노 문디(세계 기원) 5760년 4월 23일, 이슬람력으로는 헤지라(이슬람 기원) 1420년 9월 24일, 중국력으로는 육십갑자의 16번째 해인 기묘년 11월 25일이었으며, 힌두력에 따르면 사카 기원 1921년 마르가시라 25일이었다고 말했다.

"하지만 텔레비전만 틀면 그레고리력의 2000년 1월 1일을 축하해야 한다고 떠들었지. 그건 세계의 다양성을 무시한 폭력이나 다름없어. 원래 밀레니엄의 기점인 예수 탄생 시점부터 어긋났다는 사실은 까맣게 잊혀진 게지."

"그것은 다음 밀레니엄을 맞을 천 년 뒤의 후손도 마찬가지겠네요? 2999년 12월 31일 밤 11시 59분부터 카운트를 하며 새로운 밀레니엄을 축하하는 환호성을 지르기 위해서 배에 힘을 주고 있겠지요. 우리처럼 말입니다."

"아마 그렇겠지. 생각해 보면 인간의 시간 구분은 정말 허접하기 짝이 없어. 한 세기, 즉 100년마다 시대를 특징짓는 무엇인가 있다고 믿지. 그저 인간이 편의상 나눈 단위에 불과한데도 말이야. 지금 우리가 쓰고 있는 1년짜리 달력만 해도 그래. 정교한 것 같지만 되는 대로 짜깁기한 것이라네."

"30일과 31일인 달이 뒤죽박죽으로 되어 있는 것만 봐도 그렇지요."

"맞아, 그런 달력이 지난 수천 년 동안 대부분의 지역에서 문제 없이 사용되었다는 것은, 거꾸로 보면 달력은 애초에 시간과는 별 상관 없는 도구였다는 사실을 일깨워 주지. 그런데도 파우스티노는 달력과 시계처럼 시간을 재는 도구를 신처럼 떠받들지. 양친의 사망 시간을 알아내려는 의도도 실상은 파티에서 눈물을 흘린 그 시간에 양친이 돌아가셨다는 자기 믿음을 끝끝내 지키려는 것일 뿐이지. 그러니 헛수고야. 탐정의 손에 원자시계를 들려서 보낸들 그걸 어떻게 알아내겠는가. 시간은 자기가 의미를 붙이기 나름이란 말이야."

'정말 시간은 무엇일까? 아빠도 시계에는 시간이 없다고 했다. 시계는 흐르고 있는 시간을 잘라 보여 주는 것일 뿐, 시계가 멈춘다고 시간이 멈추지 않는 것처럼 시간과 시계는 별개의 것이라고 했다. 시계에 시간이 없고, 남작의 말대로 달력에도 시간이 없다면 시간은 과연 어디에 있는 것일까? 움직이는 공? 자동차? 사람? 계절? 박자? 아니면, 엄마 같은 화가가 그린 그림?'

나는 생각에 잠겼다. 아빠가 불쑥 큰소리로 말했다.

"거기에서 뭐 하세요?"

어느새 마르셀은 통화를 마치고 돌아와 벽에 기댄 채 바닥에 시선을 고정하고 있었다. 그런데 우리의 대화를 듣고 있었다기보다는 턱을 매만지며 나처럼 생각에 잠겨 있는 듯했다. 마르셀은 아빠가 여러 번 부르는데도 대답하지 않았다. 남작이 다가가 다시 부르자 그제야 대답을 했다. 마르셀은 나를 쳐다보았다. 영문을 모르는 나는 걱정스러운 눈빛으로 마르셀의 눈을 응시했다. 마르셀은 혼란스러운 표정으로 말했다.

"헬몬트 백작 부인이 우리를 만나고 싶다고 합니다."

마르셀은 헬몬트 백작 부인이 베네치아까지 찾아오는 이유가 무엇인지 모르겠다고 말했다. 우리가 불안해하자 남작은 백작 부인의 의도가 무엇이 되었든 그만한 가치가 있어서 오는 것이니 우리에게 나쁜 일은 아닐 것이라고 안심시켰다.

"자네들이 걱정한다고 해서 생길 일이 안 생기는 것도 아니고, 생기지 않을 일이 생기는 것도 아니야. 이왕이면 좋게 생각하면서 시간을 보내야 적어도 그 시간만큼은 행복하게 보낼 수 있어."

남작의 충고를 들었어도 우리의 머리는 해리와 백작 부인의 방문 목적이 무엇인가를 추리하는 데 쏠려 있었다. 해리를 생각하면 뭔가 좋은 소식이 있을 것 같지만, 아직 한 번도 이야기를 나눠 보지 못한 백작 부인을 생각하면 불안했다. 어느 쪽이 현실로 나타나건 내가 미리 손을 쓸 것이 없다는 생각이 들었다. 그러자 오히려 마음이 편해졌다. 마르셀이 말한 것처럼 뿌연 강물에 대한 체념의 효과가 이런 것일까. 그리고 남작의 조언처럼 좋은 쪽으로 생각하자고 마음을 다독였다.

백작 부인과 해리가 도착하기까지 시간이 많이 남아 있다는 것을 확인한 남작은 저녁 식사를 대접하겠다고 했다. 남작은 하인을 불러 식사 준비를 지시하고, 그동안 집을 구경시켜 주겠다고 했다. 집의 구석구석에는 조상의 역사와 함께 로베르니 남작의 추억이 깃들어 있었다. 남작은 특히 자기가 열 살 무렵에 있었던 화재 사건을 열심히 이야기했다. 남작이 말하는 소년은 지금의 근엄한 남작이 아니라 차라리 내 친구들의 말썽쟁이 남동생에 더 가까웠다. 표정도 어느새 소년의 것이 되어 있었다. 사람은 나이가 들어도 마음은 하나도 늙지 않는다는 말이 떠올랐다. 남작 안에는 백작 부인에 대해 조언해 줄 때처럼 인생의 지혜로 가득한 할아버지의 마음도 있고, 루첼로 백작 이야기를 하며 쉽게 흥분하는 소년의 마음도 있었다. 지금 나이의 시간을 살아낸 만큼 다양한 마음이 남작의 몸에 깃들어 있기에 다른 사람에 대한 이해심도 깊어 보였다. 남작은 집안 곳곳을 안내하며 갖가지 이야기를 풀어냈는데, 나도 우리 집을 찾는 사람들에게 내가 살아온 공간이 품은 이야기를 들려주면 좋겠다는 생각을 했다. 사람들과 공간들이 오래 묵으면 오롯한 자기만의 이야기를 만들게 되는 것이다. 한국에서 미국으로, 다시 한국으로 오게 되면서 내가 사는 곳은 일정하지 못했으니, 그런 상상이 당장은 현실로 실현되지 못할 것이다. 그렇지만, 언젠가 가능하리라는 희망을 품는 것만으로도 좋았다.

재회

시간을
충실하게 만드는 것은
행복이다.
- 랠프 왈도 에머슨

집 구경을 마치고 거실로 돌아오자 외출을 다녀온 남작의 부인이 우리를 맞이했다. 남작 부인의 목소리는 부드러웠다. 그리고 미소를 지을 때마다 그녀의 눈가에는 고운 주름이 잡혔는데 보기에 좋았다. 남작에게 우리가 방문한 목적을 간단히 듣고 난 후 부인은 내 손을 잡아 주었다. 그리고 나에게 엄마와 많이 닮았다고 말하면서 '여자의 방'이라는 곳으로 나를 데리고 갔다. 덕분에 나는 특별한 대접을 받는 기분이 들었다. 부인은 방으로 들어가자마자 자신의 초상화를 보여 주었다.

"이 그림은 수지가 루첼로 백작과 계약을 해서 완전히 그 집으로 가기 전에 마지막으로 그린 거예요. 이 그림을 그릴 때만 해도 나는 나이가 많이 들었다고 생각해서, 인생을 여유롭게 정리하려고 마음먹고 있었어요. 초상화도 그런 생각에서 의뢰한 것이었어요. 그런데 수지는 초상화를 그리자면 나를 알아야 한다며 내 이야기를 들려 달라고 했어요. 나는 내가 살아온 이야기를, 수지는 자기가 살아온 이야기를 해주었지요. 어느새 우리는 비밀을 나눠 가진 친구가 되었고요."

부인은 나를 더욱 따스하게 쳐다보며 말을 이어 나갔다.

"그러면서 우리는 초상화에 대한 것보다 서로에 대한 조언을 나누는 시간을 많이 갖게 되었어요. 내가 보기에 수지는 남편과 딸을 두고서 여기 올 정도로 뭔가에 쫓기는 사람처럼 바쁘게 살았어요. 나이가 더 들면 원하지 않아도 자식과는 떨어지게 되어 외로울 텐데, 한창 좋은 시간을 가져야 할 때 그러면 안 된다고 말해 주었지요. 나도 대외활동 때문에 자식에게 소홀한 바람에 안타까운 일을 많이 겪었으니까."

부인의 표정이 쓸쓸해 보였다. 나는 그때 엄마가 부인의 충고를 받아들였더라면 모든 게 달라졌을 거라는 아쉬움에 다시 사무쳤다.

"수지는 나에게 자신이 참고한 여러 화가들이 그린 초상화 속 귀부인들의 인생사를 들려주곤 했어요. 그러면서 나에게 오히려 지금보다 더 바쁘게 살아야 한다고 말했어요. 나는 젊은 사람에게나 해당되는 말이라고 대꾸했어요. 그러자 나이 쉰 살에 루이 14세와 재혼해서 여든네 살에 죽을 때까지 열정적으로 산 프랑수아즈 도비뉴(Francoise Dovinue) 후작 부인, 아흔아홉 살에 영면할 때까지 작품 활동을 한 화가 조지아 오키프(Georgia O'Keefe), 나이가 들수록 훌륭한 작품을 내놓았던 조각가 루이스 니벨슨(Louise Nevelson) 같은 여류 예술가들에 대해 이야기하더군요. 노인이 된다는 것은 신체적 변태일 뿐, 최선을 다해 열정적으로 살아야 한다는 내용은 변할 수 없다고 강경한 태도로 말하는데, 나는 그 말에 충격을 받았어요."

부인은 엄마가 말한 미술가들의 초상화를 구매하거나 전시회에 가서 관람하고 나서 생각을 고쳐먹었다고 했다.

"평균수명도 늘어났으니, 길어야 예순 해 정도 살았던 이 방의 초상화 주인공들처럼 생각할 필요는 없어요. 그후로 나는 재단 활동과 봉사 활동을 그만두지 않고 계속해 나갔지만 수지의 생각에 동의한 건 아니었어요. 즐겁게 일을 하다 보니, 청춘의 열정 같은 것도 느껴지고 젊게 사는 기분이 들었던 건 사실이에요. 그런데 나에게 그런 전환점을 만들어 준 수지의 운명은 정말 얄궂어요."

부인은 엄마에게 주려고 한 것이라며 손수 그린 그림을 보여 주었다. 잔뜩 기대를 했는데 캔버스에는 두 개의 굵은 선만 그려져 있었다. 하나의 선은 직선이었는데, 여러 가지 색의 농담 변화가 서툴게 들어가 있었다. 다른 선은 불규칙하게 구불거리는 녹색 곡선이었다. 부인은 내게 감상평을 기대하는 눈치로 쳐다보았다. 그래서 열심히 작품 의도를 짐작해 보았지만, 여러 상징이 쓰인 엄마의 그림과 달리 너무 단순해서 감을 잡을 수 없었다. 내가 미안한 표정을 짓자 부인은 오히려 미소를 지으며 말했다.

"규린이 수지의 나이가 되면 알 수 있을지도 모르겠군요. 하긴 나도 예순 살을 훨씬 넘겨서야 알게 되었지만요."

부인은 두 개의 선을 그린 의도를 설명해 주었다.

"아무것도 하지 않는 시간은 아무 변화가 없는 직선이라고 생각해요. 내가 보기에는 정신없이 보낸 시간도 머릿속에 남긴 것이 없다는 점에서는 직선이에요. 질주하는 차 안에서 보는 풍경은 보이는 모든 것을 단순하게 만들어요. 마치 직선처럼. 그런데 성공을 향해 앞만 보고 질주하는 게 아니라 속도를 조금 늦추고 주변을 음미하기 시작하면 시간의 직선도 변화를 보이기 시작해요. 그렇게 속도를 늦추는 건

게을러지는 게 아니라 삶을 돌아보면서 진지하게 사는 것이죠."

설명을 들으며 선을 보니 느낌이 달랐다.

"진지하게 또 여유를 갖고 살피면 신기하게도 시간이 내 안에서 살아 있음을 느끼게 돼요. 그렇게 시간이 생동한 흔적은 우리 얼굴에 주름으로 표현되기도 하죠. 화를 많이 내면서 시간을 보낸 사람과 많이 웃으면서 시간을 보낸 사람의 얼굴이 다른 건 그 때문이에요. 한데, 요즘 사람들은 그런 시간의 주름을 매끈하게 펴야 직성이 풀리나 봐요. 삶과 시간에 대해 아무런 생각을 하지 않기 때문이겠지요? 마음은 미래를 향해 달리도록 하는 게 당연하고, 몸은 현재나 과거에 고정시켜 두어도 된다고 생각하는 건, 몸과 마음을 철저하게 분리해서 생각하기 때문이에요."

부인은 다른 초상화들 앞으로 걸음을 옮겼다.

"수지는 여러 유명한 귀족 부인의 이야기를 해줬지만 그것의 참의미는 더 깊게 생각하지 못한 듯해요. 그들은 성공을 향해 불같이 내달려서 유명해진 사람들이 아니에요. 자기의 인생을 진지하게 살아냈기에 자신만의 이야기를 남긴 거예요. 이 방에 걸린 초상화의 주인공들도 마찬가지죠. 사회적으로 인정받는 거창한 업적이 아니라, 이 집안에서 누구도 흉내내지 못할 독보적인 이야기를 만들어냈을 뿐이지요. 그런 인생을 나는 곡선으로 표현한 거예요."

나는 마르셀의 인생 이야기를 들을 때 느꼈던 것을 생각하며 고개를 끄덕였다. 남작이 집안 구경을 시켜 주면서 들려준 여러 인물들이 떠올랐다. 얼굴도 모르는 사람들, 지금 초상화 앞에 있어도 그 이야기의 주인공을 일일이 구별할 수 없지만 그들을 잘 알게 된 기분이 들었다.

"나의 시간이 다 되어 이 세상에서 사라진 다음에도 내 이야기가 남게 하려면 어떻게 해야 하는지 예전 사람들은 이미 다 보여 줬어요. 상식적인 성공을 향해 질주하는 건 고통만 남길 뿐. 수지에게 그런 얘기를 전해 주고 싶었어요, 이 그림으로."

고마웠다. 비록 엄마에게 이 그림이 전달되지는 않았지만 말이다. 부인은 그림을 내게 주겠다고 했다. 나는 어떻게 해야 하는지 몰랐다. 부인은 진심이 담긴 선물은 기쁘게 받는 것이 예의라고 말해 주었다. 그래서 나는 그림을 받기로 했다. 남작은 백작에게 시계를, 남작 부인은 엄마에게 그림을 선물하려고 했다. 친구를 가두어 버린 시간의 굴레를 깨닫게 하기 위해, 친구가 가장 잘 아는 것을 선물로 주려 한 것이었다. 나는 친구를 생각하는 두 사람의 마음을 느낄 수 있었다.

그사이 식사가 준비되었다. 요리가 한 가지씩 천천히 나와서 음식 맛을 음미하며 먹게 되었다. 식사를 하는 중에 남작 부인은 엄마와 지내면서 있었던 다른 일들에 대해서도 이야기해 주었다. 그러다 내게 물었다.

"규린은 그림을 잘 그린다고 했으니 언젠가 수지처럼 시간을 그릴 수도 있겠군요. 규린은 시간이 무엇이라고 생각하나요?"

"시간은 생명이에요."

나는 로마에 처음 도착한 날 공항에서 만난 오빠의 질문을 떠올리며 대답했다. 내가 생명이라고 한 이유까지 설명하자 부인은 고개를 끄덕였다. 부인은 시간이 행복을 위한 선물이라고 생각한다고 말했다. 아까 나눴던 주름에 대한 이야기를 떠올리며 부인이 말한 의도를 충분히 알 수 있었다. 나는 남작에게 질문했다.

"남작님은 시간이 무엇이라고 생각하세요?"

"나는 아내와 생각이 똑같아."

고개를 끄덕이는 나와 달리 아빠는 남작에게 조심스럽게 질문을 했다.

"시간이란 어떤 의미를 가지는지 질문해야 한다고 하신 말씀은 잘 이해했습니다. 다만, 궁금해서 그러는데 남작님은 시간이란 무엇인가라는 질문을 받는다면 어떻게 답을 하시겠습니까?"

"나는 앞뒤를 구분할 수 있는 감각이 시간이라고 생각하네."

아빠는 남작의 말을 선뜻 이해할 수가 없다는 듯 입을 다물지 못한 채 가만히 있었다. 남작은 그런 아빠를 보고 웃으며 말했다.

"이야기를 멈추고 저 시계 소리를 들어 보세. 시간이 가는 소리를 들을 수 있을 거야."

거실에 있는 커다란 시계는 시계추가 한 번 오갈 때마다 똑딱, 경쾌한 소리를 냈다.

"어떤가?"

'뭐가 어떻다는 거지?'

아빠와 나는 서로의 얼굴을 바라보았다. 눈짓으로 특별한 것이 있었느냐고 물으면서. 남작은 천천히 일어나 시계 옆으로 가서 섰다.

"아마, 자네들은 이 시계가 똑딱 하는 소리를 냈다고 생각하겠지.

그러나 시계는 절대 똑딱거리지 않아."

이 무슨 황당한 말이란 말인가. 시계가 똑딱거리지 않다니.

"사실 시계는 계속 똑, 똑, 똑, 혹은 딱, 딱, 딱 같은 소리를 낼 뿐이라네. 자네들도 알겠지만 시계에 왼쪽으로 갈 때는 '똑', 오른쪽으로 갈 때는 '딱' 소리를 내는 장치는 따로 없네. 그냥 시계추가 움직이며 나는 소리이지. '똑! 딱!' 소리를 3초 정도 쉬었다가 들으면 그냥 '똑, 똑'으로 들린다네. 그래서 우리는 시계 말고 웬만해서는 이런 똑딱거리는 소리를 듣지 못하지."

나는 '똑' 소리를 들은 다음, 귀를 막고 셋을 세었다. 그런 다음, 귀에서 손을 떼자 정말로 '똑' 하는 소리가 들렸다. 남작이 말한 대로였다. 남작은 그런 나를 보며 미소를 지었다.

"이런 현상을 만드는 것은 바로 우리의 머리야. '똑똑' 하는 것을 '똑딱'으로 듣는 것을 착각이라고 무시할 수도 있겠지. 하지만 착각이라고 치부하기 전에 다른 예를 떠올려 보자고."

남작은 피아노로 가서 경쾌한 행진곡을 쳤다.

"어떤가? 멋진 멜로디지?"

남작은 씨익 웃었다.

"이 피아노 소리도 잘 생각해 보게. 사실 우리 귀에 들어오는 소리들은 낱낱이 떨어져 있어. 하나의 음을 치면 그 소리가 사라지기 전에 그 위에 다른 음이 겹치는 것이지. 이런 식으로 우리는 소리를 연결시켜 하나의 곡으로 듣지. 영화는 1초에 24장의 장면이 흘러가는 연속 사진이지만 우리는 눈앞에서 무엇인가 움직이고 있다고 생각하지. 어떻게 이런 것들이 가능하겠나?"

나는 눈을 깜박거리면서 답을 생각해 보았지만 아무리 머리를 쥐어 짜도 한 가지 생각밖에 나지 않았다.

"원래 그런 것 아니에요? 우리 눈과 귀가 그렇게 만들어져 있으니 까요."

"아니지. 그것은 올바른 답이 아냐. 눈과 귀 때문에 그런 것이 아니라, 머리 때문이야. 우리 머리가 시간을 만들어내기 때문이라고."

우리가 위험한 상황에 처했을 때 주변이 천천히 움직이는 것처럼 보이는 것도 우리 안에 시간이 있다는 증거라고 남작은 말했다. 그 말에 나도 옛날 일이 떠올랐다. 예전에 언덕에서 자전거를 타다가 바퀴가 돌부리에 걸리는 바람에 다친 적이 있었다. 언덕 아래로 몸이 붕 떴을 때 정말 주변이 천천히 움직이는 것처럼 보였다. 영화 필름을 천천히 돌리는 것처럼.

"사람들은 하나같이 그 순간에 많은 생각을 했다고 말하지. 갑자기 옛날 일들이 주마등처럼 스쳐 지나갔다는 둥, 낙하 시 충격을 최소화하기 위해 브레이크를 잡고 등을 구부려 머리를 집어넣는 등 갖가지 대응을 했다는 둥. 불과 2, 3초 사이의 일인데도 몇 십초가 흐른 것처럼 말이야. 연인과 함께 하는 1시간은 1분처럼 느껴지지만, 끓는 사막 위를 걸어가는 1분은 1시간처럼 느껴지는 식의 상대적인 시간 경험은 우리 주변에서 쉽게 찾아볼 수 있는 일이지. 이 모든 것이 바로 우리 안에 시간이 내장되어 있기 때문에 벌어지는 현상이라네. 이 세상에 시간을 보여 주는 시계의 원형이 있다면 그건 바로 우리라고."

남작의 말에 충격을 받아 심장이 덜컹 내려앉는 것 같았다. 나는 남작의 말을 곰곰이 되짚어 보았다. 맞는 이야기 같았다. 나는 내 안에 있는 시간을 느끼기 위해 눈을 감고 숨소리까지도 죽이며 집중했다. 그러는 동안 나는 내 몸 안에서 멈추지 않고 움직이는 무언가를 느꼈다. 그것은 부엉이시계에 청진기를 댔을 때 들었던 소리를 떠올리게 했다. '내 심장이 시간을 뿜어내면서 소리를 내는 걸까?' 나는 부엉이 시계를 보았다. 인형 장식으로 들어간 마야의 신들이 눈에 들어왔다. 시간이란 신들이 앞뒤 순서를 정해 교대로 짐을 옮기는 것과 같은 것일까? 시간이 짐이라면 나 역시 나의 시간을 등에 메고 움직이고 있는 것일까?

"새해를 맞을 때마다 새로운 출발을 하지만, 시간에 그런 표시가 되어 있는 것은 아니지. 새로운 출발은 우리의 마음이 하는 거야. 1년의 시작도, 100년의 시작도, 1000년의 시작도 그 숫자에 있는 것이 아니라 우리 마음에 있는 것이지. 어떤 사람이 인생을 끝낸 날도 달력이나 시계에 있는 것이 아니라 마음속에 있을 뿐. 우리가 그 사람을 생각하는 한, 그 사람의 시간은 시간의 주인인 우리 안에서 계속 이어지게 되어 있어. 그런데도 사람들은 늘상 밖에서 시간을 찾아 헤매어 왔어. 루첼로 백작처럼."

식사를 마친 후 이번에는 남작의 안내로 아빠와 마르셀이 남자들의 방이라는 곳으로 자리를 옮겼다. 부인이 화장실에 간 사이 나는 남작의 말을 곰곰이 생각했다. 시간이 우리의 마음속에 있다면 마음에 따라 시간이 달라질 수도 있다는 말이기도 했다. 그러나 남작의 말처럼 시간의 주인이 우리라는 생각은 하지 못했다. 특히 아빠를 보면 시간관리에 철저하지만 시간의 주인이 아니라 오히려 노예에 더 가까웠다. 아빠도 로마에서 '모던 타임즈'를 이야기할 때 노예라는 표현을 썼다. 시간을 관리할수록 관리자가 되는 것이 아니라 노예가 되고, 마르셀처럼 시간을 관조할수록 방관자가 아니라 오히려 주인이 될 수 있다는 점이 모순처럼 느껴졌다. 하지만 그 모순은 엄연한 현실이지 않나. 불편한 현실은 하나 더 있었다. 아빠는 마르셀이 적당히 하고 사는 바보 같다고 생각했고, 마르셀은 아빠가 지나치게 열심히 사느라 정작 중요한 것을 놓치는 바보 같다고 생각했다. 서로가 서로를 한심해하는 사이였다. 굳이 나에게 하나를 선택하라면 마르셀과 같은 태도를 갖고 싶지만, 그래도 아빠처럼 최선을 다하는 사람이 무시받는 것은 싫다. 나는 남작 부인에게 마르셀과 아빠의 예를 든 다음, 시간에 대해서 어떤 태도를 갖는 것이 좋은지 물어 보았다.

"두 태도 중 어느 것이 전적으로 올바르다고 말할 수는 없어요. 단지 상황마다 무엇을 더 선호할 수는 있지요. 아까 재단 일 때문에 외출을 했었는데, 약속 장소에 5분 일찍 도착하는 것이 필요한 상황에서는 그렇게 해야 좋겠지요. 비즈니스를 하는 경우에는 말할 것도 없고. 난 원래 시간에 구애받지 않는다며, 산책을 하느라 늦었다고 하면 상대방이 이해해 줄까요?"

"아니요. 절대 아니지요."

아빠와 내가 시에나에 도착한 첫날, 마르셀이 약속 시간에 아무 말도 전하지 않고 나타나지 않았던 일이 떠올랐다. 그로 인해 마르셀은 좋은 첫인상을 주지 못했다. 비즈니스로 만나는 사이는 아니었지만, 마르셀의 행동이 언제나 이해받을 수 있는 건 아니란 점도 알게 되었다.

"시간에 대한 태도는 획일적일 수 없어요. 상황에 맞게 대응하고 행동하는 것이 현명해요. 휴양지에 와서도 일을 할 때와 똑같은 태도를 보이는 사람이 있어요. 쉬는 것도 더 빨리 더 많이 처리하려고 해요. 그건 무늬만 휴양이지, 사실은 휴식을 일처럼 열심히 하는 셈이죠. 해외여행도 다양한 문화를 즐기고 느끼기보다는 경쟁적으로 하려고 하죠. 그러나 자기보다 더 자랑거리가 많은 사람은 늘 있게 마련이어서, 그 앞에선 곧 기가 죽어요. 그 다음엔 어떻게 할까요? 그걸 만회하려고 다시 경쟁적으로 놀고, 경쟁적으로 여행의 회수를 늘리려고 하겠지요. 대개 남자들은 남을 이기거나 자랑하려고 그런 바보 같은 일을 잘 벌여요. 그래서 세상에는 포용적인 여자들의 생각이 필요한 거고요."

남작 부인은 미소를 지었다. 하지만 잠시 후 진지한 눈빛으로 나를 보면서 말했다.

"성향이 다른 사람이 서로를 인정하는 것도 힘든 일이지만, 사람은 자기 안에 있는 여러 시간의 태도를 수용하는 것도 힘들어 해요. 하나의 태도가 주도권을 잡으면 계속 그 태도를 밀어붙이려 하지 다른 것이 가능하다는 걸 잊게 돼요. 하지만 규린인 그러지 않았으면 해요. 포용의 폭이 넓은 사람이 행복한 법이니까요."

"그런데 구체적으로 어떻게 해야 할지 모르겠어요."

"행복하고 의미 있는 삶을 살기 위한 방법은 먼 데 있지 않아요. 지금 끝마쳐야 하는 일이 있다면 좀 힘들더라도 그 일에 집중해서 끝마

처요. 그것이 미래지향적인 방법이지요. 휴가나 파티처럼 한껏 즐겨야 하는 시간에는 내일에 대해 걱정 말고 현재의 시간에 충실하도록 해요. 현실이 힘들면 내가 얼마나 긍정적으로 살아온 사람인지 과거를 돌아볼 필요도 있어요. 미래에 달라질 수 있다는 희망도 가져야 하고요. 지나치게 미래지향적이라면 더 하려고 계획하기보다는 일을 덜어내는 식이 되어야겠지요."

나는 부인이 이야기하는 것을 머리에 새겼다.

"규린이 나이에는 호기심이 많아서 실수를 하기도 쉬워요. 조그만 실수는 도움이 되지만, 너무 큰 실수는 다시 돌아오는 걸 힘들게 만들 수도 있으니 조심해야 해요. 너무 현실적인 욕망에만 골몰하는 것 같으면 미련을 갖지 말고 훌쩍 조용한 곳으로 떠나서 차분하게 생각해 보는 것도 좋아요. 삶은 멋진 가사가 흘러나오는 음악이에요. 주변이 너무 소란스럽다면 그 소음을 차단해야 가사를 제대로 들을 수 있는 법이잖아요? 방향을 잘 모를 때에는 일단 걸음을 멈추고 주위를 살피고 생각해 봐야 해요. 우리는 직선도로를 달리는 것이 아니에요. 한번 찾은 행복이 영원히 가는 것도 아니죠. 작은 행복을 계속 찾으면서 이어 나가는 것이니, 상황과 시간을 즐기면서 다양한 시도를 해보길 권해요."

나는 스스로에게 다짐하듯 남작 부인에게 그렇게 하겠다고 대답했다. 부인은 미소를 지으며 나에게 '착한 아이'라고 말해 주었다. 아이라는 표현을 오랜만에 들으니 낯설었다. 그러나 남작 부인이 따스하게 말하니 기분이 나쁘지 않았다. 부인은 내 손을 잡으며 말했다.

"말하고 나니 부끄럽기도 하네. 어쩌면 이런 조언은 나 자신에게도 해당하는 말이에요. 결국 사람은 실수하면서 배우는 거예요. 수지도 지금 내가 생각한 대로 그때 살았더라면 좀더 행복한 삶을 살다가 갔겠죠. 사람들은 행복하고 싶다고 생각만 하는 것인지도 몰라요. 당장 시간이 주어져도 그걸 누리지 않으니까. 이미 행복을 누리고 있다면서 더는 노력할 필요가 없다고 여기는 것만큼이나 어리석은 것이지요. 우리는 사람들이 조언해 주는 만큼 살기만 해도 엄청나게 행복할 수 있을 거예요. 규린, 우리 서로 노력하기로 약속해요."

나는 부인의 손을 더 꼬옥 잡았다. 우리는 서로의 얼굴을 바라보며 웃었다. 친구를 대하는 것처럼. 남작 부인은 나와의 만남을 기념하여 선물을 주고 싶다고 했다. 나는 이미 그림을 받았으니 됐다고 말했다. 하지만 그림은 원래 엄마를 위한 것이었다며 주변을 두리번거렸다. 나도 주변을 살폈다. 여러 물건이 눈에 들어왔지만 하나같이 귀한 것들이어서 정할 수가 없었다. 나는 남작 부인을 보며 말했다.

"시간을 선물받고 싶어요. 베네치아에 왔는데 마음의 여유가 없어 제대로 즐기지 못하고 지금은 가지만, 제가 다음에 여기에 왔을 때 하루를 멋지게 보낼 수 있게 해주세요. 그게 세상에서 가장 값진 선물이에요."

남작 부인은 환하게 웃으면서 약속하겠다고 흔쾌히 대답했다. 부인은 나에게 베네치아의 특산품인, 크리스탈로 만든 팔찌를 선물해 주었다. 알알이 박힌 크리스탈이 마치 루비나 사파이어처럼 영롱하게 빛났다. 남작 부인은 다음에 방문할 때 팔찌를 잊지 않고 오면 더 좋은 선물을 해주겠다고 말했다. 그러면 나도 선물을 준비할 테니 말해 달라고 했다. 남작 부인은 내게 그림을 받고 싶다고 했다.

"좋아요. 제가 오기 전에 꼭 초상화를 그려서 보내 드릴게요. 지금의 아름다운 모습 그대로요."

나는 아빠에게 부탁해서 남작 부인과 기념사진을 여러 장 남겼다. 남작은 부엉이시계를 가리키며 말했다.

"이 시계, 원하면 다시 시곗바늘들이 돌아가도록 고쳐서 아내의 그림과 함께 보내 주겠네."

나는 아빠를 쳐다보았다.

"아빠, 엄마가 저에게 남긴 것이니까 제 맘대로 해도 되죠?"

아빠가 고개를 끄덕였다. 나는 남작에게 부엉이시계를 고칠 필요가 없다고 말했다. 어차피 세상에 정확한 시간을 재는 시계가 없는 것이라면 부엉이시계가 아프게 뜯을 필요는 없었다. 지금 이대로 놔두어도 오전 11시 11분, 오후 11시 11분, 이렇게 시간의 길목을 미리 지키고 서서 하루에 두 번은 맞는 시계가 될 테니 그런 대로 좋았다. 그 시간마다 나는 엄마와 함께 부엉이시계를 고칠 걱정을 하던 시간을 떠올릴 테니 그것도 좋았다. 나는 시계를 아빠의 가방에 넣었다.

우리는 남작 가족과 아쉬운 이별을 하고 호텔로 옮겨 해리를 기다렸다. 시간은 더디게 갔다. 남작이 말한 것처럼 다른 생각을 하려고 노력했다. 하지만 내일까지 확실히 수수께끼를 풀지 못하면 엄마의 그림을 찾을 수 없다는 생각이 자꾸 나를 덮쳤다. 나는 아빠와 산책에 나섰다. 마르셀과 산책을 할 때보다 오히려 어색했다. 아빠는 침묵을 깨뜨리며 말했다.

"많이 힘들지? 우리 조금만 더 노력하자. 내일이면 어떻게든 결론이 날 것이니까."

나도 힘을 내겠다고 말했다. 아빠와 나는 기도하듯이 함께 손을 모으고 속으로 간절히 바랐다. 내일 이맘때에는 엄마의 그림을 들고 행복한 미소를 짓게 해달라고.

아빠와 나는 베네치아 거리를 걸었다. 산마르코 성당 주변을 빼놓고는 사람들의 왕래가 한산해졌고 안개에 쌓인 노란 가로등이 이끼가 낀 것 같은 빛깔의 오래된 건물과 검은 물을 비추어 음산한 분위기가 흘렀다. 다시 호텔로 돌아와 마르셀과 함께 카페에 자리를 잡았다. 어느덧 밤 10시, 해리가 도착했다. 호텔에서 본 해리는 파티에서 봤던 모습, 내 기억 속의 모습과 또 달랐다. 낯설었지만 반가웠다. 새 학기에 친구를 사귈 때 아침마다 경험했던 그 묘한 느낌보다 몇 배는 강한 느낌이었다. 고작 한 번 본 사람을 다시 보는 기분이 아니었다. 마음의 시간은 시계보다 훨씬 더 빠르게 흘러 있었다.

해리의 옆에는 젊고 세련된 귀부인이 있었다. 해리는 자신의 엄마라고 소개했지만, 해리와 나이 차이가 좀 나는 누나처럼 보였다. 상체가 타이트하게 디자인 된 파란색 원피스는 아래 부분이 풍성했다. 덕분에 윤기 나는 치마 주름은 그녀의 몸에서 맑은 물이 폭포수처럼 시원하게 떨어져 내리는 듯한 착각을 일으켰다. 부인이 들고 있는 부채는 상아와 보석으로 화려하게 꾸며져 있었다. 나의 시선이 부채에 머물자 부인은 미소를 지으며 부채를 건넸다.

"멋진 작품이지요? 저와 취향이 비슷한 것 같아 반갑네요. 직접 만져 볼래요?"

나는 망설이다가 거절하는 것도 예의가 아닐 것 같아 부채를 받아 들었다. 집게손가락으로 상아로 된 부채대를 위에서부터 아래로 조심스럽게 만져 보았다. 백작 부인은 내게 몸을 숙여 귀 가까이 얼굴을 대고는 말했다.

"어떤 이야기를 나누고 싶나요?"

뜬금없는 질문에 놀란 나를 바라보며 백작 부인은 짓궂게 웃으며 재미있는 부채 암호 몇 가지를 알려 주었다.

"부채는 예전에 적극적으로 자신을 표현하지 못하던 여자들이 은밀하게 마음을 전하는 수단이었어요. 방금 전 규린이 했던 행동은 대화를 나누고 싶다는 암호였지요. 파티에서 부채를 접어서 고리를 왼손에 매달아 놓지는 말아요. 반지를 낀 것처럼 자기는 약혼을 했다는 표시라서 멋진 남자들이 접근하지 않을 테니까요. 그리고 부채를 잘못 떨어뜨리면 안 돼요. 난 당신의 것이라는 의미이니까요."

부채로 마음을 표현하는 건 복잡한 의사소통 방법이지 않았을까? 상대방의 부채를 유심히 지켜보고 있다가 소소한 행동까지 해석해야 하고, 오해를 살 만한 행동은 조심해야 하니까. 그러나 내 생각과 달리 백작 부인의 설명에 따르면, 일단 익숙해지면 일상 언어로 말을 전하는 것보다 더 확실한 방법이라는 것이다. 은밀한 의사소통 수단은 부채 말고도 많았다. 부인은 이야기를 이어 나갔다.

"이곳 베네치아에서 태어난 천하의 바람둥이 카사노바는 암호의 재미에 빠져 300명이나 되는 귀부인들과 각각 다른 암호가 담긴 편지를 주고받으며 연애를 즐겼어요. 행여 편지가 자신의 적이나 삼각관계에 있는 여성의 손에 들어가더라도 안전했지요."

백작 부인은 마르셀을 꼿꼿이 쳐다보았다. 마르셀은 미소를 지으며 고개를 천천히 끄덕였다. 마르셀은 아빠에게 말했다.

"먼 길 오시느라 피곤해서 빨리 쉬셔야 할 테니, 백작 부인에게 루첼로 백작의 편지를 보여 주시지요."

아빠는 정중하게 편지를 건넸다. 편지를 읽는 내내 백작 부인의 눈빛이 날카롭게 빛났다. 그리고 마지막 부분에서 특히 더 강렬한 빛을 내뿜었다. 부인은 굳은 표정으로 몇 초 동안 천천히 눈동자를 굴리며 뭔가를 생각하다가 다시 안정된 미소를 지었다. 마치 중국의 변검 묘기처럼 순식간에 가면을 갈아치운 것 같았다.

"제가 도와줄 수 있어서 다행입니다. 이 문서는 가짜입니다. 그리고 루첼로 백작에게는 제가 잘 알아들었으니 기다리시면 나중에 따로 연락을 드릴 것이라고 전해 주세요. 혹시나 제게 먼저 연락을 하고 싶다면 연락처를 알려 주세요."

백작 부인은 지갑에서 명함을 꺼내 아빠에게 건넸다. 그대로 대화가 끝나는 것 같은 분위기에 아빠는 다급하게 부인에게 물었다.

"어떤 근거로 가짜라고 하시는 건가요? 이미 헬몬트 백작님도 가짜라고는 말씀해 주셨답니다. 그러나 루첼로 백작에게 수수께끼를 푼 것을 증명하려면 그냥 결론만 말하면 안 되지 않습니까?"

아빠의 말을 들은 부인은 남편이 어떤 근거를 댔는지부터 설명해 달라고 부탁했다. 아빠는 헬몬트 백작에게 들은 이야기를 그대로 전했다. 부인은 옅은 미소를 지으며 아빠의 이야기를 들었다. 잠시 후 부인은 가방에서 서류 봉투를 하나 꺼내 아빠에게 건넸다. 아빠는 봉투를 열어 보고 깜짝 놀랐다. 방금 전 부인에게 자신이 건넨 것과 똑같은 내용의 편지가 있었다. 단, 종이의 재질이 달랐다.

"이것이 루첼로 백작이 법원에 제출했던 증거자료의 사본입니다."

나는 루첼로 백작이 애초에 우리에게 편지를 주면서 복사본이라고 했던 말을 떠올렸다. 그런데 부인이 꺼낸 복사본은 현대의 복사기로 찍어낸 것이었다. 백작의 편지는 옛날 문서 느낌 그대로 두툼한 종이에 잉크로 글자를 쓴 필사본이었다. 아빠는 두 문서를 탁자 위에 놓고 비교했다. 언뜻 보기에 내용은 모두 똑같았다. 글자가 쓰인 위치까지도. 아빠의 눈길이 두 문서의 끝을 분주하게 오갔다. 나도 그 부분을 집중해서 보았다. 마르셀이 말했다.

"날짜가 다르군요."

아빠는 혼잣말처럼 말했다.

"모든 것을 그대로 복제하는 백작이 왜 이런 짓을?"

나는 부인을 쳐다보았다. 부인은 천천히 입을 열었다.

"일부러 한 것이라면 그것에 백작의 의도가 있는 것이겠지요."

"어떤 의도요?"

"가짜 문서를 만들면서까지 알려야 하는 진실이 있지 않을까요?"

부인은 우리에게 질문으로 답을 대신했지만, 왠지 답을 이미 알고 있는 것 같았다. 마르셀은 부인에게 물었다.

"가짜로 진실을 말한다고요? 놀랍군요. 대체 그 진실은 무엇이지요?"

부인은 차가운 미소를 지으며 말했다.

"이 편지의 당사자들은 그 진실을 알고 있겠지요. 비밀 연애편지처럼. 그리고 모든 비밀 연애가 그렇듯이 비밀이 새어 나가면 아슬아슬했던 연애도 끝날 확률이 큽니다. 그러니 당사자들을 위한다면 그 비밀을 너무 알려고 노력하지 마세요. 여러분은 여기 어린 숙녀분의 엄마가 남긴 그림을 얻기 위해서 이 문서가 진짜인지 가짜인지 수수께끼만 풀면 되는 것 아니었나요?"

아빠와 나는 서로를 쳐다보았다. 그리고 나서 우리 둘은 약속이나 한 것처럼 마르셀을 쳐다보았다. 마르셀은 손으로 턱을 만지면서 고개를 끄덕이고 있었다. 부인의 말이 틀리지는 않다. 그래도 궁금한 것을 남겨 놓는다는 것은 수수께끼를 다 못 푼 것 같아 찝찝했다. 그래도 아빠는 내게 엄마의 소원을 풀 수 있게 되었으니 뿌듯하다고 귓속말했다. 나는 그토록 바라던 순간이 왔는데도 얼떨떨하기만 했다. 마냥 기뻐하지 않는 내 모습을 본 부인은 자신이 준비해 온 편지 복사본을 아빠에게 가지라고 말했다. 혹시 루첼로 백작이 근거를 대라고 하면 그걸 보여 주라면서. 하지만 그럴 필요가 생길 것 같지는 않다고 말하며 미소를 지었다. 부인은 좌중을 한번 둘러보고는 자리에서 일어났다. 그러면서 마르셀에게 다시 당부했다.

"루첼로 백작님께 제가 꼭 연락을 드리겠다고 한 말 전하는 것 잊지 마세요."

배웅 인사를 하는 마르셀의 표정이 침통했다. 호텔 앞 선착장에서 배를 기다리는 동안 나는 해리를 쳐다보았다. 어쨌거나 엄마의 그림을 찾을 수 있게 되어서 좋았지만, 그와 한마디도 나누지 못하고 헤어지는 것이 아쉬웠다. 해리는 나를 쳐다보며 뭔가를 이야기하려다가 참았다. 아빠가 백작 부인에게 수수께끼를 풀어 주고 서류까지 전해 줘서 감사하다는 인사를 전했다. 그러는 사이 해리는 마르셀에게 가서 그의 명함을 받아 갔다. 부인은 잠시 망설이다 아빠에게 말했다.

"그림을 찾게 되면 원래 루첼로 백작이 줬던 편지는 제게 보내 주시기 바랍니다. 여러분과의 추억을 간직할 기념품으로 갖고 싶군요."

아빠는 그렇게 하겠다고 약속했다. 백작 부인과 해리가 떠난 다음 마르셀은 분통을 터뜨렸다. 아빠가 놀라서 마르셀을 붙잡고 이유를 물었다.

"루첼로 백작은 우리에게 복잡한 수수께끼를 낸 것이 아니라, 비밀 편지 심부름을 시킨 거예요!"

아빠와 나는 무슨 말인지 몰라 고개를 갸웃거렸다. 하지만 어딘지 찝찝했던 마음은 마르셀의 말이 맞다고 이미 고개를 끄덕이고 있었다. 마르셀은 백작이 일부러 편지를 다르게 복제한 것은 자신의 편지에서 고친 날짜를 다른 사람이 알아주길 바라서였을 것이라고 했다.

"그 다른 사람이 대체 누구인데요?"

"백작 부인이 비밀 연애편지에 대해서 말할 때 힌트를 준 것처럼 자기의 친구 혹은 적이지요."

"우리가 헬몬트 백작에게 가기를 루첼로 백작이 바랐다면 그냥 거기에 가서 편지를 전하라고 말했으면 되지 않았나요? 아니 우리를 시킬 것도 없이 자기의 비서를 시켜서 편지를 부치면 됐지 않습니까?"

"만약 당신이라면 어떤 메시지를 보내야 하는데 수신인이 누가 될지 몰랐다면 어떻게 하시겠습니까?"

"대체 그런 편지가 어디 있나요? 그런 메시지는 차라리 게시판에 쓰는 글에 가깝지요."

"그러면 귀족들이 한꺼번에 모여서 볼 게시판이 어디에 있을까요?"

"귀족들의 모임에 있겠지요."

"귀족들의 모임에서도 그런 게시판은 없지요. 그냥 사람들의 입이 게시판입니다. 그런데 루첼로 백작은 원래 은둔자에 가까운 사람이라 파티를 열거나, 참석하지 않는 인물입니다. 그런 사람이 비서를 시켜 메시지를 보낸다고 해도 다른 귀족이 대신 말을 해줄 가능성은 거의 없지요."

"그래서 우리를?"

아빠의 표정이 멈추고, 눈이 분주하게 움직이기 시작했다. 마르셀의 목소리도 조금 높아지고 빨라졌다.

"루첼로 백작은 당신들이 자기와 같은 귀족의 일상에 파고들어 당당히 요구하는 모습을 보고 자신의 메시지를 전할 수 있는 적임자라고 생각했을 것입니다. 예전부터 귀족들은 비밀 편지를 그 내용을 알 수 없는 문맹의 하인에게 배달시켰던 사람들이니까요."

문맹이라는 말에 기분이 순식간에 상했다. 그러나 루첼로 백작의 편지를 보고서도 몰랐던 우리의 모습은 문맹자나 마찬가지였다.

"제가 여러분을 도와주는 것을 보고 루첼로 백작은 우리가 꼭 헬몬트 백작이 아니더라도 다른 플랑드르의 귀족이나 나폴리의 귀족 등을 만나서 이 편지를 보여 줄 거라고 생각했을 겁니다. 그들은 외국에서 온 사람들이 왜 하필 가장 민감한 문서를 수수께끼로 풀어야 하는지 생각하겠지요. 그게 바로 루첼로 백작의 계산이었던 거지요."

루첼로 백작이 우리를 마치 체스판의 말처럼 놀렸다는 사실에 분노가 치솟았다. 그런데 '체스판의 말'이라는 단어를 떠올리자 헬몬트 백작이 우리를 만났을 때 다른 말을 써서 체스판의 승부를 뒤집으려 한다고 말했던 것이 생각났다. 원래 귀족들의 생리를 잘 알고 있는 마르셀의 추리가 사실처럼 느껴졌다.

"아까 백작 부인이 당사자 간의 비밀 연애편지라는 말에 제 머리를 강하게 스치고 지나간 것이 있습니다. 이 편지에는, 저는 아직 잘 모르지만 여러 귀족에게 보내는 강력한 구애의 메시지가 들어가 있을 것입니다. 아는 사람만 알아챌 수 있는."

"그럼 자기를 도와줄 수 있는 사람에게만 편지가 보내질 수 있도록 더 많은 힌트를 우리에게 줬어야 하는 것 아닐까요?"

아빠의 질문을 받은 마르셀은 잠시 생각에 잠겼다가 다시 입을 열었다.

"루첼로 백작의 가문은 당시 나폴리뿐만 아니라 전 유럽에서 권세가 있었습니다. 적도 있었겠지만 동조자가 없으면 그런 권세는 유지하기가 힘들지요. 그러던 가문이 한 순간에 배신을 당했다면 어떤 세력이 루첼로 가문의 지지자들이 거절하기 힘든 이권을 주겠다는 제안을 했을 것입니다."

아빠는 손가락을 튕겼다. 사업 컨설팅을 했던 아빠는 이런 맥락의 이야기에는 머리 회전이 특히 빨랐다.

"그 이권을 다시 빼앗아 올 수 있는 증거를 갖고 있다는 메시지를 주면 그 지지자들은 다시 흔들려 루첼로 백작에게 연락을 하겠지요. 자기들의 이익을 지키기 위해서 말입니다. 그리고 적은 적대로 긴장해서 움직일 테고요. 그 과정에서 루첼로 백작은 적과 동료를 가릴 수 있겠군요. 루첼로 백작은 과거의 잘못을 묻겠다는 확고한 메시지와 함께, 새로운 선택으로 미래를 바꿀 테니 함께할 사람은 나에게 결집하라는 메시지를 이 편지에 기가 막히게 담은 것이군요."

"편지는 아주 오래전에 만들었을 것입니다. 하지만 저에게도 안 보여준 것을 보면 배달할 사람을 세심하게 고르고 있었다는 이야기예요. 저는 여러 귀족들과 관계가 있는 사람이니 찜찜했을 거예요. 적과 동료가 될 사람을 가리지 않고 좌충우돌 찔러 볼 사람일수록 더 좋았겠지요. 하지만 그 사람은 과거의 음모나 백작 자신의 계획을 전혀 몰라야 합니다. 그래야 편지를 받는 사람도 비밀스럽게 일을 진행한다는 믿음을 갖고 루첼로 백작에게 연락할 테니까요. 그리고 그 사람은 어떤 마수에도 걸려들 가능성이 없어야 합니다. 평생 후회와 복수로 불타고 있던 루첼로 백작은 이번 기회를 놓칠 수 없었을 겁니다."

엄마뿐만 아니라, 우리까지 이용하려 하다니 화가 나서 소리쳤다.

"대체 그 비밀이 뭐길래, 이 날짜가 뭘 의미하길래 그런 거야?"

마르셀은 한숨을 섞으며 말했다.

"엄청난 이권의 비밀이 암호로 숨겨져 있겠지. 이 일과 연관된 귀족들은 그 핵심 이권에 대한 것은 가문의 비밀로 남겼을 거야. 그래야 누군가 배신하려고 할 때 협박할 수 있고, 반대로 등을 돌리려 할 때 자신에게 쏟아질 압력까지 다 계산할 수 있을 테니까. 실제로 당시 플랑드르에 없었던 날을 루첼로 백작이 일부러 민감한 문서에 쓴 것을 보면 그 핵심 이권과 관련이 있는게 틀림없어."

"그것을 어떻게 단번에 보고 알아요?"

"사람들은 누구나 자기가 중시하는 것을 먼저 본단다. 미술가는 사소한 사물에서도 색과 형태를, 음악가는 사람의 고함 속에서도 멜로디를, 치과의사는 대화중에도 사람의 이를 살피는 것처럼 말이야. 귀족은 무엇보다도 자기 이권에 굉장히 민감한 사람들이야. 그렇지 않다면 그 오랜 시간 신분과 경제력을 유지할 수 없었겠지. 그런 귀족들에게 이 날짜는 거대한 금고를 열 비밀번호로 보였을 거야. 그러니 아까 백작 부인처럼 한눈에 알아보고 눈빛이 달라지지."

나는 마르셀의 말을 들으며 백작 부인의 눈빛이 다시 떠올랐다. 미소 속에 감춰진 그녀의 본심이 어떤지 몰라도 무서웠다. 해리에게도 내가 알아채지 못한 무서운 본심이 있는 걸까……. 갑자기 해리가 낯설게 느껴졌다. 아니 내가 아는 해리는 아예 세상에 없는 사람이고, 완전히 다른 해리가 웃으며 나를 보고 있는 기분이 들었다. 마르셀과 계속 이야기를 나누던 아빠는 한숨을 푹푹 쉬며 분을 삭이지 못하고 밖으로 나가 버렸다. 나도 일어나 호텔 로비를 빙빙 계속 걸었다. 마르셀은 주먹을 쥐어 턱을 괴고 뭔가를 생각했다. 시간이 한참 지났다. 아빠가 호텔로 다시 돌아오는 것이 보였다. 아빠를 좇아 다시 카페로 들어갔다. 아빠는 마르셀을 보며 말했다.

"이용당했다고 생각하면 그 늙은이를 당장 멱살이라도 잡고 싶지만 현실적으로 우리가 원하는 것을 얻게 되었으니 오늘은 그것만 생각하지요. 규린과 나는 수지의 그림만 얻으면 돼요. 오늘까지 너무 스트레스를 받으며 움직였으니, 오늘은 그저 수지의 그림만 생각하렵니다. 내일이면 우리는 그림을 갖고 이상한 귀족들이 일을 꾸미고 있는 이 땅을 떠날 거니까요."

아빠는 9박 10일 일정으로 미리 끊어 놓은 비행기표가 있는 소지품 가방을 탁탁 치며 말했다. 예기치 않은 일들이 있었지만 어쨌든 아빠의 계획대로 열흘 만에 돌아가게 되는 것이다. 마르셀도 더 말하지 않고 우리의 손을 잡았다. 나를 바라보는 마르셀의 눈은 벌써부터 이별의 아쉬움이 차오르고 있었다. 나는 울컥했다. 마르셀은 그런 나를 가볍게 안아 주며 등을 토닥였다. 방으로 돌아온 아빠와 나는 긴장이 풀려 곧 잠이 들었다.

눈을 감았다 뜬 것 같은데 아빠가 나를 깨웠다. 아침이 밝은 것이었다. 아빠는 시에나에 여유 있게 도착하려면 서둘러야 하니 빨리 일어나라고 했다. 내가 샤워를 마치고 나오자 아빠는 가만히 앉아 있었다. 아빠는 나를 보자마자 말했다.

"마르셀에게 방금 연락이 왔는데, 해리가 우리와 함께 루첼로 백작을 만나고 싶어한다는구나. 지금 여기 호텔 로비에 있대."

아빠는 헬몬트 백작과 루첼로 백작이 사이가 안 좋은데, 해리가 함게 가면 혹시 일을 그르칠까 걱정된다고 했다. 아빠는 해리가 아무래도 나를 도와주려는 마음으로 끝까지 가고 싶어하는 것 같다며 나에게 정중하게 거절하라고 말했다. 나는 아직 잠이 덜 깨어 상황판단이 되지 않았지만, 해리의 이야기를 들어 보고 결정해야 할 것 같았다.

서둘러 옷을 갈아입고 로비로 내려갔다. 해리는 미소로 나를 맞이했지만 나는 마냥 환하게 웃을 수는 없었다. 해리의 표정도 이내 굳어졌다. 형식적인 인사를 주고받았지만, 그 덕분에 마음이 풀어지는 듯했다. 헬몬트 저택의 파티에서 헤어지던 날 밤, 서로 편하게 대화를 나누던 그때의 기분이 되살아났다. 해리는 심호흡을 하고 나서 말했다.

"우선 미안하다고 말하고 싶어."

"뭘?"

"엄마가 이용하려고 한 것 말이야."

"백작 부인이? 뭘?"

루첼로 백작이 흑심을 갖고 우리를 이용했다는 사실은 어제 밝혀졌다. 그런데 이건 또 무슨 말인가? 해리의 엄마도 우리를 이용하려 했다고? 무서운 일을 꾸밀 수 있는 사람이라고 마르셀이 말한 적이 있긴 했다. 그리고 어제 백작 부인이 우리를 찾아와 편지의 비밀을 푸는 데 도움을 주었지만, 기분이 유쾌하지는 않았다. 내가 놀라움을 감추지 못하자, 해리는 어젯밤 엄마의 행동이 이상해서 꼬치꼬치 캐물어 알게 된 사실을 내게 말해 주었다. 그리고 나는 그 말을 아빠와 마르셀에게 전했다. 우리는 해리와 함께 서둘러 시에나로 가기로 결정했다.

신의 시간,
인간의 시간

시간은
영혼의 삶이다.
- 롱펠로우

시에나로 돌아와 오후 3시로 예정된 백작과의 약속 시간을 기다렸다. 마르셀은 긴장을 풀어 주려고 해리와 나에게 끊임없이 질문을 했다. 우리의 대답이 대부분 단답형이었는데도 멈추지 않는 것을 보면 마르셀 자신이 긴장을 풀기 위해서였을 것이다. 드디어 루첼로 백작의 비서가 우리를 빌라 2층에 있는 커다란 방으로 안내했다. 비서는 해리에게 찰싹 달라붙어 여러 가지를 물어 댔다. 그가 누구인지, 왜 여기에 왔는지 따위를 물어보았지만 해리는 마르셀의 질문에 답할 때보다 더 짧게 나의 친구로서 돕기 위해 왔다는 말만 했다. 비서가 사라지고 15분 후에 루첼로 백작이 방으로 들어왔다. 루첼로 백작은 불과 일주일 전에 만났을 때보다 더 늙어 보였다.

백작은 해리를 경계하는 눈빛으로 노려보았다. 해리는 자신을 소개했다. 백작은 예상하지 못한 인물, 그것도 헬몬트 가문의 아들이 자기 집에 온 것을 보고 깜짝 놀랐다. 백작은 고개를 휙 돌리며 우리에게 왜 해리를 데리고 왔냐고 쏘아붙였다. 해리는 백작에게 한 걸음 다가가 자신이 간청해서 따라오게 된 것이라고 말했다. 그리고 자신이 어떤 말을 전하든지 우리가 수수께끼를 풀었을 경우 그림을 주기로 한 약속을 지켜 달라고 간곡하게 부탁했다. 백작은 잠시 망설이다가 표독스러운 얼굴로 말했다.

"내 이름을 걸고 약속한 걸세. 내가 누구처럼 배신할 인간으로 보이나?"

아빠는 천천히 백작에게 편지를 내밀었다. 백작은 답을 찾았냐고 물었다. 아빠는 또박또박 말했다.

"이 편지는 가짜입니다."

"확실한가?"

"네, 확실합니다."

백작은 한참 동안 아빠의 머릿속을 투시할 것처럼 뚫어지게 쳐다보았다. 그러고 나서 나와 마르셀을 번갈아 보았다. 백작은 차가운 미소를 지으며 고개를 끄덕였다.

"자네들 말이 맞네. 약속대로 그동안 찾은 수지의 그림을 준비시켜 주지."

백작은 비서에게 그림을 준비하라고 지시했다. 아빠와 나는 서로 얼싸안고 환호성을 질렀다. 마르셀도 아빠와 나의 어깨를 큰 손으로 각각 감쌌다. 해리가 한 걸음 앞으로 나서면서 말했다.

"약속을 지켜 주셔서 감사합니다. 그런데 어머니의 말대로 역시 이분들이 그 편지가 가짜라고 결론을 내린 이유는 물어보시지 않는군요."

백작은 고개를 아래로 더 숙이며 미소를 지었다. 해리는 편지를 가리키면서 더 강건한 목소리로 말했다.

"이런 편지는 이제 그만 보내세요. 적어도 제 어머니와 같은 사람에게는 말입니다."

"나는 자네 어머니에게 편지를 보낸 적이 없네. 이 사람들에게 편지를 준 것뿐인데, 어쩌다 보니 자네 어머니에게 가게 된 것이지. 그건 내 책임이 아니야."

"하지만 제 어머니처럼 백작님의 뜻에 동조할 사람을 모으려고 보낸 편지가 아닌가요?"

"헬몬트 백작 부인이 그런 말을 하던가? 대체 그 집안은 음모를 빼놓으면 말이 안 되는 집안인가 보군."

백작은 말은 이렇게 했지만, 해리가 말할 때 순간 그의 눈빛이 바뀌면서 지금까지와는 다른 미소도 입가에 살짝 번졌다가 사라졌다. 백작은 느릿느릿 입을 뗐다.

"내 편지를 그렇게 오해할 줄은 꿈에도 생각하지 못했어. 자네들은 덴마크 왕자인 햄릿이 죽기 전에 뭐라고 말하고 죽은 줄 아나?"

갑작스러운 질문에 해리뿐만 아니라 우리 모두 당황했다. 백작은 코웃음을 한 번 치고는 입을 열었다.

"햄릿은 자기의 이야기를 세상에 전해 달라고 주변 사람들에게 부탁하고는 숨을 거뒀지. 한이 있는 사람은 그런 선택을 할 수밖에 없지. 나도 햄릿처럼 우리 가문을 파멸로 이끈 추악한 사건의 전말을 세상에 알리고 싶네. 내가 죽기 전에 조금이라도 더 많은 사람에게 알리기 위해 이 사람들에게까지 부탁한 것이네."

사람들이 긴가민가한 표정으로 쳐다보자 백작은 큰 소리로 말했다.

"알다시피, 난 이런 내 생각을 강요하지 않았어. 그저 그림을 찾는 대가로 편지의 수수께끼를 풀라고 했을 뿐이야."

해리는 백작에게 한 걸음 더 나아갔다. 백작은 비장한 표정을 짓고 있었다. 해리는 백작의 얼굴을 자세히 뜯어본 다음 존경의 몸짓으로 인사하는 것처럼 몸을 숙이며 말했다.

"제 아버지처럼 백작님도 거짓말을 꾸며내는 데 능하시군요."

백작은 해리를 노려보았다. 해리는 앞뒤로 왔다 갔다 하면서 백작에게 자신의 생각을 말하기 시작했다. 마치 펜싱 칼을 들고 결투를 하는 몸짓이었다.

"백작님이 억울한 감정이 든다고 하여 그것이 진실이라고 생각해서는 절대 안 될 것입니다. 스스로 꾸며낸 거짓말임에도 백작님은 혼자 지나치게 그 생각에 빠져 있다 보니, 그걸 사실이라고 믿게 된 것 같습니다. 제 아버지도 그렇답니다. 다른 사람 앞에서 가면을 쓰는 것에 너무 익숙해진 사람들은 가면을 쓰고 나서 종종 자기의 본모습조차 기억하지 못하는 법이거든요. 하지만 결정적인 순간에는 답답해서 그 가면을 벗어 버리지요. 제 어머니처럼 말입니다."

해리는 품에서 어제 백작 부인이 보여 준 편지의 복사본을 꺼내 마지막 날짜 부분을 손으로 가리키며 말했다.

"만약에 백작님이 햄릿과 같은 마음을 갖고 계셨다면 굳이 편지의 다른 부분은 감쪽같이 복제하고 바로 이 날짜만 교묘하게 바꾸지는 않으셨겠지요. 있는 그대로 세상에 알리면 될 일이니까요. 재판에 제출하셨을 때처럼 말입니다."

해리는 한숨을 짓듯이 심호흡을 크게 하고 나서 말했다.

"저는 이 날짜의 비밀을 알고 있습니다."

백작은 깜짝 놀란 눈으로 해리를 쳐다보았다. 해리는 오전에 우리에게 했던 이야기를 백작에게 말하기 시작했다. 편지의 날짜 중 12월 22일을 연도로 생각하는 것이 암호 해독의 시작이었다.

1222년 당시 플랑드르는 왕권이 없던 시기로, 여러 백작들이 각 도시를 차지하고 지자체로 운영하고 있었다. 경제적으로는 플랑드르 사람들이 외국에 나가서 교역을 하는 비중보다 주변 나라에서 플랑드르로 들어와서 교역을 하는 비중이 높았다. 플랑드르가 이탈리아, 스칸디나비아, 발트 해 연안 국가, 영국과 독일 등 유럽 무역의 중간기지에 위치했기 때문에 각국의 산업이 발전하고 교역이 증가할수록 플랑드르의 힘도 증대되었다. 특히 항구도시인 브뤼헤는 세계 무역의 중심지로 부상했다. 바로 그 즈음 헬몬트 백작의 가문도 해상무역을 시작해서 막대한 이익을 얻었다. 그런데 1222년은 그 이익을 둘러싸고 헬몬트 가문 안에서 형제들끼리 싸움이 벌어져 셋째가 두 형을 죽인 후 가문의 모든 권리를 승계하게 되었다.

나는 이 이야기를 처음 들었을 때 소스라치게 놀랐다. 살인을 했는데 어떻게 감옥에 가지 않고 오히려 더 승승장구한 것이냐고 해리에게 물었다. 해리는 두 아들이 요트를 타고 나가 침몰하여 죽은 것으로 되어 있다고 했다. 하지만 어릴 때부터 바다와 친숙했던 두 아들이 모두 일 년 사이에 똑같은 이유로 죽었다는 것은 사실상 살인으로 봄 직한 사건이었다. 나는 그런 정황이 있다면 왜 당시 사람들은 법에 의해 진실을 밝히지 않았느냐고 물었다. 해리는 씁쓸한 표정으로 말했다.

"셋째 아들과 친하게 지내는 게 자신들에게 이익이 되니까 침묵한 것이지. 루첼로 가문이 위기에 빠졌을 때 다른 귀족들이 방관하거나 오히려 모함했던 것도 루첼로 가문의 억울함을 밝히는 것보다 그 가문이 쓰러졌을 때 나눠 가질 이익이 더 컸기 때문이야."

해리는 1222년 셋째 아들이 그런 일을 대담하게 꾸밀 수 있었던 것은 호시탐탐 지배권을 노린 프랑스 귀족들과 결탁했기 때문이라고 했다. 아예 그해에 신뢰의 표시로 정략결혼을 서둘러 했을 정도였다. 가장 큰 비밀을 공유한 가문이라면 그 이후로도 줄곧 여러 일들을 함께 꾸미며 현재에 이를 수 있다고 백작 부인은 해리에게 설명했던 것이다.

"나는 파티가 끝난 후 어떻게 시간을 보냈는지 묻는 어머니에게 하루 중 가장 인상 깊었던 너와의 만남을 이야기했어. 그리고 네가 말한 수수께끼 문서 이야기도 했지. 그런데 다음 날 어머니는, 네가 어떤 아이인지 궁금해하며 아버지와 함께 만나려고 했어. 그런데 아버지가 약속된 시간에 다른 일정이 생겼다며 거짓말을 둘러대고, 어머니와 나를 원래 아버지가 가야 하는 공식 일정에 보내는 것을 이상하다고 생각하셨지. 그래서 어머니는 편지에 대해 자세히 알아보기 위해 베네치아까지 온 거야. 그리고 편지를 보면서, 루첼로 백작이 하필이면 우리 가문이 가장 민감해하는 연도를 편지에 적은 것일까 궁금하게 여기신 거야."

해리는 한숨을 지으며 말했다.

"어머니는 직관적으로 판단을 내렸어. 비밀이 구체적으로 무엇인지 몰라도 1222년에 결혼한 프랑스 가문과 헬몬트 백작이 최근에 벌였거나 벌일 가능성이 짙은 커다란 이권 사업과 연관이 있다. 그리고 그 사실을 루첼로 백작이 눈치챘다는 것을 그들에게 알리기 위해 편지를 보냈다는 것이지. 그래서 엄마는 집에 돌아가 자신의 추리가 맞는지 천천히 알아본 다음에 루첼로 백작에게 연락할 생각이었지."

"루첼로 백작이 비밀을 눈치챘다면 왜 굳이 미리 알려?"

"어머니는 처음에 루첼로 백작이 우리를 위협해서 오래전 잃어버린 나폴리 성이나, 비교적 최근에 빼앗긴 시칠리아 성을 돌려받을 수 있을 만큼 어마어마한 돈과 권력을 요구할 심산이었다고 판단하셨나 봐. 아니면 이 편지가 다른 귀족의 수중에 들어가도 이득은 돼. 왜냐하면 결국 아버지의 은밀한 계획은 방해를 받거나 그로 인해 배신자가 생기면 곧 루첼로 백작이 복수에 성공한 셈이 될 테니까. 하지만……."

"하지만 뭐?"

"어머니는 루첼로 백작의 입장에서 더 생각해 봤어. 아니 오히려 어머니 본색이 다 드러나는 자기 입장에서 더 생각해 봤다고 해야 하겠지. 어머니는 백작이 복수의 칼을 휘두르는 것이 아니라, 복수의 칼이 들어간 칼집만 보여 주는 게 본래 의도일지도 모른다고 추리했어."

"그게 대체 무슨 말이야?"

"칼은 칼집에 들어 있을 때 가장 무서운 법이라고 해. 단번에 뽑아서 휘둘러 버리면 위력을 보이는 게 되지만, 상대방을 겁주며 좌지우지할 수 있는 시간도 단번에 끝나 버리니까. 백작은 적의 약점을 잡고 자신이 고통받았던 것 이상의 시간 동안 괴로움을 주려고 했다는 거야."

해리의 말이 사실이라면 백작 부인이나 루첼로 백작 모두 무서운 사람들임에 틀림없다. 그런 일을 벌이는 사람이라면 엄마의 그림에 대해서도 좋은 일을 할 것 같지 않아 걱정이 되었다. 그래서 해리는 자신이 나서서 백작의 음모와 자기 어머니의 음모를 막고 내가 그림을 가져가도록 돕는 것이라고 했다.

"백작 부인의 음모?"

해리는 잠시 주저하다가 말했다.

"어머니는 루첼로 백작이 자기 조상을 공격한 칼이 된 문서를 거꾸로 이용해 복수의 칼로 쓸 정도의 사람이라면 함께 일을 도모해도 좋다고 말했어."

"어떤 일?"

해리는 그 일에 대해서 오전에 내게 들려줬던 것보다 더 노골적으로 백작에게 이야기했다.

"어머니는 이미 결혼을 할 때 유산 상속에 대해서 혼전계약서를 정확하게 작성해 둘 만큼 치밀한 분입니다. 그런데 시간이 갈수록 욕심이 커졌나 봅니다. 제가 열세 살이 되던 해에 이미 열여섯 살이 되는 해의 유산 상속 지분을 감안하여 유언장을 고치도록 아버지를 설득했으니까요. 내가 열여섯 살이 되었을 때 엄마는 더 큰 꿈을 꾸기 시작하셨어요. 그러면서 형제들과 저는 더욱더 멀어져야 했지요. 어머니는 저를 가문의 정식 후계자로 만들기 위해 뭐든지 하실 분입니다. 1222년과 같은 일을 벌여서라도 말입니다."

"나는 자네 가문의 후계 구도에는 전혀 관심이 없네."

"하지만 복수에는 관심이 많으시겠지요."

백작은 얼음장 같은 미소를 지었다.

"어머니는 제게 두 가문의 문제에 대해서 이미 모두 다 말했습니다. 그리고 어머니의 계획도 함께 털어놓으셨지요."

"계획?"

"어머니는 백작님의 복수에 협조하는 대신, 그 비밀이 무엇인지 알아내서 아버지를 협박해 보겠다고요. 이미 아버지 사업을 대부분 물려받은 큰 형과 작은 형의 실수를 캐내어 그 책임을 물어 내쫓고 저를 그 자리에 앉힐 수도 있다고 했습니다. 정 안 되면 제가 받을 유산 비중이라도 획기적으로 높일 수 있다고 했습니다. 새로운 가문의 역사를 시작해도 충분할 액수가 될 정도로요. 어머니가 극진히 생각하는 외할아버지가 쇠락하기 시작한 그때의 시간을 저를 이용하여 성공의 시간으로 되살리고 싶은 것이 복안일지도 몰라요. 제 이름을 외할아버지 이름을 따서 지은 이유도 어머니만 아시겠지요."

"그런 비밀스러운 이야기를 나에게 하다니, 이것도 백작 부인의 계획 중 일부인가?"

"아니요. 저는 제 의지로 여기에 왔습니다. 그리고 제 의지를 당당히 밝히고자 왔습니다. 저는 어머니와 백작님이 어떤 일을 꾸미시든 그 이득을 하나도 취할 생각이 없습니다. 제 의사는 어머니에게도 이미 밝혔습니다만 믿지 않으셔서 더 확실히 하고자 백작님께도 밝히는 것입니다. 이렇게 여러 증인이 있는 가운데에서요."

"나는 자네가 말한 헬몬트 가문의 비밀 같은 것은 모른다네."

"그러면 다행입니다. 제가 걱정할 일들은 일어나지 않겠군요. 전 그저 평범하게 살고 싶습니다. 만약 어머니가 제가 우려하는 일을 벌인다면 저는 상속권을 포기하려고 합니다. 조금 있으면 법적으로 완벽한 성인이니까요."

"평범? 귀족의 자제가 어떻게 평범하게 살 수 있다는 거지? 비록 배신자 집안의 자손이지만 내가 넓은 마음으로 충고를 하나 하지. 만약 어머니가 자네를 보호해 준다고 나서면 그냥 받아들이게. 그런 보호 없이 살아남느라 힘든 사람들도 많으니 말이야."

"저는 그게 싫습니다. 어머니는 저를 보호하신다며 제 생각은 무시하고 어머니의 생각만 강요하십니다. 어머니는 여자로 태어난 탓에 가문의 상속자가 되지 못한 한을 풀기라도 하려는 것처럼 저에게 강요하길 멈추지 않습니다. 그런 이야기를 듣고 있자면 제가 어머니의 잃어버린 시간을 재생시키기 위해 태어난 패자부활전용 대리인 같다는 기분이 듭니다. 비록 어머니의 몸을 빌려 태어날 수밖에 없었지만, 저는 제인생을 살기 위해 태어났습니다. 저는 어머니가 바라는 계획, 어머니의 보호 속에서의 성공, 어머니의 꼭두각시로서의 안락보다는 자유를 택하고 싶습니다. 제 인생의 시간을 제 생각대로 누리고 싶어요."

"세상 물정 모르는 철부지 같군. 자유를 택했는데 그나마 갖고 있던 재산과 젊음이라는 밑천을 언젠가 날린다면 안락도 자유도 결국 없는 비참한 거지 신세가 될 것일세. 세상은 자네가 귀족다운 귀족일 때만 고개를 숙이지, 조금이라도 빈틈을 보이면 자네의 옷까지 뺏어갈 기세로 덤벼들 것이야. 그게 현실이라고."

"백작님도 다른 어른들이 말하는 현실 속에 살고 계시는군요. 저는 어릴 때부터 다른 현실에 더 익숙했습니다. 저에게는 산타 할아버지가 선물을 주고 가는 것이 현실이었습니다. 어른들이 보여 준 동화 속 모습이 현실이었습니다. 꿈속에서도 그 동화 속 세상이 제 집처럼 느껴질 정도였어요."

해리처럼 나도 그랬던 적이 있었다. 해리는 고개를 도리질하며 말했다.

"어른들은 아이에게 좋은 동화책을 보여 주며 좋은 사람이 되라고 합니다. 그래서 그대로 하려고 하면 세상은 동화가 아니라며 영악해지라고 말을 바꾸지요. 제 어머니도 그랬습니다. 어릴 적에 뮤지컬 '빌리 엘리어트'를 보고 큰 감동을 받았어요. 저도 빌리처럼 춤을 추고 싶다고 하자, 어머니는 그런 열정적인 마음으로 공부를 해서 아버지의 사업을 물려받아 경영하라고 하셨지요. 내가 커서도 춤을 좋아한다면 허락하시겠냐고 물어보았는데, 어머니는 당신이 바라는 바를 내가 받아들이길 원하셨어요. 그것이 좋은 사람이 되는 길이라고 저를 설득하다가 안 되자 저를 위협하기도 하셨습니다."

해리의 목소리가 무섭게 바뀌었다.

"저도 어머니가 끝내 설득이 안 되어 마지막 수단으로 위협을 하려는 것입니다. 백작님에게 지금 말씀드린 것을 저희 아버지와 형제뿐만 아니라 제가 아는 귀족들이 다 알 수 있도록 공개하겠습니다. 그러면 이 비밀과 관련된 사람들이 모두 상처를 입겠지요. 그러니 제발 멈추시지요. 백작님의 억울한 사정은 저도 동정하지만 제 인생이 뒤틀리게 놔둘 수는 없습니다. 백작님도 어릴 때 불시에 힘든 일이 닥쳐서 큰 상처를 받은 것으로 알고 있습니다. 저에게도 아버지와 어머니, 가족들과 모두 이별하는 불운을 안겨 주셔야 직성이 풀리시겠습니까?"

백작은 끄응 하고 신음 소리를 냈다. 눈을 방 안에 있는 부부의 초상화에 고정시킨 후 한참 말이 없던 백작이 무겁게 입을 열었다.

"자네가 오해를 단단히 하고 있군. 그래도 그런 오해를 세상에 말한다면 안 그래도 모함을 많이 받아 힘이 없는 우리 집안에 더 큰 위기가 닥칠 거야. 내가 오해받을 행동을 한 것이 죄라면 죄니까 그 벌을 받는 셈으로 앞으로는 더 이상 편지 따위는 보내지 않겠네. 그리고 자네 어머니의 연락도 정중히 사양하겠네."

"감사합니다."

해리는 방에 들어온 이후 처음으로 표정이 밝아졌다. 우리도 함성을 지를 뻔했다. 백작은 해리를 쳐다보며 말했다.

"다만 아까 내가 자네를 걱정해서 했던 말까지 오해하지는 말기 바라네. 귀족은 귀족으로서의 정해진 삶이 있어. 그것을 벗어나서 살 수는 없는 것이네. 어머니가 자네를 보호하려는 마음이 지나친 것은 충분히 이해할 만한 것이니, 괜한 오해로 멀어지지 말게나. 그래도 어머니 아닌가? 살아 계신 것만으로도 감사해야지."

"백작님이 이렇게 걱정해 주시니 정말 감사드립니다. 하지만 저는 제 미래의 주인이 되기 위해 끝까지 부딪쳐 보려고 합니다. 백작님의 말처럼 어머니가 저를 보호하는 사람이라면 어머니가 살아 계실 때 더 늦기 전에 다른 현실이 맞는지 과감하게 도전해 봐야 하는 것 아닌 가요?"

백작은 눈을 지그시 감았다가 뜨면서 말했다.

"기상은 가상하네만 그게 얼마나 갈지 모르겠군. 사람은 시간 앞에 서는 변하게 마련인, 연약한 존재이니까. 나중에 자신이 한 선택을 돌아보며 후회하지 말게나. 시간은 두 번 다시 돌아오지 않는 법이란 것도 잘 알 테지."

"아무것도 선택하지 못한 채 억지로 끌려 다니면서 받는 고통도 무시할 수 없습니다."

"난 한번도 귀족이 아닌 삶을 산 적이 없는 자네가 왜 이렇게 무모하게 그 갑옷을 벗으려 하는지 이해할 수 없어."

"무엇인가 간절하게 잡고 싶은데 이미 두 손 가득 뭔가가 들려 있다면 그걸 놓아야만 한다는 평범한 원칙을 알고 있을 뿐입니다."

"설령 자네가 새로운 것을 시도한다고 해도 자네의 과거까지 다 떨쳐내고 완전히 새로운 인간이 되는 것은 아니야."

"그렇겠지요. 지금 제가 이렇게 꿈꾸는 새로운 도전도 별로 행복하지 못했던 과거의 시간들에 의해 갖게 된 것이니까요. 그러나 그 생각에 짓눌릴 필요는 없어요. 그렇게 되면 새로운 현재로서의 미래는 영영 오지 않을 테니까요. 제 과거가 저를 얼마나 속박할지는 저도 잘 모릅니다. 그러니 언젠가 과거가 될 현재의 시간을 시험해 봐야 하는 겁니다. 과거에 의해 박제되기엔 전 아직 너무 젊답니다."

백작은 고개를 좌우로 빠르게 흔들었다. 해리의 말에 대한 부정의 표시인지, 머릿속 생각을 떨쳐 버리기 위함인지 알 수 없었다.

"백작님은 귀족으로서의 삶이 행복하신가요? 진정 행복해서 저에게도 그 삶을 포기하지 말라고 권하시는 건가요? 저는 조금 있으면 스무 살이 됩니다. 인생의 황금기라고 하는 청춘이 다가오는데도 왜 저는 자유롭기보다 답답한 굴레 속에 갇혀 있는 것 같을까요? 저는 자유롭게 숨을 쉬고 싶어요. 춤을 출 때처럼 신나는 삶을 살고 싶습니다. 어머니는 이런 저를 보면서 행복에 겨워 한심한 선택을 하려 한다고 하셨지요. 그리고 어머니와 가문에는 관심도 없는 이기주의자라고도 했습니다. 그래요. 저는 이기주의자입니다. 어머니의 이상을 대신 실현시켜 드리기 위해 제 소중한 시간을 희생할 만큼 저는 관대한 사람이 아닙니다."

희생이라는 단어를 들으며 나는 백작을 떠올렸다. 남작의 말에 따르면 백작이야말로 자신이 만나 보지도 못한 조상들 사이에서 벌어진 일에 대한 복수로 자신의 시간을 온통 희생한 사람이었다. 중세에 시간이 멈춰진 듯한 시에나에서 백작은 아예 시간을 정지시켜 두고 살고 있다. 오로지 가문에 상처를 준 사람을 잊지 않는 어린아이인 채로. 그 아이는 하루아침에 엄청난 부자가 되었지만, 그 재산을 제대로 사용하는 법을 배워 보질 못했다. 또 가슴속에는 외로움과 두려움, 원한 같은 감정만 가득하다. 루첼로 백작은 정말 가여운 사람이라는 생각을 이번엔 떨칠 수가 없었다.

실내에는 얼음을 끼얹은 듯 냉랭한 기운만 흐르고 있었다. 그사이 하인들이 엄마의 그림을 가져왔다. 그림은 예쁜 천에 싸여 있었다. 나는 천천히 다가가 천을 걷어냈다. 숨이 멎었다. 엄마가 말한 위치에 여러 신화 속 인물과 소도구가 그려져 있었다. 엄마가 병상에서 그린 흑백 스케치와는 비교할 수 없을 정도로 화려한 그림이었다. 이처럼 아름다운 그림이 단조로운 우로보로스를 그린 캔버스 뒤에 감춰질 수 있었다는 사실이 믿기지 않을 정도였다.

"가지고 가게. 믿지 않을 수도 있겠지만 내가 편지의 심부름이나 시키자고 수수께끼를 냈던 것은 아니야."

백작은 나를 물끄러미 보며 말했다.

"수지가 딸에게 이 그림을 남겼다면 나름대로 이유가 있다고 생각했네. 하지만 나로선 딸이 왔다고 하여 그냥 그림을 내놓을 수는 없었지. 시간을 들여 힘들게 얻은 것이라야 더 소중하게 느껴지는 법이니까. 자신에게 무엇을 남기고 싶어했는지도 모르고 부모님을 갑자기 하늘나라로 보낸 사람도 있는데, 누구는 아무런 수고 없이 얻어 간다면 불공평하지 않은가?"

백작의 말끝이 날카로웠다. 아빠가 따졌다.

"그래도 이렇게 일을 복잡하게 하실 필요는 없었잖아요."

"나도 확실히 알 수 없었네. 규린이 내민 스케치북을 보고서도 긴가민가했지. 가장 중요한 부분이 다른 스케치였으니 말이야."

백작은 캔버스 한가운데에 있는 여신을 가리켰다. 백작의 지적대로 엄마가 말한 것보다 훨씬 복잡한 형태로 되어 있었다. 그러니 엄마의 말만 듣고 내가 그린 그림과 차이가 많이 날 수밖에 없었다. 나는 일단 그림을 전체적으로 살펴보았다. 여신이 서 있는 제단 바로 왼쪽 받침대에는 크로노스 조각이 있었고, 오른쪽 받침대는 비어 있었다. 엄마가 카이로스를 그리려 했던 부분이었다. 대신 그 앞에는 원근법에 의해 크로노스 보다 더 크게 엄마가 말해 준 적이 있는 페르시아의 조로아스터교에서 말하는 최초의 신 제르반(Zerban)이 있었다. 엄마 말에 따르면 제르반은 시간이 시작되기 전에 세상에 홀로 존재한 신이었다. 그때 나는 아무리 신이라도 시간보다 먼저 존재했다는 것을 이해할 수 없었다. 그럼, 시간은 어떻게 만들어진 것이냐고 엄마에게 물어보았다. 엄마는 제르반 신화를 더 이야기해 주었다.

"혼자 있던 제르반은 외로워서 옆에 누가 있었으면 좋겠다는 생각을 했어. 그 동반자는 여신이 아니라 바로 자신의 뜻을 그대로 이을 신, 즉 아들이었어. 그런데 제르반은 아들을 낳으려면 자신을 먼저 희생해야 한다는 것을 알고 있었어. 한번도 시도해 보지 않은 일이라 잘 될지 의심이 들었어. 그 때문에 어둠과 거짓의 세계를 지배하는 악의 신인 아리만(Ahriman)이 먼저 태어나게 되었지. 그 다음에야 제르반이 원래 원했던 착한 아들 오르마즈드(Ormazd)가 태어났지. 제르반은 첫째 아들 아리만에게 한동안 지배를 맡겼어. 하지만 악이 가득 찬 모습을 보고 오르마즈드의 힘으로 악을 정화해야겠다고 생각하게 되었어. 그래서 악과 선의 힘이 대립해서 결국 선의 힘이 승리를 거둘 수 있는 전쟁터를 마련하기 위해 세계를 창조했고, 전쟁이 진행될 수 있도록 시간을 창조했어."

우리가 사는 공간과 시간이 전쟁을 위해 만들어졌다니……. 하지만 엄마는 파괴를 위한 전쟁이 아니라 악을 몰아내고 선으로 충만한 세상을 만들기 위한 전쟁으로 이해해야 한다고 말했다. 나는 엄마에게 제르반이 어떻게 생겼느냐고 물어보았다. 그때 엄마가 그린 스케치가 엉성하고, 말한 것이 너무 복잡해서 상상조차 하기 힘들었는데, 지금 눈으로 보니 쉽게 알아차릴 수 있었다. 사자의 머리를 쓰고, 사계절을 상징하는 날개 네 개가 달려 있는 제르반의 몸에는 뱀이 나선형으로 여섯 번 감겨 있고, 그 뱀의 머리가 제르반의 이마에 마치 장식처럼 붙어 있었다. 그리고 양손에는 열쇠가 들려 있어 뭐든지 해결할 수 있는 능력을 보여 주는 듯했다. 엄마는 제르반을 통해서 세상에 펼쳐진 시간은, 겉은 전쟁처럼 복잡하고 힘들지만 결국 선과 행복의 승리를 위한 것임을 드러내고자 한 것이었을까? 나는 왜 하필 제르반을 카이로스의 자리 앞에 놓았는지 궁금했다. 엄마는 카이로스를 그리지 않은 이유에 대해 말했었다.

"카이로스는 신화 속에 묘사되어 있는 모습보다 더 절절해야 해. 그래야 그것을 붙잡았을 때의 기쁨과 그것이 사라졌을 때의 아쉬움을 더욱 극적으로 표현할 수 있을 것 같아."

시간의 기회를 잡는 것이 얼마나 중요한지 더 절실하게 표현하기 위해 의도한 배치임에 틀림없다.

한편 크로노스 앞에 있는 아스텍 마야 문명의 신은 엄마의 설명을 들었어도 잘 이해가 되지 않았다. 나는 마르셀에게 도움을 청했다. 마르셀도 첫눈에 알아보지는 못했다. 왜냐하면 엄마는 깃털 달린 뱀신, 케찰코아틀(Quetzalcoatl)을 자기 식대로 변형해 그렸기 때문이다. 마야 사람들은 방울뱀을 숭배했다. 우로보로스나 제르반을 감고 있는 뱀처럼 방울뱀도 허물을 벗는다. 다만 방울뱀은 1년 중 6월에 한 번 허물을 벗을 때마다 방울을 하나 더 달게 된다. 이렇게 방울뱀은 나이를 표시하고, 해가 지날 때마다 다른 소리를 낸다. 또 매달 20일이 되면 독이 있는 송곳니가 빠졌다가 새로 돋아나는 놀라운 존재다. 마야인은 왕을 방울뱀으로 상징했을 정도로 그것을 신성시했으며, 방울뱀이 허물을 벗는 6월 16일에 새해를 시작하고 축제일로 지냈다. 심지어 왕의 머리를 틀에 넣어 방울뱀처럼 납작하게 보이게 만드는 시술법을 만들어내기도 했다. 열심히 그림을 살펴보고 있던 해리가 나를 쳐다보며 말했다.

"방울뱀은 가죽 무늬가 다이아몬드 꼴의 틀어진 정사각형이네."

나는 해리에게 마야의 피라미드 전체에 방울뱀의 다이아몬드 무늬가 들어 있다는 사실을 알려 주었다. 피라미드 옆면의 계단 두 개가 동시에 보이는 각도에서 바라보면 계단의 사선이 피라미드 실루엣을 타고 꼭대기를 향해 치달아 수렴하면서 거대한 방울뱀 무늬로 변한다. 마야인은 그것을 카나마이테(canamayté) 무늬라고 불렀다. 실제로 피라미드 중앙 꼭대기에는 북쪽을 향해 입을 벌리고 있는 방울뱀의 머리가 장식되어 있다. 마야의 피라미드는 방울뱀이 전체를 휘감고 있도록 설계한 조형물인 셈이다.

해리는 좌우를 한 번씩 살펴보고 나서 혼잣말을 하듯이 말했다.

"그러면 바로 여기 오른쪽에 있는 신의 모습과 비슷한데?"

그랬다. 마야인의 토테미즘과 제르반을 숭배하는 조로아스터교는 시대와 장소가 달랐지만, 신성한 뱀이 자리잡고 있다는 점이 같았다.

북아프리카, 메소포타미아, 인도, 중앙아메리카에 살던 사람들이 공통적으로 시간의 순환성을 생각했고, 그것을 상징하는 자연물을 숭배했다. 나는 고대인들이 이 같은 시간 개념을 갖게 된 이유가 무엇인지 알고 싶었다. 엄마의 유언을 지키기 위해 이처럼 먼 곳까지 찾아온 내 심정처럼 고대인들도 덧없이 사라지는 것을 붙들고 싶었던 것일까. 이런 이유가 아닐지도 모른다. 하지만 엄마의 그림 속 상징들은 지금 내 마음을 위로하는 힘을 가지고 있었다.

그때 백작은 정해진 시간이 다 되었다며 자리에서 일어났다. 백작은 우리가 그림을 해석하는 것에 호기심을 갖고 있었다. 그러나 때가 되어 어쩔 수 없다며 아쉬운 눈길로 우리를 쳐다보고는 제대로 인사도 나누지 못하고 방에서 나가 버렸다. 우리는 백작의 뒷모습을 보며 약속이나 한 것처럼 고개를 가로저으며 혀를 찼다. 아빠는 손뼉을 크게 한 번 치고 나서 계속 그림에 대한 이야기를 하자고 제안했다. 해리는 훨씬 편안해진 표정으로 내게 말했다.

"시간을 은유적으로 표현한 그림이라니, 정말 훌륭해."

그러나 나는 그림이 너무 복잡하다고 생각했다. 엄마의 말처럼. 아니 엄마가 여러 대륙을 누비며 산 시간처럼 말이다. 엄마는 그림 윗부분의 기둥 장식을 강한 빛이 비치는 것으로 묘사했다. 덕분에 노란 구슬 같은 형태가 일부분만 보였다. 시에나에 와서 엄마의 습작을 보지 못했다면 그것이 인도 벽화에서 봤던 브라만의 털이라고는 꿈에도 생각하지 못했을 것이다. 신화와 어울리지 않게 조그마한 전구를 그린 것이라고 생각했을 것이다. 여러 문화에서 형성된 시간에 관한 지식을 갖고 있지 않으면 제대로 볼 수 없는 엄마의 그림. 직업 화가가 아닌 남작 부인의 그림이 보통 사람들로부터 시간에 대한 공감을 끌어 내기에는 부족함이 없어 보였다. 플랑드르의 노트르담 성당에서 루벤스의 '성모 승천'을 보면서 우려했던 일이 발생한 것이다. 엄마에 대한 죄책감과 나에 대한 실망감으로 고개를 떨구었다. 다른 사람들은 내가 감동을 받아서 왈칵 눈물을 흘리는 줄 알았을 것이다. 해리가 내 어깨에 손을 올렸다. 익숙한 손의 느낌. 나는 해리를 쳐다보았다. 해리는 내 눈을 찬찬히 들여다보았다. 나는 걱정하지 말라는 뜻으로 미소를 지어 보였다. 해리가 말했다.

"당신의 진짜 미소가 보고 싶어요."

그 말에 처음에는 웃음이 나왔다. 하지만 곧 눈물이 쏟아졌다. 해리는 나를 살짝 안아 주면서 말했다.

"멋진 그림이야. 그만 울어."

눈물이 계속 흘렀다. 아빠가 와서 내 어깨를 잡고 아빠의 품속으로 천천히 나를 이끌었다. 그러면서 떨리는 목소리로 해리에게 말했다.

"그토록 원하던 엄마의 그림을 찾았으니까 감정이 복받쳐서 그런 걸 거야. 맘껏 울어도 좋아. 그럴 권리가 있어."

아빠의 말이 내 가슴을 더 날카롭게 도려냈다. 아빠는 아직 깨닫고 있지 못했다. 엄마의 그림은 루첼로 백작의 집을 닮아 있었다. 백작이나 엄마 모두 시간에 대해서 많은 것을 알고 있어 화려하게 자랑할 거리가 많았다. 하지만 로베르니 남작이 백작을 비판할 때 지적했던 것처럼, 자신의 성장과 진짜 행복을 위해 시간을 가지고 무엇을 할지에 대한 고민은 빠져 있었다. 그렇기에 조금만 자세히 살펴보아도 화려함은 부담으로 다가왔고, 위대한 지식은 위태로워 보였다. 미로 속에서 갇힌 기분이었다. 한참 동안 울었다. 울음이 잦아들자 아빠는 나에게 이제 그만 가자고 했다. 그리고 내게 그림을 어떻게 고칠지는 나중에 생각하고 일단 그림을 갖고 한국으로 돌아가자고 말했다. 나는 그림을 쳐다보았다. 집에 계속 놔두면 허탈한 이 순간이 떠올라 괴로울 것 같았다. 나는 마르셀에게 부탁했다.

"이 그림을 맡아 주실 수 있나요? 제가 찾겠다고 할 때까지."

마르셀은 의외라는 표정으로 나를 바라보았다. 가장 놀란 것은 아빠였다.

"왜 그래?"

나는 내 생각을 말했다. 엄마가 나에게 그림을 남긴 것은 아무래도 실수 같았다. 내게 의미 있는 것을 주겠다고 한 엄마에게 속은 것 같았다. 내 이야기를 들은 아빠와 마르셀, 해리는 한동안 말이 없었다. 해리가 내 손을 꼭 잡았다. 백작 부인에게 속은 해리의 마음도 나와 같았을까. 그 모습을 보던 마르셀이 말했다.

"화를 내야 하는 엄마와 그리워해야 하는 엄마는 꼭 구별하길 바라. 엄마가 모든 면에서 나에게 잘해 주기 때문에 엄마를 사랑하고 그리워하는 것은 아니지. 엄마가 잘못한 것에 대해서는 화를 내는 게 당연해. 그렇다고 그리워해야 하는 엄마, 사랑해야 하는 엄마까지 포기한다면 네 상처는 오히려 더 커질 거야. 영영 회복할 수 없을 정도로 말이야."

아빠는 무겁게 입을 열었다.

"규린아, 너 엄마가 마지막에 했던 말이 기억나니?"

나는 엄마의 유언을 다시 말했다.

"맞아. 엄마는 네게 그림에서 부족한 부분을 스스로 깨달아 고치라고 말했어. 그리고 나에게 한마디 더 했지. 자기처럼 잘못 살게 하지 말라고. 그리고 자기처럼 허무하게 죽게 하지 말라고. 죽는 순간까지도 너를 걱정했단다. 아빠는 그림을 몰라서 엄마의 의도를 처음에는 몰랐지만 이제 네 말을 들으니 확실히 알겠구나."

아빠의 목소리에는 슬픔이 점점 사라지면서 힘이 생겨났다.

"엄마는 화가야. 수백 페이지에 해당하는 말을 단 한 장의 그림으로 전하는 데 도가 튼 사람이지. 그런 사람이 아직 어린 네가 지금 이 그림을 보고 알게 된 것을 몰랐을 것 같지가 않구나. 너는 처음부터 백작이 자신의 조상이 스파이인 것을 일부러 알리려고 편지를 주지는 않았을 거라고 생각했었지? 그렇다면 엄마의 의도도 겉으로 보이는 것에 있지 않을 거야. 그렇지 않겠니?"

나는 정신이 번쩍 났다.

'엄마의 숨겨진 의도? 진짜 의도?'

나는 그동안 엄마가 왜 이런 소원을 이야기했는지 원망도 많이 했다. 하지만 엄마가 나를 위해서 어떤 의도로 일을 벌인 것인지는 거의 생각해 보지 못했다.

"너도 알지만 엄마는 투병하는 동안 우리와 함께 있으면서 생각이 많이 변한 사람이야. 엄마 스스로도 예전에 했던 일, 그렸던 그림들이다 후회가 된다고 말할 정도였지. 그런데 왜 하필 엄마의 생각이 변하기 전에 그린 그림을 찾으라고 했겠니? 잘못된 것이 그대로 남아 있으면 영영 실패자로 남으니까? 아니야. 그건 엄마의 입장에서 내린 판단일 뿐이야. 엄마는 분명 너의 입장에서 생각했어. 그건 너도 인정하잖아?"

나는 천천히 고개를 끄덕였다. 아빠는 그림을 쳐다보며 말했다.

"이 그림을 잘 봐. 만약 네가 말한 것이 맞다면 엄마가 시간에 대해서 많은 것을 알고 있어도 자신이 행복하게 살지 못한 것을 이야기하고 있어. 그리고 루첼로 백작도 살아 있는 모습으로 그것을 증명하고 있고. 그러니 엄마는 네가 직접 여기에 와서 그것을 확인하기를 바랐던 것은 아닐까?"

"그런 건 말로 하면 되잖아."

"벌써 여러 차례 얘기했지. 하지만 넌 엄마의 후회 가득한 넋두리나 잔소리로 여기며 귀를 막았잖니? 하긴 엄마는 말보다는 그림을 통해서 표현하는 데 익숙한 화가잖아. 그러니 가장 효과적으로 네 마음속으로 들어갈 그림을 고른 것이겠지. 엄마가 소원을 말하기 시작한 게 돌아가시기 4개월 전 즈음이었잖아. 하루하루를 장담하지 못할 때였어. 그때 엄마가 누워서 무슨 생각을 했을 것 같니? 네게 이야기하고 싶은 것을 네가 직접 느끼도록 하는 길, 엄마가 없어도 마치 손수 이끌어준 것처럼 할 수 있는 방법을 생각했을 거야. 아빠라고 해도 그랬을 테니 말이야. 우리가 못난 부모여서 너를 행복하게 해주지 못했다고 네 행복을 바라지 않았던 것은 아니야. 항상 그것을 생각한단다. 잘못

된 방법을 쓸 때조차도."

나는 해리의 손을 슬며시 놓고 아빠에게 다가갔다. 그리고 아빠를 꼬옥 껴안았다.

"미안해, 아빠."

나는 아빠의 품에 더 얼굴을 파묻으며 말했다.

"미안해, 엄마, 정말 미안해."

눈물을 흘리고 있는 아빠의 몸이 심하게 움직였다. 아빠의 가슴속에 살고 있는 엄마가 대답을 해주는 것 같았다. 아빠는 엄마를 사랑하고 있었다. 이 미션을 해결하지 못하면 마음이 편하지 않은 강박증 때문에 나를 여기에 데리고 온 것이 아니었다. 시간이 갈수록 엄마를 점점 닮아가는 나에게 그토록 엄마가 남기고 싶어했던 것이 무엇인지 엄마의 눈으로 찾기를 바란 것이었다. 그렇게라도 엄마를 조금이라도 더 느끼기를 바랄 정도로 아빠는 엄마를 사랑했다. 그러나 두 사람은 시간을 미래에 저당잡힌 채 사랑을 나눌 기회가 없었다. 그중 한 사람이 영영 사라지고 나서야 다른 한 사람의 가슴속에서 숨죽여 이야기하고 있었다. 엄마는 제발 아빠를 구출해 달라고도 했다. 그리고 나를 얼마나 사랑하는지, 그걸 모르게 해서 미안하다고 했다. 엄마처럼 바보같이 세상이 얼마나 아름다운지 몰라서는 안 된다는 충고도 했다. 로베르니 남작 부인의 조언처럼 시간에 쫓기지 않고, 포용하는 마음을 가져야 자기 자신을 지켜낼 수 있다고 했다.

엄마는 내가 혼란스러워할 것을 알면서도 이 모든 것을 내가 직접 겪기를 바랐던 것이다. 엄마는 내게 펼쳐질 시간을 마치 캔버스처럼 생각했던 것이다. 그리고 내게 그려 줄 수 있는 가장 멋진 그림을 선물하고 싶었던 것이었다. 그랬다. 엄마의 소원은 엄마의 그림 한 폭을 찾는 데 있지 않았다. 엄마는 시간 화가로서 깨닫게 된, 하지만 그림으로 실현하지 못했던 것을 내가 느끼기를 바란 것이다. 그것을 이제야 깨달았다. 카라바조처럼 과거와 현재, 기쁨과 슬픔, 빛과 어둠 모두를 절묘하게 사용하여 엄마가 내 시간 위에 그려준 그림은 카라바조의 그림보다 충격적이면서도 아름답다고 말해 주고 싶었지만 목소리가 나오지 않았다. 한참 우느라 목소리가 완전히 잠겨 버렸다.

엄마는 이번에는 나에게 또 다른 소원을 이야기해 주었다. 나는 그것도 해보겠다고 속으로 대답했다. 고개를 들어 보니 해리의 눈시울도 붉게 변해 있었다. 해리도 자기의 부모를 생각하는 것 같았다. 나는 해리를 위로해 주었다. 해리는 자신의 결심을 변경하진 않겠지만, 부모와 인연을 끊는 일은 없을 것이라고 대답했다. 나는 울음을 삼키며 말하는 해리의 손을 지그시 잡았다.

나는 캔버스의 한가운데 있는 여신을 유심히 보았다. 엄마는 여신의 모습을 이집트 신화에서 생명의 원천을 상징하는 이시스 여신의 모습으로 그렸다고 했다. 하지만 이상하게도 내 눈엔 내 얼굴과 엄마 얼굴이 절묘하게 섞인 것처럼 보였다. 나는 백작의 편지에서 조작된 날짜가 숨겨진 의도를 밝히는 실마리였던 것처럼, 엄마의 설명과 그림의 차이를 찾는 것이 비밀을 푸는 열쇠일 거라고 판단했다. 여신은 칼을 들고 있었다. 그리고 그 칼에는 뱀이 그려져 있었다. 주기적으로 허물을 벗으면서 새롭게 태어나는 뱀은 시간의 순환을 상징한다. 우로보로스처럼.

"그런데 하필 칼에다 뱀을 그려 넣었을까요?"

마르셀은 고민하다가 대답했다.

"이시스는 생명을 상징하고, 뱀은 순환하는 시간을 상징해. 생명은 단절로부터 시작한다고도 볼 수 있어. 아기가 태어날 때, 뱀이 허물을 벗을 때, 씨앗에서 싹이 움터 나올 때는 모두 이전 상태와의 단절이 필요하지. 이 그림에서는 칼날로 베어내는 것이 단절이야. 여기에서 새로운 생명이 비롯되고, 생명은 또 새로운 생명으로 이어지면서 뱀처럼 허물을 벗는다. 칼과 뱀은 단절과 생명과 순환을 의미하는 것 같아. 내 해석이 맞다면, 그건 규린, 너에게도 해당하는 거야. 단절과 생명과 순환을 읽어내라는 것, 이것이 엄마의 숨은 의도……."

"하지만 완전히 새로운 생명, 완전히 새로운 시간, 이런 건 애초에 불가능해요. 마야의 신들이 그걸 말해 주고 있어요. 그렇지만 누가 누구의 시간을 다 짊어지고 산다는 거, 해리가 아까 했던 말처럼 옳지 않다고 생각해요. 그리고 삶을 마감하는 순간까지 저를 생각하는 마음이 간절했던 엄마가 나의 시간이 아닌 엄마의 시간을 살아 달라고 제게 그림을 남겼다고는 생각하지 않아요."

나는 엄마의 마지막 모습을 떠올렸다. 엄마의 목소리가 들리는 것 같았다. 나는 확신에 찬 목소리로 마르셀을 보며 말했다.

"엄마는 이 그림을 통해서 저의 시간을 당당하게 살아 가라고 말하고 있어요. 여기 이시스의 칼에는 우로보로스가 그려져 있지만 언제든 끝을 내리칠 준비가 되어 있어요. 그리고 엄마는 이 그림을 찾아서 제가 고쳐 주기를 바랐잖아요. 제 나름대로의 시각으로."

마르셀은 그림을 다시 보고 고개를 끄덕였다. 칼은 구불거리는 뱀이 휘감고 있었지만 칼끝만은 단호한 느낌으로 날카로웠던 것이다. 나는 종이가 뚫어질 정도로 그림을 들여다보았다. 그림을 보면 볼수록 그림 속에는 엄마의 목소리가 담긴 것 같았다. 나는 마르셀에게 다시 말했다.

"그림을 그릴 도구를 구할 수 있을까요?"

"물론이지."

나는 마르셀에게 부탁해서 엄마의 그림을 재단 사무실로 옮겼다. 그리고 주문한 샌드위치를 먹으면서 구상을 정교화했다. 영문도 모르고 여러 자세를 취하고 있는 아빠는 그래도 나에 대한 믿음으로 내 지시를 계속 따라 주었다. 그 다음에는 마르셀이 수고를 해주었다. 해리는 그 모습을 재미있게 구경하며 나를 도왔다.

솔직히 처음에는 엄마의 그림을 모두 지워 버리고 싶었다. 덜어내야 하는 부분이 잔뜩 보였던 것이다. 그러나 엄마가 그린 여신의 모습은 참 좋았다. 내 얼굴을 닮아서만은 아니었다. 여러 문화가 복합된 신비한 느낌. 남작 부인이 말한 포용력이 느껴졌다. 여신의 왼쪽에 있는 크로노스 영감과 대칭이 되도록 카이로스를 잘 구상해서 넣는다면 그림이 산만해 보이는 것을 줄일 수 있다. 엄마가 그린 세부적인 상징을 모른다 해도 사람들은 그 다양함 자체에 놀라워하며 감탄할 만한 그림이다. 엄마의 편지를 받고 이 그림의 존재를 알게 된 루첼로 백작이 그림을 없애지 않은 이유도 이와 비슷하지 않았을까. 여러 문화를 직접 경험한 시간 화가인 엄마의 그림이 매우 독창적이면서도 아름답다고 느꼈기 때문일 것이다.

이제 카이로스의 빈 자리를 채울 차례였다. 나는 카이로스를 원래 모습과 다르게 그리고 싶었다. 앞머리는 무성하고 뒷머리는 대머리인 모습이 아니라, 얼굴을 반쪽으로 나누어 묘사하기로 결정했다. 얼굴의 절반은 아빠를, 다른 절반은 마르셀을 모델로 삼아 그렸다. 자세는 팔을 구부려서 손을 앞으로 내밀게 했다. 손을 내밀어 상대방을 환영해서 당기는 것인지, 손등으로 밀어내는 것인지 애매하게 보이도록 했다. 내가 고친 그림 속에는 엄마, 나, 아빠, 마르셀이 한꺼번에 표현된 것이다. 엄마가 함께 행복한 시간을 나눌 수 있었던 사람들이다. 로베르니 남작 부인이 들려준 얘기도 그림에 반영되었다. 영원히 지속되는 행복은 없다. 노력해서 성취한 작은 행복들을 이어 나갈 수 있을 뿐이다. 카이로스의 옷에 시간의 주름을 넣어서 그것을 표현했다. 그 시간의 주름만큼 우리에게도 많은 기회가 주어질 것이다. 그리고 기회는 시간이 어떠한 얼굴로 다가와도 불평하거나 회피하지 않는 사람의 것이다. 그런 사람은 사실 시간의 흐름을 그다지 의식하지 않고 살아갈 것이다. 그러다 보면 그는 변신에 변신을 거듭한 끝에 아름다운 나비가 되어 있을 것이다. 나는 카이로스의 등에 값진 변태를 거쳐야만 가질 수 있는 나비의 날개를 그려 넣었다. 3시간 동안 땀을 뻘뻘 흘리며 그림을 완성했다. 마르셀도 그림을 보며 흡족해했다. 나는 마르셀에게 그림을 팔아 달라고 부탁했다. 아빠와 마르셀은 깜짝 놀랐다. 나는 아까 그림을 놓고 가려고 했던 이유와는 다른 것이라고 말했다.

"엄마는 그림으로 인정받고 싶어했어요. 미국에 있을 때는 그러지 못했어요. 저는 마르셀 아저씨가 이 그림의 가치를 아는 분에게 그림이 갈 수 있도록 도와주시리라 믿어요. 절대 싸게 팔지는 마세요. 미국에서 비싼 운송료를 지불하면서까지 작품을 모조리 챙겨 온 엄마의 자존심이 있으니까요."

마르셀은 그렇게 하겠다고 약속했다.

"그리고 그림을 팔아서 마련된 돈으로 청소년을 위한 장학금을 하나 만들었으면 좋겠어요. 엄마 이름으로요. 어린 넬로처럼 그림에 재능이 있지만 돈이 없어서 꿈을 포기하는 아이들이 없게요. 저는 그 아이들이 자라서 엄마를 기억할 수 있으면 좋겠어요. 엄마가 이 세상에서 살아 있을 때 인정받지 못했다고 해서 아무 의미도 남기지 못하는 것은 아니에요. 비록 엄마의 계획은 아니지만 엄마도 분명히 대찬성일 거예요. 엄마는 닮고 싶어했던 카라바조처럼 생전의 명성은 아닐지라도 사후의 명성은 얻게 되겠지요. 아름다운 이름으로요."

마르셀은 내 손을 잡으며 장한 생각을 했다고 말했다. 나는 웃으며 말했다.

"저도 엄마 이름으로 된 장학금을 받을 수 있도록 열심히 노력해서 지원해 볼게요. 봐주지 말고 심사해 주셔야 해요. 아셨죠?"

마르셀은 자신이 일하는 예술재단이 아니더라도 장학금을 지원할 수 있는 자리는 충분히 만들 수 있을 것이니 걱정하지 말라고 말했다. 아빠와 해리는 나를 따라 미소를 지으며 박수를 쳐 주었다. 아빠는 내가 그림을 정말 잘 그린다며 대견해했다. 나는 아빠를 쳐다보면서 모두에게 말했다.

"오늘 이것으로 엄마의 그림은 그만 고칠 거예요. 저는 화가가 되더라도 제가 그릴 주제를 찾아서 그릴 거예요. 그리고 나만의 시간을 살아갈 거예요. 저는 제 짐을 메고 싶어요. 제 시간의 등짐에 엄마, 그리고 저보다 먼저 살아간 사람들의 시간이 더해지기도 하겠지만, 물려받은 짐이 보태졌다고 해도 제가 선택하면 제 짐이 되는 것이고, 제가 맘대로 덜어내도 제 짐이 되는 것은 마찬가지지요. 제가 다시 시간에 대한 그림을 그리고 싶으면 그것은 엄마의 짐 때문이 아니라 내 시간의 짐 때문일 거예요."

아빠는 당연히 내가 그래야 하고, 그렇게 할 수 있도록 돕겠다고 했다. 나도 아빠가 시간에 대해서 지금까지와는 다른 태도를 가져서 지금 더 많이 행복하길 돕겠다고 속으로 다짐했다. 나는 눈을 지그시 감았다. 엄마의 모습이 떠올랐다. 내가 기억할 수 있는 가장 젊은 엄마의 모습, 함께 미국에 있을 때의 모습, 한국에서 함께 생활할 때의 모습, 나를 두고 떠날 때의 모습, 병에 걸려 돌아왔을 때의 모습, 병상에 누워 있을 때의 모습, 따뜻한 하얀 가루가 되어 내가 준비한 모래시계에 들어갈 때의 모습, 내 가방 속에서 함께 여기까지 오게 된 모습까지.

"저는 제 시간의 짐을 확인해 볼 때마다 엄마를 기억하는 거지요. 그렇게 엄마가 내 기억 속에 살아가듯이 언젠가 제 자식들 속에서 저도, 엄마도, 아빠도 살아가게 되겠지요. 그렇게 서로의 시간은 맞물려 이어질 거예요. 계속 현재로서 말이에요. 사람은 죽어도 그 관계는 사라지지 않는 거니까요. 모두가 서로의 시간을 기억해 주는 시계로. 하지만 모든 시계는 자기만의 시간을 움직여야 건강해요. 엄마가 이 그림을 통해 내게 말한 것처럼 말이에요."

사람들은 잠자코 내가 하는 말을 듣고 있었다. 그리고 저마다 생각에 빠진 눈치였다. 나 역시 연극의 관객처럼 내가 하는 말을 들으며 생각에 잠겼다.

'맞아. 애초에 그랬던 것일 수 있어. 엄마의 마지막 그림은 시간이 중심이 아니라 사람이 중심이야. 시간 속의 사람이 아니라, 사람 속의 시간에 대해 묻고 있는 거야. 그러니까 시간이란 대체 무엇일까가 아니라, 시간이란 나에게 어떤 의미가 있는가라고 물어야 하는 거야.'

이렇게 나 자신에게 이야기하듯 잠시 생각하다가 다시 입을 열었다. 마치 다른 사람이 된 것처럼 중얼거렸다.

"맞아요. 우리 모두는 서로의 시간을 표시해 주는 시계이니까요."

해리는 내 손을 잡았다. 어느덧 우리 모두는 서로의 손을 포개어 잡게 되었다. 나는 땀을 식히기 위해 모두와 함께 성의 꼭대기에 올라갔다. 유럽에 온 이후 처음으로 노을을 보게 되었다. 먼지가 섞여 노을이 만들어진다는, 교실에서 배운 과학적 지식은 노을의 아름다움을 느끼는 데 별로 도움이 되지 않는다. 시원한 바람으로 불다가 먼지 주변에 머문 공기가 아름다운 빛을 발산하는 것이다. 그 황홀한 모습을 그대로 느끼자니 대형 그림 속에 내가 들어와 있는 기분이었다. 엄마가 이 자리에 있다면 아주 멋진 그림으로 이 순간을 기념할 것이 분명했다. 나는 눈을 감았다. 엄마가 이렇게 말하면서 그림을 그리는 모습이 보였다.

"어쩌면 모래를 삼키는 듯한 고통스러운 시간이나, 시원한 물속에서 물장구를 치고 노는 행복한 시간도 서로 어울려야 이 노을과 같은 아름다운 그림을 만들어낼 수 있지 않을까?"

미국행 비행기표를 손에 쥐고 행복해했던 그때의 엄마보다 더 편한 얼굴을 하고 있어 나도 보기 좋았다. 눈을 떴다. 멀리 보이는 시내의 유적이나 신식 건물 모두 한 빛이었다. 눈앞의 정경이 온통 붉게 퍼져 나가는 노을에 물들어 있었다.

나는 가방을 열어 모래시계를 꺼내 뚜껑을 열었다. 아빠는 말없이 고개를 끄덕였다. 나는 조심스럽게 손을 넣어 안에 있던 것을 한줌 꺼내 뿌렸다. 내 볼에 닿았던 바람이 가루를 멀리멀리 실어 갔다. 아빠가 손을 넣어 한줌 들고 저 앞으로 가서 뿌렸다. 바람의 방향이 바뀌어 가루가 내 얼굴로 조금 날아 들었다. 가루는 그렇게 모두 다 날아가지 않고 내 눈물에 붙었다. 나는 굳이 털어내지 않았지만 눈물이 더 많이 흘러 어느덧 자취도 없어졌다. 나는 바람을 향해 손을 흔들었다. 엄마의 마지막 모습이 바람결에 사라져 가는 것이지만 아쉽지 않았다. 노을이 휘감고 있는 저 멀리 황갈색 조명을 받은 대성당 위로, 보랏빛을 가만히 발산하는 시에나의 별들이 그제야 눈에 들어오기 시작했다.

모래의 희망

작가가 되면 꼭 글로 쓰고 싶던 주제가 있었다. 시간! 모든 사람들의 삶을 떠받치고 있는 기본 조건이지만 막상 시간의 본질을 물으면 대개 시계나 달력에 대해서 이야기할 뿐 구체적으로 말하기 힘들어 한다. 그래서 시간에 대한 글을 쓰는 것은 더욱 매력적인 도전처럼 보였다. 삶의 기본 조건을 꼼꼼히 다루는 인문학을 접한 이래로, 그리고 작가로서 그런 조건에 대해서 나름의 시각을 가져야만 한다고 결심한 이후로 내 머릿속에서 시간에 대한 생각은 떠난 적이 없었다. 그러다 2007년에는 어른과 자녀가 함께 볼 수 있는 지식소설로 '타임머신 없는 시간여행'을 책으로 내게 되었다. 그런데 당시에는 내외부 사정으로 인문학보다는 자연과학에 더 많은 비중을 두고 원고를 썼었다. 시간이 갈수록 원래 포부대로 글을 다 쓰지 못한 것에 대한 아쉬움이 커졌다. 그러던 중 작은길 출판사의 최지영 대표와 이야기를 나누면서 처음의 의도를 환기해내고, 시간에 대한 사유와 삶에 대한 태도의 관계를 한 편의 이야기로 엮어낸다는, 십 년 전 구상에 재도전하게 된 것이다.

　엄마의 유품을 찾아 딸이 이탈리아에 가서 시간에 관한 지식과 특별한 경험, 깊이 있는 사유를 얻은 끝에 상처를 치유하고 정신적 성장을 이룬다는 기본적인 아이디어는 이전 책과 동일하다. 그러나 시계와 달력에 관한 과학적, 문화적 정보를 가미하는 데 치중했던 원고를 '시간관'으로 전환하는 데는 3분의 2 가까운 분량의 수정이 요구되었다. 개정이 아니라 새로운 원고를 쓰는 작업이 될 수밖에 없었다. 그에 걸맞게 이탈리아에서 벌어지는 주요 사건이 해결되는 흐름은 완전히 새롭게 쓰여졌다. 과감하게 이야기를 수정할 수 있도록 방향을 정하게 해준 것은 처음 이탈리아에서의 '미션'을 구상하던 당시에 실제 큰딸 규리와 나눴던 대화의 내용이었다. 뭐든지 꼬치꼬치 묻기를 좋아하던 일곱 살 규리는 어느날 내게 시간이 무엇이냐고 물었다. 나는 동화책의 교훈을 깔끔하게 정리해 주듯이 대답했다.

"시간은 모래 같은 거야. 한 움큼 붙잡으려 하면 바람에 휙 날아가는 것, 한 번 가면 다시 돌아오지 않는 것이야. 시간은 모래 알갱이처럼 어디로 가는지 모르게 사라져 버린단다. 그러니까 더 열심히 살아야 하는 것이지."

그런데 규리는 대뜸 이렇게 말했다.

"아빠, 시간이 모래 같은 거라면 물을 부으면 되잖아."

나는 바람에 날려 허무하게 사라지는 모래를 상상했지만, 규리는 모래놀이를 생각하고 있었다. 심리학적으로 봐도 규리의 말은 맞았다. 우리는 시간의 흐름 속에서 경험을 쌓는다. 그리고 그 경험은 기억이라는 형태로 우리의 뇌에 저장이 된다. 그리고 팍팍한 모래같이 이미 우리의 손아귀에서 빠져나간 것만 같던 과거도 회상이라는 적절한 물만 섞어 주면 언제나 현재의 시점에서 촉촉하게 되살아난다. 지금 독자 여러분도 예전에 신나게 놀았던 때를 떠올리면 사라졌던 시간이 머릿속에 생생하게 남아 있음을 느낄 수 있을 것이다.

규리의 대답을 듣고 나는 충격을 받았다. 규리가 심리학을 공부해서 나보다 나은 통찰을 보인 것은 당연히 아니다. 당시 나는 서울대 철학과 이남인 교수님의 배려로 연구실에서 독일의 현상학을 만든 철학자 에드몬트 후설의 시간인식에 대한 세미나를 한 학기 동안 참여하고 있었다. 그런데 나는 시간에 대해서 지식을 많이 쌓을수록, 그리고 실제로 서른 중반의 나이에 시간을 경험과 바꾸며 살아 갈수록 특정한 결과를 향해 종적으로 나를 몰아가는 듯한 시간의 무게에 짓눌려 있었다. 하지만 그런 나와 다르게 아직 어린 규리는 시간을, 횡적으로 다양한 가능성을 열어젖히는 선물이자 놀이로 느끼고 있다는 사실에 신선한 충격을 받았던 것이다.

사람들은 자신이 태어나기 전에도 시간이 있었다는 사실에 짓눌려 살기 쉽다. 시간이 주인이고 마치 자신은 잠시 왔다 가는 손님인 것처럼. 유유하게 흐르는 거대한 강과 같은 시간의 흐름 속에 자신은 아주 잠깐 발을 담그고 가는 허망한 존재인 것처럼 생각한다. 제 자신을 마치 하릴없이 바람에 날리는 모래처럼 생각하기도 한다. 나는 딸의 말에 용기를 얻어 시간에 대한 생각을 새롭게 정리할 수 있었다. 우선 여러 철학자, 심리학자, 문화학자, 종교학자 등의 시간론을 다시 보았다. 그렇게 하다 보니 드디어 시간에 대해서 새로운 생각을 하게 되었다. 그 결과 내 자신이 모래인 것을 부정하지 않고서도 시간의 흐름 속에서 행복할 수 있는 길을 찾았다. 그리고 그것을 열여섯 살 중학교 3학년인 주인공 규린이의 이야기로 고쳐서 만들었다. 규린이는 엄마의 유언을 실천하는 과정에서 모래로서의 인간이 시간의 흐름에 압도당하지 않고 행복하게 사는 길을 일찍 찾을 수 있었다. 그런 전환점이 독자 여러분에게도 생기게 되기를 희망해 본다.

이 책에는 많은 지식들이 나온다. 잘 살펴보면 그 지식들은 각각 다른 관점을 갖고 있음을 확인할 수 있을 것이다. 그러나 그 각각을 분석한다거나, 어느 특정 시간관만을 중심으로 이야기를 좇아가지는 말기를 부탁하고 싶다. 다양한 관점과 지식에 대해 부디 열린 마음을 갖고 끝까지 책을 읽기를 추천한다. 그렇게 한다면 과거지향적이며 엄격한 시간관리를 강조하는 루첼로 백작, 자본주의적 시간관을 철저하게 믿고 있는 아빠, 대안적 시간관을 주장하는 마르셀, 왜곡된 미래지향성을 가진 백작 부인, 진정한 미래지향성을 가진 해리, 과학적 시간관이 유일하게 가치가 있다고 생각하는 대학생 오빠, 미래지향적이었다가 현재지향적으로 변했다가 종합적 시간관을 결국 갖게 된 엄마 등의 영향 속에서 이리저리 흔들리다가 결국 나름의 방향을 찾은 규린이처럼 독자 여러분도 시간에 대해서 나름대로의 정의를 할 수 있게 될 것이다. 그리고 삶의 가장 기본적인 조건인 시간에 대해서 명확한 태도를 갖고 자신만의 고유한 삶을 열어 나갈 용기를 얻게 될 것이다. 이 책이 여러분의 시간을 헛되이 흘려보내지 않게 하기를 바라며 작가의 말을 마친다. 부디 모두 내일만큼 오늘 행복하기를 부탁하면서.

참고문헌

● 로버트 L. 리히, 서영조 역, 『걱정 활용법』, 푸른숲, 2007

● 마르틴 하이데거, 전양범 역, 『존재와 시간』, 동서문화사, 2008

● 바바라 아담, 박형신 역, 『타임워치 : 시간의 사회적 분석』, 일신사 , 2009

● 사라 노게이트, 장근영 역, 『시간의 심리학』, 갤리온 , 2009

● 슈테판 클라인, 유영미 역, 『시간의 놀라운 발견』, 웅진지식하우스, 2007

● 스튜어트 매크리디, 남경태 역, 『시간에 대한 거의 모든 것들』, 휴머니스트 , 2010

● 신상희, 『시간과 존재의 빛』, 한길사, 2000

● 알베르토 안젤라, 주효숙 역, 『고대 로마인의 24시간』, 까치, 2012

● 앙리 베르그손, 박종원 역, 『물질과 기억』, 아카넷, 2005

● 에드문트 후설, 이종훈 역, 『시간의식』, 한길사, 1996

● 에른스트 곰브리치, 김석희 역, 『시간 박물관』, 푸른숲, 2000

● 유예진, 『프루스트의 화가들』, 현암사, 2010

● 조지프 캠벨, 정영목 역, 『신의가면3』, 까치글방, 2003

- 카틴카 리더보스 외, 김희봉 역, 『타임, 시간을 읽어내는 여덟 가지 시선』, 성균관대학교출판부, 2009

- 칼하인츠 A. 가이슬러, 박계수 역, 『시간』, 석필, 1999

- 피터 투이, 이은경 역, 『권태 : 그 창조적인 역사』, 미다스북스, 2011

- 필립 짐바르도/존 보이드 공저, 오정아 역, 『타임 패러독스 : 시간이란 무엇인가』, 미디어윌, 2008

- P. J. Zwart, 권의무 역, 『시간론』, 계명대학교출판부, 1999

- 하랄트 바인리히, 김태희 역, 『시간 추적자들』, 황소자리, 2008

- 한국동서철학회 엮음, 『시간과 철학 : 서양철학자들은 시간을 어떻게 이해하였는가』, 철학과현실사, 2009

- 한스 라이헨바흐, 이정우 역, 『시간과 공간의 철학』, 서광사, 1986

- Hall, Edward Twitchell & Hall, Mildred Reed. Understanding Cultural Differences. Yarmouth, Maine: Intercultural Press. 1990

- Trompenaars, Fons & Hampden-Turner, Charles. Riding the Waves of Culture: Understanding Cultural Diversity in Business, 2nd ed., London: McGraw-Hill. 1998

- Frederick, S., Loewenstein, G., & O'Donoghue, T. (2002).
  "Time Discounting and Time Preference: A Critical Review".
  Journal of Economic Literature 40(2), 351~401

- Green, L., Fry, A. F., & Myerson, J. (1994).
  "Discounting of delayed rewards: A life span comparison".
  Psychological Science 5(1), 33~36

- Laibson, D. (1997). "Golden Eggs and Hyperbolic Discounting".
  Quarterly Journal of Economics 112(2): 443~477

- www.thetimeparadox.com

- deathswitch.com

타임시커 Time Seeker 시간을 그리는 아이

글 ⓒ 이남석 2013

2013년 12월 31일 초판 1쇄 펴냄

지은이 이남석
펴낸이 최지영
펴낸곳 작은길출판사
주소   서울 도봉구 노해로66길 21 109-801
전화   02-996-9430
팩스   0303-3444-9430
전자우편 jhagungheel@naver.com
블로그 주소 jhagungheel.blog.me
페이스북페이지 www.facebook.com/jhagungheelpress

ISBN 978-89-98066-24-6 43810